Né en 1911 à Angers, Hervé Bazin (petit-neveu de René Bazin) est élevé par sa grand-mère ; il connaîtra tardivement ses parents. Après des études mouvementées (précepteurs, six collèges), on l'inscrit à la Faculté catholique de droit d'Angers. Mais il la quitte, se brouille avec les siens, « monte » à Paris où il prépare une licence de lettres en travaillant pour vivre, et commence à écrire.

Journaliste (L'Echo de Paris), critique littéraire (L'Information), il publie d'abord des poèmes. Mais la notoriété lui vient avec son premier roman Vipère au poing *qui connaît un succès immédiat et considérable. Depuis lors, ses ouvrages, notamment* La Tête contre les murs, Qui j'ose aimer, Au nom du fils, Le Matrimoine *recueillent l'audience d'un vaste public. Proclamé en 1955 « le meilleur romancier des dix dernières années », lauréat en 1957 du Grand Prix littéraire de Monaco, Hervé Bazin est membre de l'Académie Goncourt depuis 1958.*

Dans la langue familière, se marier est souvent pris comme synonyme de faire une fin, ce qui semble impliquer qu'a été conclue une association assurant au nouveau couple l'opulence et la paix jusqu'à son dernier jour. Or ce jour-là est lointain, ceux qui s'écoulent entre-temps onéreux et la fin est en réalité celle de la vie antérieure à la cérémonie : tel est le paradoxe du mariage dont le jeune avocat angevin Abel Bretaudeau mesure la vérité dès le retour du voyage de noces.

Rien ne l'a préparé à l'existence à deux qui commence pour lui avec Mariette Guimarch, fille de bonnetiers prospères. A deux? C'est compter sans l'invasion de la belle-famille, puis bientôt d'une nouvelle génération de Bretaudeau, tous profondément marqués par l'éducation Guimarch.

Ainsi le veut la tendance du siècle où le sceptre échappe au roi pour passer aux mains de la reine, où le patrimoine se transforme en matrimoine pour la plus grande gloire de la *méragosse*... et son plus grand souci. Abel le note d'une plume tour à tour vengeresse, amusée, attendrie, au fil de cette chronique d'un ménage pareil à tant d'autres qui est aussi la chronique spirituelle et percutante des mœurs de notre temps.

ŒUVRES DE HERVÉ BAZIN

Dans Le Livre de Poche :

VIPÈRE AU POING.

LA TÊTE CONTRE LES MURS.

LA MORT DU PETIT CHEVAL.

LÈVE-TOI ET MARCHE.

L'HUILE SUR LE FEU.

QUI J'OSE AIMER.

AU NOM DU FILS.

CHAPEAU BAS.

LE BUREAU DES MARIAGES.

UN FEU DÉVORE UN AUTRE FEU.

CRI DE LA CHOUETTE.

MADAME EX.

CE QUE JE CROIS.

L'ÉGLISE VERTE.

HERVÉ BAZIN

DE L'ACADÉMIE GONCOURT

Le Matrimoine

ROMAN

ÉDITIONS DU SEUIL

POUR MONIQUE

J'appelle *Matrimoine* tout ce qui dans le mariage relève normalement de la femme, comme ce qui tend de nos jours à passer de part de lion en part de lionne. (LUI)

1953

RIDICULE ! C'est là, paraît-il, dans ce jardin public, au bout de la spirale de troènes taillés qui coiffe la butte, c'est là sur ce banc de ciment imitation bois, terminus apprécié des petits jeunes gens amateurs d'ambulations tendres, c'est là que je fus touché par la grâce et que de mes yeux les écailles tombèrent. Mariette ne l'affirme pas, non. Enormément discrète, elle se contente de sourire, d'incliner vers le rembourrage de mon épaule droite une tête alourdie par d'exquis souvenirs. Elle a glissé un bras, en collier tahitien, par-dessus l'autre épaule et sa main — où l'alliance coince la bague de fiançailles — caresse mon veston : ce veston qu'elle a, le matin même, avec des réflexions sur mon manque de soin, détaché au K2R. C'est là, donc. Oserais-je l'oublier ? Les hommes ne se rappellent rien, c'est connu : ni les fêtes mobiles ni les anniversaires, fêtes immobiles du privé, dates plus hautes dans la forêt des dates, toutes et à tout instant présentes à la mémoire des femmes, entraînées par nature à demeurer esclaves du calendrier.

« Chéri ! » murmure Mariette.

Assez bas. Mais assez haut pour être entendue des suivantes. Car nous ne sommes pas seuls, hélas ! Outre l'intéressée, qui vraiment y était, Mme Guimarch, sa mère, Mlles Arlette et Simone Guimarch, ses sœurs, Mme Gabrielle Guimarch, sa belle-sœur, née Prudhon, qui n'y étaient pas, mais qui magnifient le ouï-dire, profitent aussi de cette balade d'après-dîner pour exalter leur digestion et communier — comme elles le font d'ordinaire au cinéma — dans la religion du mélo.

« Vous deviez avoir l'air idiots. On a toujours l'air idiot dans ces cas-là. »

C'est Mme Guimarch, qui écrase. Car il faut exalter, puis écraser : c'est dans la tradition. Bien entendu, n'est-ce pas, il ne pouvait y avoir dans ce coin noir aucun risque d'aventure, aucune main susceptible de s'égarer, aucune vigueur incongrue. Sur notre Mariette veillaient déjà notaire, maire et vicaire, anges gardiens des foyers. Mais sourions, souriez, que l'ineffable fable se laisse un peu noyer dans la moquerie qui, elle aussi, rassure les familles ! Restons-en là, de grâce ! Je tâte mes poches, je fais tinter mes clefs, je cherche ma pipe, mon tabac, mes allumettes. Peine perdue. On me tient toujours par le cou ; et sur mon épaule expire un soupir qui, sans être de regret, bien sûr, n'exclut pas quelque nostalgie, le miracle étant d'hier et le train-train pour demain. Dans ce soupir, on ajoute :

« Et voilà ! »

Pour être tu, le reste ne s'en traduit pas moins

aisément du silence, cette langue sans lexique ni
syntaxe qui pas plus que les idiomes sonores ne
respecte la vérité. *Et voilà,* ce fut le jour, le lieu :
j'étais seul et soudain nous fûmes deux. Le sentier
où je tournais du talon, les feuilles, même si elles
en ont vu d'autres à l'endroit comme à l'envers, le
banc que j'ai épousseté avant de m'asseoir, peuvent en témoigner comme j'en témoigne. On ne
peut pas accrocher partout des plaques commémo-
ratives, ni même inscrire ces choses sur l'écorce
des bouleaux comme le font les midinettes du
Nord ou sur les feuilles des agaves comme le font
les midinettes du Sud. Mais c'est bien là, dans ce
cadre, digne de l'instant, que s'est décidée ma vie...

Ridicule ! A quinze jours du voile, du lunch et
de la suite, je ne peux vraiment rien dire. Pourtant j'enrage. Le civet de Mme Guimarch était
remarquable et curieux, bien qu'assez dépouillé,
son Corné 1920. Mais encore un peu de guimauve
et je rends tout. Soyons exacts : il n'y a jamais
eu de lieu ni d'heure. Bien étonnées seraient la
mère, les sœurs, la belle-mère et ma femme elle-
même si, dissimulé voilà trois ans sous ce banc,
un magnétophone leur régurgitait les « choses »
que nous nous sommes dites, Mariette et moi.
Celle-ci, celle-là ou d'autres, est-ce que je savais ?
Au premier rendez-vous (j'en ai donné cinquante),
qui pense à quoi ? L'avenir, c'est simplement la
suite — ou la fuite. Du touche à touche au bouche

à bouche, frôleur d'abord, puis un peu ventousard,
puis scarifié de la langue, je ne vois rien dont l'éloquence prenne date pour nos éternités. Je regrette, mesdames. Mais votre étonnement tournerait
à l'indignation si vous consultiez mon agenda
1950. J'ai la faiblesse de me relire et je m'y suis
référé récemment. A la page du 18 avril, figure un
petit texte, suivi d'une note, sans doute ajoutée
le lendemain. En haut, le texte : *Voir Gustave à
13 heures pour la moto. Odile, à 18 heures, rue
d'Alsace. A 22 heures, TT avec Mariette au Jardin
des plantes.* TT, avouons tout, c'est l'abréviation
de l'époque pour tête-à-tête. Quelques CC (nous ne
faisions pas de miracles) illustrent ailleurs les
corps à corps. Quant à la note, elle consiste en
une brève appréciation, *quatorze-douze,* appréciation non mystérieuse, si l'on sait que pour Odile,
bagage et bagou, elle montait à quinze-treize. Ce
qui veut toujours dire : Mariette n'avait ni le chien
ni le brio d'Odile. Je me suis décidé, en apparence,
pour les 26 points de l'une en dédaignant les 28
de l'autre. Mais soyons francs, disons tout : sauf
accident, à Angers comme ailleurs, on ne se marie
guère en dehors de son milieu, quel qu'il soit.
J'ai sans doute épousé Mariette parce que (valeur
du motif : 30 %), c'était le seul moyen de l'avoir ;
ce qui n'avait pas été nécessaire pour Odile. Je
l'ai épousée parce qu'ont joué en sa faveur (% in-
définissable) une amitié d'enfance insensiblement
devenue tendre, un lot de jolis souvenirs, de baisers, de caresses blanches, une longue habitude
de danser, de jouer, d'aller à la piscine ou au ciné-

ma, bref de faire — debout — beaucoup de choses ensemble. Mais j'ai aussi épousé Mariette parce qu'elle appartenait à l'une de ces bonnes familles, peut-être un peu moins anciennement « bonne » que la mienne, mais un peu plus (quoique plus récemment) fortunée. Or, ce n'était pas non plus le cas d'Odile. On a beau dire, l'argument pèse encore lourd dans les corbeilles de noces, dont les fleurs ne font oublier à personne ce que les lendemains exigeront de légumes. Honni soit qui mal y pense ! Nous sommes à l'ère du contre-plaqué. On dit toujours : « Les Untel ont *bien* marié leur fille », et cet adverbe discret postule, nul ne l'ignore, un minimum d'avantages. On ne s'en vante plus, c'est le seul changement ; l'hypocrisie sentimentale de l'époque ne le tolère pas. Il est même recommandé d'ajouter : « Et vous savez qu'ils s'adorent ! » Ça, c'est la couche de palissandre.

« Entre nous, dit mon oncle, depuis que le fisc hait la fortune, il est devenu encore plus nécessaire, pour tenir, de se marier parmi les siens. Et ça n'a jamais empêché le reste... »

Ce reste est sûr. Entendons-nous : j'aime Mariette. J'aime une fille de mon milieu. Il ne s'agit pas d'un mariage d'argent. J'aurais pu épouser une véritable héritière. Marguerite Tangourd (Comptoirs de l'Ouest) sortait volontiers avec moi et j'ai été invité maintes fois chez les Dimasse (Ardoisières) dont la fille n'est même pas laide. Mais trop est trop : chez moi, on aurait aussi fait la moue. Mariette ne m'a pas apporté de dot ; seulement une petite rente, payable le 20 de chaque

mois pour en assurer la bonne fin. Elle m'a surtout apporté, avec quelques espérances et des relations (que son père aime « utiles »), cette espèce
de consentement général dont se passe mal, en
province, celui des époux, ce préjugé favorable des
gens (et clients éventuels) pour . qui un mariage
convenable est la première référence à fournir
dans l'exercice d'une profession libérale.

Voilà la vérité. Mariette, c'est ma femme, oui.
Je l'ai bien choisie. Mais pourquoi planterais-je
un décor de carton devant une réalité solide ?
Les Guimarch ignorent-ils encore que dans *nos*
familles gagner sa bague à l'estime nous apparaît
plus méritoire que d'exploiter le coup de foudre à
110 volts, cher aux commerçants du film ? Il est
vrai que j'ai été lent. Le mariage étant ce qu'il
est — sans compter ce qu'il devient — beaucoup
d'hommes se montrent lents sur la question. J'ai
attendu la fin de mon stage. J'ai attendu une clientèle. Et si je n'ai pas attendu l'approbation des
miens, qui n'étaient ni pour ni contre, si je n'ai
pas attendu le choix de Mariette, je lui ai fait
attendre le mien. Odile, trois ans plus tôt, Odile,
qui avait les petits droits de ses petits seins et ce
goût du plaisir et cette fraîche audace qui agacent
les souvenirs, Odile j'avais songé à l'épouser. Mais
elle-même en avait modérément envie. Réaliste,
elle répétait de sa voix douce :

« Qu'est-ce que tu ferais d'une dactylo ? »

D'ailleurs l'oncle veillait. Et ma mère. Et ma
tante. Et ce moi-même, raisonné, raisonnable, sensible aux exigences de ce qu'on n'appelle plus, mais

qui demeure « l'établissement ». Odile avait épousé
un plombier. Elle m'avait sans doute depuis longtemps oublié quand, à vingt-six ans, touché par
une patience qui ne se mesurait point à mes méri-
tes, je fus chez le bijoutier commander pour
Mariette ce diamant (75 centièmes) qui brille encore de nos feux. Mariette le sait. Mais notaire,
maire et vicaire ne lui suffisent pas. Il lui faut
encore *lanlaire*, le quatrième sacrement qui, pour
les courriers du cœur, surlégitime les précédents...

Cependant, tandis que je cogite (mutité passant pour émotion), on parle derrière nous :
  « Le plus fort, dit Mme Guimarch, c'est que si
j'avais su que tu traînais dans le coin, ce soir-là,
tu aurais eu affaire à moi, ma petite ! Soit dit
sans vous offenser, Abel, à l'époque, vous jouissiez
d'une solide réputation. »
  Solide n'est pas déplaisant. Le coq de bronze,
planté sur le clocher voisin, faucille le crépuscule
avec autorité. Mais la belle-mère reglousse :
  « C'est toi, Toussaint ?
  — C'est moi, Mamoune ! » répond une voix puissante.
  Le beau-père, qui grimpe d'un pas de rhino,
s'arrête, souffle et reprend à travers les feuilles :
  « Vif, il a dû se laisser tuer bêtement ; mais
mort il se défend, ton lièvre ! »
  Le voilà. Une main sur l'estomac où se débat le
civet, il débouche du sentier tournant ; il précède

l'arrière-garde dont les feux de cigarettes, brasil-
lant dans l'ombre plus dense du sous-bois, à deux
hauteurs très différentes, permettent d'identifier
les traînards : mon long beau frère Eric et le bref
oncle Charles, dit Tio.

« C' que vous foutez là ? reprend M. Guimarch.

— On regarde le fameux banc ! » dit Mme Guimarch, nous couvant d'un beau regard de mère.

M. Guimarch ne comprend pas. Mme Guimarch
ne s'attarde pas à cette compréhension qui,
d'après elle, demande pour s'épanouir autant de
temps qu'elle a de volume à remplir. Le passé
l'intéresse ; le lièvre aussi, qui met en cause ses
talents. Elle enchaîne, quitte à mélanger les genres :

« Pour revenir à ce que je disais, ce qui m'épate
le plus, c'est que, vous deux, ça se soit arrangé.
Vous lui en avez fait voir, à Mariette, avouez-le.
Quel roman ! Toi, mon gros, je te l'avais dit, tu as
un foie, tu prends trop de sauce.

— La sauce, tu crois ! Et qu'est-ce qu'il a, ce
banc ? » grommelle M. Guimarch, dont la mémoire n'enregistre bien que les bonheurs de table.

Mme Guimarch joint les mains, tandis que gre-
lotte un petit rire :

« Excusez-moi, mais je m'assieds dessus. »

C'est l'oncle Tio, enfin venu à mon secours. Ses
oreilles, seule partie de son corps qui soit vraiment déployée dans l'air, n'ont jamais tant res-
semblé à deux anses. Il a fait un mot, il est
content, il regarde la tribu. Le beau-père en occupe le centre, comme il convient aux patriarches.

Eric est planté derrière Gabrielle, qui avance le menton. Mariette, qui s'est décrochée de mon cou, s'est raccrochée à celui de sa mère. Arlette est à l'aile droite ; et moi-même à l'aile gauche près de Simone, cette gamine, qui me glisse traîtreusement un « gratteron » dans la manche. Sans l'absence de Reine et de son mari, Georges d'Ayand, qui habitent Paris et qu'on ne déplace pas aisément, tous les Guimarch, réunis pour fêter le retour des mariés, pourraient s'offrir au flash. Dieu merci, Arlette, spécialiste des rangs d'oignons, vient d'avouer, piteuse, qu'elle avait oublié l'appareil. Mais le beau-père s'agite :

« Ah ! s'exclame-t-il, le banc, oui, vu ! Eric et Gabrielle...

— Ah ! les hommes et leur mémoire d'oiseau ! proteste la belle-mère.

— Voyons, tu sais bien qu'Eric a ramené Gabrielle de Cahors », dit Simone, sur un certain ton.

Mme Guimarch lui jette un œil, tendrement noir : ce n'est pas un souvenir assez pur pour convenir à l'instant. Puis elle démontre à son époux qu'il ne s'agit pas de ce couple-là, où figure son aîné, mais de ce couple-ci, où figure la cadette qui, pour passer de ce banc à ceux de Saint-Maurice, dut languir pendant trente-sept mois.

« Bon, bon, conclut M. Guimarch de sa voix d'archevêque, tu les as mariés, c'est le principal.

— Oui, dit Mme Guimarch, tout est bien qui finit bien... On rentre. Je vais te donner de l'Alka-Seltzer. »

Et les voilà partis, tous, à la queue leu leu, par l'étroit sentier du colimaçon. - .

Ils ont quitté le Jardin des plantes. La nuit s'installe. Au pied d'un réverbère un chien jaune pisse mélancoliquement. Tio et moi, du clan Bretaudeau, sommes restés un peu en·arrière :

« Je suis arrivé à temps, dit Tio. Tu te noyais dans le sirop. »

Il sifflote. Je sais, il espérait mieux pour moi. Dans la famille on n'a pas cette manie de chanter romance après le contrat. On a le cœur moins calicot. Il a raison et pourtant il a tort : ce n'était pas le moment de me le rappeler. Malheureusement, il insiste :

« Enfin, ta femme est une Bretaudeau, maintenant. Sans médire de personne, elle y gagnera. Mais ne vous laissez pas envahir. »

Son petit pas sec de militaire talonne soudain l'asphalte. Il va, raide, haussant le col, se hissant sur lui-même comme il l'a toujours fait pour commander de moins bas. J'ai de la peine à le suivre. Cinquante mètres plus loin, il s'arrête, retourne la tête, pointe le nez :

« Tu l'as entendue, la mère Guimarch ? *Oui, tout est bien qui finit bien*. Tu te sens fini, toi ? A moi on m'a appris que le mariage, c'était plutôt un commencement ; et même le commencement, bagatelle y comprise, de quelques emmerdements. »

Il repart. Le chien aussi, le nez sur d'invisibles

traces. La lune s'est allumée, elle flotte au-dessus du mail, à la hauteur des globes aux verres laiteux. Une auto passe ; puis un couple enlacé, trop jeune, qui se suçote en marchant :

« A propos, j'ai une cliente pour toi, robin ! Tu te souviens d'Agnès, ma petite voisine, qui avait épousé, il y a trois ans, le fils Sérol ? Son mari a filé. Je l'ai rencontrée hier matin, chez la concierge. Elle parlait de prendre un avocat...

— Et tu lui as soufflé mon nom ?

— Je n'allais pas l'envoyer chez un autre. »

Bien. Mais l'heure n'est pas à la toge ; elle est à la chemise de nuit. Il faut récupérer notre femme pour aller dormir avec elle. A petits pas, nous nous rapprochons du magasin des beaux-parents. Mariette, toute à ses confidences, sans doute, ne m'a pas attendu sur le pas de la porte. Il y a de la lumière au premier où des silhouettes connues passent devant les rideaux de tergal. Au rez-de-chaussée, la vitrine est obscure ; on devine à peine les laineux, les duveteux, les soyeux trésors de l'étalage. Mais l'enseigne intermittente au néon, qui fonctionne toute la nuit, s'allume, s'éteint, se rallume, répète inlassablement pour les passants de la rue des Lices :

A L'ANGEVINE
chez qui
L'ANGE VINT
Tout pour la femme et l'enfant

MARIETTE a dû parler aux siens de ses félicités, sans insister sur les plus intimes, qui, de fille à mère, sont encore inavouables (on se demande pourquoi : c'est plus naturel et plus important que la description des Iles Sanguinaires). Confessons-le, je n'avais pas tellement bonne conscience à cet égard. La pudibonderie des Guimarch me sert. Toujours est-il que Mariette, excitée par son propre rapport, n'a pas, de la rue des Lices à la rue du Temple — sautez, gazelle ! — enjambé une bordure de trottoir.

Une fois chez moi... je veux dire : chez nous, dans cette maison habitée par six générations de Bretaudeau et où Mariette n'avait jusqu'ici pénétré qu'en invitée, en très polie et timide future occupante, avec des mains gourdes, un regard qui ne touchait à rien, une bouche sans avis sur l'usage des lieux, voici que ces mains se sont mises à remuer l'air, ce regard à envelopper les choses, cette bouche à proposer des aménagements :

« Mais on n'y voit rien, chéri. »

Une vive excursion nous a fait tourbillonner dans les pièces (maigrement éclairées, j'en conviens, par d'économiques ampoules de 25 watts) et nous a poussés en pleine crise, en pleine crise de possession, tout en haut, tout en bas, du surfoncier des combles au tréfoncier des caves. J'ai su tout de suite que l'immobilier familial ne resterait pas entièrement immobile.

« Moi, le salon, je le ferai communiquer avec la salle à manger. »

Je n'ai pas dit non. Je me suis seulement demandé si j'avais entendu le futur *ferai*, abusivement décidé, ou le conditionnel *ferais*, honnêtement consultatif. Mais nous étions déjà dans la salle de bain :

« Elle est encore plus moche que la cuisine », a dit Mariette.

Enfin, revenue dans la chambre, elle est sortie de ses escarpins, qui sont restés sur place ; elle s'est assise sur le bord du lit pour décrocher ses bas, sous la jupe à peine relevée. J'hésitais. Au digne jeune homme qui sommeille en moi, le décor — où ma mère évoluait dans de solennelles robes de chambre — inspirait de la retenue.

« Dis donc, Abel, ça fait juste quinze jours », a dit Mariette.

Quinze jours ! Sur le chemin des noces d'or, petit anniversaire, mais combien plus facile à fêter — selon l'esprit de la chose — que dans cinquante ans ! Les bas sont tombés. Ma dignité aussi. Mes mains sont redevenues de bonnes mains. A moi la fermeture Eclair qui fend la robe tout au long du dos ! A moi, le bouton du soutien-gorge ! Et le reste n'est plus que nylon dispersé...

« Abel ! »

C'est le seul moment où mon prénom cesse d'être ridicule. La première nuit, à l'hôtel, c'était un cri contre l'effraction, hâtive et maladroite. Cette fois, c'est tout différent. *Dans ma chair, il n'habite rien de bon*, disait cet idiot de saint Paul. Oh ! si, monsieur ! Là-dessus, vous pouviez consulter saint Pierre, mieux documenté ; il vous eût parlé des satisfactions qu'il dut éprouver à fabriquer Pétronille. Cette chair fraîche, prise, reprise et dont on n'arrive pas à se rassasier, elle seule vous inspire cette gratitude, qui monte haut et soudain participe du sacré.

Oui, vraiment, ce soir, c'est parfait, c'est réussi, dessus comme dessous. Pour la première fois, elle m'accompagne, ma gosse ; elle se libère du terrible embarras que son corps lui inspire. Dans ma solitude, jusqu'ici, je n'étais pas très fier, si j'étais rassuré. Bien sûr, je suis de ma province, donc un peu puritain. Devant trop de complaisance, je serais sans doute capable de regretter cette absence. Je n'ai jamais pu supporter les amis qui parlent de leurs talents, de leurs scores. Je reste amateur de cette gaucherie dans le consentement qui fait partie pour moi des gênes délicieuses. Mais la joie de l'autre, ça touche. Accrochés sur le triste papier à festons que ma mère n'a jamais changé, mon grand-père en commandant de spahis, ma grand-mère guimpée haut, mon père

arborant sa croix de guerre, l'innocent petit Abel
que je fus (en position prédestinée de bébé sur
le ventre), considèrent cette réussite qu'ils ne
sauraient blâmer. Mariette enfin reprend souffle
et s'étonne :

« Eh bien, qu'est-ce que tu as, ce soir ? »

J'ai une femme. Il était temps : je n'avais qu'une
mariée. Ce n'est pas si simple, au lit, d'être simple
avec une demoiselle flattée de votre ardeur, mais
qui n'est pas dans le coup et dont on voit bien
qu'elle exagère sa docilité, qu'elle cache son étonnement de n'avoir pas découvert la Terre promise,
qu'elle se demande si c'est de sa faute, si c'est
de la vôtre ou si la chose n'est pas surfaite —
comme l'Amour même l'est dans le mélo. Quel
courage d'opérée, quelle soumission peuvent ins-
pirer les femmes, dans ce cas-là ? Je me souviens
d'avoir à onze ans demandé à ma mère, tout à
trac :

« Dis, maman, qu'est-ce que c'est, le devoir
conjugal ? »

Je me reposais la question depuis deux semaines. Ma pauvre Mariette, elle l'avait fait, son
devoir. Il faut ce qu'il faut pour honorer le livret
et ce pauvre Abel n'attendait que ça depuis des
mois. Mais l'embarras d'Abel, elle ne s'en doutait
guère. Le neuf ne se traite pas comme l'usagé.
Préambules, préparations, habiletés de la mise en
train, ça semble soudain professionnel, indigne

du sacrifice que consent la vestale. Et crac, on enfonce la porte ; on traite sa pucelle comme une putain pressée. Comble de malchance : j'avais eu droit à une de ces virginités rebelles, presque infibulées, que certains morticoles appellent *l'hymen flagrant*. Bien sûr, c'était flatteur. Tio, par prudence j'imagine — on ne sait jamais avec les filles —, m'avait tenu sur le sujet des propos optimistes :

« Trois filles sur dix, chantait-il, se marient avec un ange en place ; cinq ont fait autant de gymnastique que toi ; deux seulement ignorent le grand écart. »

Que Mariette fût du petit lot, je n'allais pas m'en plaindre. On a beau faire son généreux, son moderne, admettre l'autre sexe aux libertés qu'on accorde au sien... passer le premier vous encourage, ne serait-ce qu'à vous espérer le dernier. Mais notre nuit de noces avait été une de ces boucheries qui rendent odieux votre plaisir et risquent de désenchanter à jamais la partenaire.

Pour arranger les choses, ceci s'était passé, bien entendu, à l'hôtel. Une habitude touchante d'aller — comme pour une passe — *consommer* le mariage à l'hôtel, dans une ville-étape, sur l'itinéraire du voyage de noces ! Vous arrivez éreintés, poussiéreux, fripés, heureux encore de trouver une chambre — sans salle de bain, il est vrai, faute d'avoir réservé. On commence par vous tendre une fiche : une, pas deux, comme si on voulait se montrer discret sur vos frasques. On vous fait préciser devant l'encore jeune fille :

« Non, pas de lits jumeaux, un grand lit. »

Arrivés dans la chambre, vous apercevez d'abord un beau bidet blanc. Vous dépliez vivement le paravent pour abriter vos ablutions, mais le robinet se met à roter. Vous vous déshabillez comme chez le médecin — chacun l'étant pour l'autre, devant ce lit où tant de passants ont aplati tant de passantes et dont les draps sentent l'eau de Javel. Exilés dans cette chambre hostile, vous avez honte de vos cuisses hérissées par la chair de poule. Vous pratiquez vite le bouche à bouche, comme pour une noyade. La jeunesse aidant, vous revoilà tout viril, plein de hâte. Tombe ce qui doit tomber, découvrant ce nécessaire qu'il est tout de même préférable de ne pas exposer dans l'état. Il vous paraît séant d'éteindre. Mais vous ne savez pas quel est le bouton qui permet de le faire ; vous avez peur d'appeler la bonne dont l'irruption n'est pas souhaitable. Et je ne dis rien de la peur des taches, de la circonspection qu'exige le silence du sommier... Odieux, l'hôtel ! Comme l'ont été les sourires entendus, les souhaits de progéniture ou les appels à saint Malthus qu'au gré de leurs convictions les tantes qui vous veulent du bien, les amis qui ne « s'embarrassent pas de mots » vous ont glissés à l'oreille, sur le quai de la gare.

Mais l'épreuve est terminée. Finalement, je suis chez moi et j'ai une femme.

Elle secoue ses cheveux, elle en émerge, nue. Je

pense, encore une fois, que j'aurais dû me retirer
d'elle, que j'aurais dû au moins lui demander si
je pouvais m'en abstenir. Avec Odile, c'était déjà
la même chose. Je la laissais se débrouiller, satisfait qu'elle le pût, peut-être un peu moins satisfait
qu'elle le sût. Mais au moins je ne craignais pas
d'en parler, d'ajuster nos rendez-vous en fonction
de ses prudences. Avec Mariette, je ne sais quoi
me paralyse : sa fleur d'oranger, la mécanique
des solennités, le passage à l'église ; le mariage
même ; un reste de soumission à ses fins qui rendent la mise à plat de l'épouse un peu rituelle et,
surtout au départ, s'accommodent moins bien de
précautions que les culbutes d'une petite amie.
Pourtant, l'épouse est quotidienne ; donc, plus
exposée. Et pour qui désire d'abord installer son
ménage, assurer ses finances, pour qui ne veut
pas d'enfant du hasard, c'est dès la première nuit,
dès la première étreinte... que dis-je ? c'est à la
porte qu'il faut s'entendre sur le choix de la méthode et sur le mode d'emploi. Si vous ne l'avez
pas fait, tout de suite, ça ne sera pas plus facile
le lendemain. Mais comment donc s'arrangeaient
nos grands-pères qui, si longtemps, protégeant
l'héritage, pratiquèrent avec nos pieuses grand-
mères une sage limitation des hoirs ? Je ne me
voyais pas disant à Mariette, dépouillant sa robe
blanche : *Voyons, ma chérie, qu'allons-nous employer ? Quel préservatif ? Si tu ne veux pas, dis-
moi au moins où tu en es de ton calcul Ogino.
Quoi ? Ce n'est pas le bon jour, il faut attendre
une semaine ? Eh bien, qu'à cela ne tienne, atten-*

*dons, remettons notre nuit de noces à mercredi
en huit, puisque ce jour-là tu seras sûrement
infertile.*

Impraticable, vraiment. Restait la ressource de
sauter en marche. Mais, aux yeux d'une demoiselle qui vient de cesser de l'être, le coup de la
serviette, ça n'enjolive rien. Ça laisse entendre aux
femmes qu'en somme on vient de les salir, que
les philtres d'amour — comme le thé — aboutis-
sent très vite aux émonctoires. Alors, on se dit :
après tout, ça la regarde. On se dit : après tout,
nous n'avons pas d'enfant ; un peu plus tôt, un
peu plus tard... On a la flemme d'intervenir. Et
puis quoi ! Il y a ce bon salaud qui, après avoir
éclaté où il faut, trouve si bon de rester au chaud
de la femme, elle-même au chaud du lit, le nez
dans son cou. Et aussitôt après il y a le civilisé,
qui n'a plus de salive et pour qui les mots deviennent plus difficiles que les gestes. Je me sens un
peu coupable et ça doit se voir :

« Toi, dit Mariette, tu penses qu'on va gagner,
à ce train-là. Il faudrait peut-être... »

Elle dit « peut-être », mollement. Entre l'envie
d'attendre et celle de laisser venir, je ne jurerais
pas que la première l'emporte.

« Il faudrait sûrement ! » répond l'époux.

C'est tout. Je n'en dirai pas plus, incapable d'entrer dans les détails qu'avec si bonne conscience
les Scandinaves savent enseigner aux filles. Je
pense même : le temps viendra toujours trop
tôt où nos « fonctions » ayant cessé d'être lyriques, nous pourrons en parler avec une aisance

de pharmacien. Les paupières de Mariette tombent, la grillagent de cils. Elle non plus n'a pas
envie d'insister. Elle n'a pas, comme sa mère et
la mienne, été élevée par des nonnes dans l'horreur des précisions et le mépris d'un corps dont
la Vierge elle-même, sauvée de l'homme, dut subir
l'humiliation mensuelle. Mais la pruderie angevine
est tenace :

« Je demanderai à Reine, reprend-elle à mi-voix.
Parce que Gabrielle, vraiment, ce n'est pas possible. Trois filles en trois ans... »

Demandera-t-elle ? J'en doute. L'accident ne serait qu'un bonheur trop hâtif. Elle sourit, parce
que je la regarde. Le problème a soudain disparu.
Elle est belle. Ou plutôt non, elle n'est pas belle ;
elle est mieux que ça. Toujours nue, mais semblant l'oublier, et rhabillée de lumière par la veilleuse, elle explose de jeunesse parmi les draps
fripés. Il y a peut-être un rien de trop dans le
globe des seins, aux pointes très brunes et gre-
nues. Chevilles et poignets n'économisent pas l'os.
Le cou non plus n'a pas la minceur féodale. Mais
le cheveu dégouline sur de l'épaule ronde. L'œil,
la bouche, l'aisselle, l'aine proclament ce don de
jeunesse : l'état parfait des charnières, la netteté
des commissures. Et quelle peau ! Tendue, fraîche, frémissante, exaltée sur le cou par une envie
très noire, sur le ventre par un attendrissant petit
nombril en forme d'escargot et, plus bas, par ces
frisons de l'encoignure d'où monte l'odeur d'une
femme qu'a forcée le plaisir. Et je ne dis rien
des jambes qui se sont resserrées, qui glissent,

lisses, jusqu'au fouillis rose des doigts de pied.

« Tu as fini l'inventaire ? » dit Mariette, ramenant sur elle un bout de couverture.

Elle se hisse un peu sur l'oreiller, s'y cale et me considère à son tour. Avec un reste d'étonnement dans l'œil. Une femme nue, c'est proche du marbre. Un homme nu en est loin ! Lui seul, vraiment, peut être dit « à poil » ; il en fait infuser partout dans l'air ; et la statuaire ne peut se passer de feuilles de vigne pour mettre à l'abri son chasselas. Que d'aventure renaisse sa vigueur et il ne sait plus que faire de ce qui dépasse. Dans ces cas-là un regard de femme me châtre. J'attire l'autre bout de la couverture.

« Mon bison ! » dit Mariette.

Elle m'embrasse. La bouche libre, elle reprend :

« Ils sont bien laids. »

Je commence à savoir qu'avec elle il faut interpréter l'ellipse et l'indétermination. Il ne s'agit de rien qui m'appartienne. Elle observe les meubles, d'un beau style nouille que les antiquaires n'ont pas encore osé remettre à la mode. Onduleuse, accablée d'entrelacs, de feuillages et de fleurs empruntés à une étrange botanique, l'armoire est un chef-d'œuvre du genre. L'œil bleu est dessus ; il cille, il revient sur moi. On murmure :

« Vraiment, je me demande si nous pourrons garder ça. »

La question a déjà été débattue avant notre mariage et laissée pendante, pour ne pas désobliger ma mère qui, se réservant seulement la « petite chambre » comme pied-à-terre, venait, contenu et contenant, de m'abandonner la maison. Son fils répondra en fils :

« C'est que je me demande, moi, tu le sais bien, si nous pourrons ne pas les garder.

— Après tout, la bicoque est à toi, reprend vivement Mariette. C'était celle de ton père, non ? »

La « bicoque » — une villa de cinq pièces, épargnée lors du bombardement du quartier —, c'était en effet celle de mon père, donc celle de ma mère. Comme elle est aujourd'hui la mienne, donc celle de ma femme, malgré le contrat de communauté réduite aux acquêts qui m'en laisse légalement propriétaire. Tout le monde a voix au chapitre, c'est sûr. On verra. Pour ne rien gâcher de l'heure il vaudrait mieux nous en tenir là. Mais Mariette est lancée :

« En tout cas, il faudra changer le chauffage. Un chauffage au charbon, tu penses, je serais propre ! On doit pouvoir mettre le mazout. Quant aux papiers... »

Elle s'arrête, stoppée dans son élan par le trésorier-payeur qui se frotte le pouce contre l'index. Chaudière neuve, injecteur, cuve, cheminée spéciale, sans oublier le terrassement, la pose et les raccords, en voilà pour un million. Qu'il n'a pas.

« On pourrait peut-être emprunter, fait Mariette, hésitante.

— A qui ? »

Mariette fronce le sourcil.

« Maman me l'a dit, il y a des maisons qui, en échange d'un contrat de fourniture, peuvent t'avancer 80 pour 100 de la somme. »

La chaleur conjugale étant devenue moins vive, elle attrape une veste de pyjama, l'enfile, bâille et conclut :

« D'une manière ou d'une autre, il faudra bien moderniser. Allez, on dort, il est au moins deux heures. »

Bec, longuement. Elle se tortille un peu, donne un coup de tête à l'oreiller, se tourne sur sa gauche, côté cœur, laisse tomber ces paupières qui n'ont pas une rayure et que prolongent de longs cils courbes englués de mascara. Je me retourne sur la droite, côté foie. Pourquoi se réfère-t-elle à sa mère ? C'est une Bretaudeau. Ce n'est plus une Guimarch. A la réflexion, ceci ressemble à notre dîner de retour : pourquoi sommes-nous allés rue des Lices et non à *La Rousselle ?* Sous les draps, ma main cherche une autre main, la trouve, la presse un peu. Mariette dort déjà.

ELLE dort, tranquille, et moi, les yeux fermés, je veille.

Ce qui m'a longtemps effrayé dans le mariage, c'est la *diminutio capitis* qu'il faut maintenant y subir. Elevé par une veuve, je le sais : l'emprise féminine tire son efficacité de sa nature même. Cela soigne, réchauffe, amollit, vous sépare du monde, vous enveloppe de baisers et de laines. Nos pères tenaient à peine, malgré leurs privilèges. Devant la tendre égale, comment tiendrions-nous ? Depuis que mes amis se marient, je les vois pour la plupart disparaître, comme exilés, bloqués aux frontières du ménage. Ils portent le même nom, ils l'ont même donné à leur femme ; mais je n'ai jamais l'impression que celle-ci soit pour autant entrée dans leur famille. Souvent, on dirait plutôt le contraire ; et c'est presque la règle quand le clan où ils ont pénétré est plus nombreux, plus vivace, plus puissant que le leur...

Or, nous restons trois, nous autres, les Bretaudeau, descendants lointains — le nom l'atteste —

de quelque riverain « habile à piéger les oiseaux d'eau ». Trois seulement. Pépinière d'hommes de loi, au dix-neuvième, la famille fut longtemps puissante. Possessionnée de La Daguenière à Saint-Martin, elle comptait cinq ou six branches et reconnaissait pour capitale cette maison de tuf de La Bohalle dont un lointain successeur astique les panonceaux. Mais une fois enrichis les Bretaudeau firent peu d'enfants, qui furent décimés par deux guerres, également dévoreuses de leurs biens. Je n'ai pas de cousins. Ma sœur est morte en bas âge. Mon père — qui était percepteur — a été tué dans un accident d'auto. Il allait avoir quarante-huit ans. J'en avais quinze. Le jour de mon mariage, pour me laisser le champ libre, ma mère a quitté Angers. Elle a bien annoncé qu'elle y reviendrait de temps en temps, qu'elle se réservait une chambre chez moi. Mais, en fait, elle s'est retirée à *La Rousselle*, près de Belle-Noue : là, sur le petit domaine des Aufray (une de ces dynasties de l'alluvion, spécialisée dans la graine de fleurs, entre Loire et Authion) elle a repris sa demi-part ; elle est redevenue floricultrice en compagnie de sa jumelle, la tante Henriette, qui jusqu'alors gérait la propriété.

Seul homme — avec moi — de la tribu : *Tio*, alias Charles Bretaudeau, frère aîné de mon père. Colonel, mais en retraite. Un chêne, mais de un mètre soixante-deux. Spécialiste des commentaires mi-plaisants, mi-sérieux. Il aime répéter :

« Moi, je suis *cielibataire.* »

Non qu'il soit misogyne : il serait même un peu

trop à son aise parmi les dames qu'il accable de prévenances, avec une galanterie qui date et nuit à l'or de ses ficelles. Cet oncle est mon parrain.

« Un parrain d'occasion ! » assure-t-il encore.

En réalité, il a payé mes études et m'a logé plus de trois ans, tandis que je faisais ma licence en droit, à Rennes, où lui-même « finissait dans la paperasserie » de la région militaire. Le rôle de mentor ne lui déplaît pas, bien qu'il prétende se méfier, en lui, de la baderne. On voit que je parle de Tio comme le ferait un fils : je ne déteste pas de penser qu'à cet égard je lui ai servi d'alibi.

Trois donc, sans un cousin de plus. Trois Bretaudeau en face des Guimarch. Nous ne ferons pas le poids : surtout en l'absence de ma mère dont risquent de me manquer la forte bonhomie, la hauteur discrète et ce curieux pouvoir d'intimidation par le silence qui en impose toujours aux gens de moindre caractère.

J'allais dire : de moindre qualité. Je me retiens. La prétention est grosse et c'est chose à ne pas insinuer quand on est gendre : on peut aisément vous rappeler que vous avez choisi ; que chacun, dans le privé, a aussi le gouvernement qu'il mérite. Les Guimarch sont les Guimarch : nombreux, fidèles entre eux — ce qui n'est pas si mal —, criards et chauds comme des poules, ronds comme des boules, curieusement farauds de leur patronyme breton (Guimarch : *digne d'avoir un cheval*) qui

les met en selle sur les petits principes comme
sur les grands dadas. Bons comptables avec ça, y
compris de leurs grâces : les affaires sont les
affaires et, quand elles sont bonnes, Dieu soit
loué de la cave au grenier ! La roublardise ne leur
manque pas ; mais ils ont la finesse un peu
mousse. Et surtout ce sont des quiets, des gens
que leur petite chance édifie, dragéifie, qui s'alar-
ment parfois pour prendre un train, payer une
facture, avaler une purge, mais qui finalement
trouvent ce monde supportable, voire confortable
et suceraient du caramel devant un supplicié.

Et me voilà qui les recense, inquiet. Je tâte
mon dossier.

Archétype, sinon chef de la race : le beau-père,
prénommé Toussaint, parce que né ce jour. Point
funèbre du tout, ce bonhomme d'un mètre quatre-vingts, malgré sa voix caverneuse. On ne voit
pas très bien en quoi, pour pêcher à la ligne, peut
lui être utile sa musculature de catcheur. A vrai
dire, il semble toujours encombré de lui, de sa
masse, dont il accable prudemment les fauteuils.
Dès qu'il remue, du reste, Mme Guimarch crie :

« Tu t'agites, tu sues !... Et pourquoi, finalement ? Pour gagner l'eau de la soupe. »

Injustice : si elle sait vendre cher, il sait acheter bon marché. Il gère bien. Jamais une traite
en retard ni un placement douteux. Durant la
guerre, il a sauvé son fusil de chasse, ses cuivres,

son or et malgré *les exigences du marché forcément un peu parallèle*, il a sauvé aussi sa réputation. Serviable et, à son niveau, de bon conseil,
il est aimé. Il est quelque chose à la Chambre de
commerce. Tous les patentés de la ville reconnais-
sent en lui leurs vertus, avec ce rien de trop qui
permet d'en sourire. On se raconte ses traits, de
bouche à oreille. N'est-ce pas lui, sage héritier,
qui, devant la tombe de je ne sais plus quelle
tante, a confié à sa femme :

« Ça fait un bout de temps qu'elle est morte.
Mais si elle voit, de là-haut, ce que j'ai fait de sa
fortune, elle doit être contente : je l'ai doublée. »

N'est-ce pas lui, l'honnête homme, bien campé
dans son droit à revendre cent francs ce qu'il
achète trente, mais incapable de vous prendre
hors boutique une épingle, n'est-ce pas lui qui,
ayant déjeuné au restaurant, réglé sa note, repris
la route, s'aperçoit quinze kilomètres plus loin
que le garçon a oublié de lui compter le bordeaux,
rebrousse chemin aussitôt et va scrupuleusement
payer sa bouteille (en faisant, sans le vouloir, ren-
voyer le garçon) ?

Ce bonhomme de bonnetier, la gourmandise le
perdra : quand elle s'accroche à une pareille
charpente, la panne vous entraîne vite aux cent
kilos. Mais des désordres de l'intellect, il semble
plus à l'abri. On admire la myopie sereine qu'il
oppose à ce qu'il appelle des « vues de l'esprit ».
On admire ses convictions politiques, fortement
centripètes, surtout lorsque le centre apparaît
dextrogyre. On admire chez ce poids lourd

la bonté qui lui met la sucrette en bouche :
« Et ma Titine, elle vient faire bibi à son
pépé ? »

A côté de lui, courtaude, toute en jabot, le visage
irradiant la même sorte de candeur sous des cheveux d'un beau noir Oréal, voici Mme Guimarch,
qui naquit Marie Meauzet, chez *Meauzet, Lamas-
tre et Cie,* marchands de bois (pas de margotins,
mais de bois en grume, dans les forêts de
l'import-export : la taille au-dessus dans le négoce).

Certainement, pour moi, ce sera la redoute.
C'est une personne organisée, sortant tout de sa
tête et tout de sa poche : conseils, bonbons, ficelle,
recettes et jugements, ces derniers rarement té-
méraires.

« Dans ma situation, n'est-ce pas, dit-elle, on
tourne sa langue dans sa bouche. »

C'est une mère, c'est une grand-mère : dévote-
ment telle. Léchant beaucoup. Point bête cependant, la chère femme : elle roule très bien les
subtils. Elle a ce genre d'intelligence qui s'éclaire
au néon. Maternité, commerce, pour elle, c'est
tout un : le monde de la layette. Le magasin la
tient en forme, parmi des enfants et des femmes :
elle y gagne son pain et son beurre, avec son
indépendance ; elle observe, elle apprend, elle révèle ; elle reste à pied d'œuvre pour grimper d'un
tour de jupe au premier, où la dinde est au four.

On la félicite de tant d'activité, on s'extasie, elle hoche la tête, elle dit :

« Allez, j'ai bien de la peine ! »

Et c'est vrai qu'elle en a. Mais si elle en a, malgré sa bonne, son laveur de carreaux, son mari, c'est que sa peine fait ses délices. Le dimanche et le lundi, croyez-vous qu'elle s'endorme ? Elle refait les comptes, bouleverse la vitrine. Elle file à Montjean où les Guimarch ont une propriété, dont les pommes ne sauraient se perdre. Elle saute aux *Cent-Laines*, rue de la Gare, un autre magasin qu'elle a mis en gérance. Elle court chez sa bru ; elle y saisit le biberon, le balai, n'importe quoi...

« C'est une femme, dit Tio, qui n'a jamais eu le courage de ne rien faire. »

Issus du couple, quatre enfants. Si étonnantes que puissent paraître, vingt-cinq ans plus tard, les gambades d'un poussah, il en existe un cinquième, né des œuvres de M. Guimarch, durant son service militaire en Indochine. « Il est maintenant vietnamien », dit Mariette, comme si l'indépendance du demi-frère, fait à une congaï docile, mettait une infranchissable barrière entre elle et ce métis, pourtant reconnu, bien vivant, marié, faisant souche de Guimarch dans la plaine des Joncs. Mais parlons des légitimes...

Eric, l'aîné, a été le grand espoir. On l'appelait Eric III, en souvenir de l'aïeul Eric Ier, émigré

de Bretagne en Anjou, vers 1850, et d'Eric II, le
grand-père, le premier bonnetier. Le rêve de
Toussaint Guimarch pour Eric, ce n'était pas,
comme celui de sa femme, de le voir passer de
boutique en fabrique. Son bon sens lui avait vite
fait savoir que le fiston n'avait pas le don, qu'il
était trop languide pour animer le chaland. Son
ambition, pour lui, c'était la pharmacie. Un pharmacien, c'est un diplômé, qui ne se lève pas la
nuit comme un médecin. Il paie patente, il reste
commerçant, donc il gagne, sans avoir à faire la
retape, à forcer sur l'article, les gens ayant de
plus en plus de faiblesse pour leur santé.

Mais Eric n'avait de goût que pour la moto. Il
eut sa 500 Douglas pour l'encourager, mais rata
son bachot, une fois, deux fois, trois fois. Adieu
potard ! Toussaint Guimarch, ulcéré, le fit entrer comme gratte-papier au Crédit de l'Ouest. Il
y est toujours. Plus exactement, il y est revenu,
après son service militaire à Cahors, patrie de
Gabrielle.

C'est un garçon long, étroit, à tête ronde, trouée
de petits yeux qui font ver dans la pomme. Très
soumis à sa femme. Très prolifique. Martine, Aline,
Catherine... Les Guimarch se multiplient, mais
sont en train de tomber en quenouille.

Après Eric, une fille : celle-là justement qui,
avec elle, fait entrer ici tous les siens, mais qui,
peut-être avec le temps, comme ma mère, ex-Au-

fray, me paraîtra vraiment une Bretaudeau. Pour moi, comment ne serait-elle pas encore ce qu'elle fut si longtemps ? Cette gamine, balluchonnant un cartable trop lourd et dont la jupe plissée se retournait par grand vent sur une très blanche culotte, le pion houspillait son petit trot :

« Vous vous pressez, Mariette Guimarch ? »

Cette pucelette, des jambes aux cheveux faite en long et sans autre rondeur que son visage de porcelaine, les philos dont j'étais, les philos à pantalons étroits, la poursuivaient, la fusillaient au pistolet à eau :

« C'est pour te dessaler, Mariette Guimarch ! »

Mais, trois ans plus tard, cette bachelière de dix-huit ans, qui traversait le mail à côté de sa mère, Tio la suivait du regard en murmurant :

« Hé, tu l'as vue, la petite Guimarch ? Mais c'est un Tanagra ! »

Il est vrai qu'il ajoutait, dans le style d'Aurélien Scholl :

« Près d'un Tanagra-double... »

Aujourd'hui, sans plaisir, je me souviens de cette remarque : une fille trop souvent devient ce qu'était sa mère.

La vraie pin-up, d'ailleurs, ce n'était pas Mariette, mais sa sœur, Reine, la seule Guimarch à mériter pour l'œil le fameux *rien-qu'à-la-voir-passer-on-lui-disait-merci*.

Pour l'œil seulement. Car, de la tribu, c'est bien

la fille qui me gêne le plus. Ses parents, qui n'en
sont pas revenus, l'appelaient jadis l'*Emeraude*.
Elle avait déjà refoulé sa douzaine d'amoureux,
quand ses yeux verts ont enfin repéré une Mase-
rati. Et repéré le chauffeur : un peu quadragénaire, mais pourvu d'une particule, d'une fortune
et — trait rare chez ceux qui réunissent déjà ces
avantages — d'une forte situation dans l'immobilier. Intéressée, elle s'est renseignée plus avant ;
elle a su que ce monsieur ne besognait pas pour
vivre ; qu'il n'était pas, Dieu merci, réduit à cet
honneur ; qu'il travaillait pour faire fructifier ses
capitaux. Alors, elle les a épousés. Et Mariette,
ma fiancée, m'en a voulu à mort, toute une semaine, pour lui avoir glissé dans l'oreille ce jour-là :
« C'est tout de même pratique, la beauté, chez
une fille. Pour réussir, elle n'a plus qu'à ôter, légalement, sa culotte. »

C'est une chance qui, du moins, épargnera la
suivante. Après l'Emeraude, il y a le caillou :
Arlette. Elle dit elle-même à sa mère :
« Tu aurais pu en garder un peu pour moi. »
Encore ne parle-t-elle que de ses grâces, qui
partout lui percent la peau, sauf aux bons endroits : son soutien-gorge, à la plage, se révèle
si vide, si plat qu'il a l'air d'un pansement. Mais
par malheur, ce n'est pas tout. L'âge bête, chez
les filles, est appétissant ; on sait comment l'esprit
leur viendra. Mais s'il dure, on se décourage. Qui

pourrait s'attendrir en écoutant la pauvrette,
quand rosit un instant son teint d'amidon et que
s'anime, sur ses lèvres gercées, le merveilleux fa-
dasse de la chantaille ? Sauf miracle, je la vois
longtemps encore hanter les sauteries où elle n'a
pas fini, pour se donner contenance, de ronger les
gâteaux secs par les coins.

Reste Simone, la tardive benjamine, accident
classique du retour d'âge, qui donne de l'insistance
paternelle une aimable opinion. De cette fillette,
qu'une demi-génération sépare de ses sœurs, je ne
déteste pas la voix acide, l'insolente précocité.

Restent *Clam*, le chien, *Niger*, le chat. Restent
six bengalis dans une cage. Reste enfin la paren-
tèle : innombrable. De la souche, toujours fidèle
à Quimper, prolifèrent les surgeons. Il y a deux
branches qui essaiment en banlieue. Il y a la
branche sud à l'accent languedocien. Ils sont bien
cent, qui continuent allégrement à cousiner. Le
jour de mon mariage, c'était typique : malgré la
présence de Gilles, mon meilleur ami, et de quelques autres (invités pour faire nombre), les Guimarch formaient à eux seuls les neuf dixièmes
du cortège, qu'il n'avait pas été possible de pana-
cher. Nous étions noyés dans la masse. A la mairie, l'appariteur ne s'y est pas trompé. Il a crié :

« Par ici, le mariage Guimarch ! »

Et c'est ainsi pour tout Angers. Dans la bouche
des gens, Mariette n'est pas *celle qui a épousé*

le jeune Bretaudeau. Elle demeure la *fille des
bonnetiers.* Mais moi, je suis, *vous savez bien,
celui qui a épousé la seconde Guimarch.* Le nombre va au nombre ; et les amis, les clients, les
fournisseurs, les relations, la chambre de commerce, c'est un grand cercle Guimarch dans le-
quel, je le crains, le petit nôtre est faiblement
inscrit.

Mariette dort de plus belle. Sa respiration
rythme la nuit. Je l'entends, je l'entends moins,
je ne l'entends plus, je l'entends de nouveau. Les
choses commencent à s'enchevêtrer, à devenir
confuses. Je me sens tout à fait tendre. J'essaie
de respirer à la même cadence. Qu'ils soient trop,
qu'ils soient aussi trop ce qu'ils sont, tant pis !
Je veillerai. Elle m'aime, elle comprendra. Ces
années que nous allons vivre... Oui, l'important
n'est pas de savoir comment, mais de savoir
combien. « De toute façon, disait Tio en riant,
un amour éternel, pour les statisticiens, ça se
ramène à la durée moyenne du mariage qui était
jadis de quinze ans, qui est aujourd'hui de qua-
rante-cinq. » Un demi-siècle est devant nous.
      La nuit s'épaissit. Je m'enfonce. Je me serre
du bon côté, où, sans cesser de dormir, on m'accueille. Ma joue est contre le sein gauche de
Mariette. J'en sens la pointe, si ferme que je me
demande si ce n'est pas plutôt un bouton de
pyjama.

ELLE a dormi. J'ai dormi. Nous nous sommes réveillés l'un près de l'autre. Puis l'un dans l'autre. Et nous voilà tout de même sur nos pieds. Mariette qui, tout à l'heure, semblait un peu perdue parmi les boîtes, les pots, les flacons de la salle de bain — au contenu pour elle incertain — fouille maintenant la cuisine à la recherche d'ustensiles qui lui soient familiers. Elle fait ce qu'elle peut. Mais rien n'est à la place où elle attend les choses ; et les choses ne sont pas ce qu'elle espérait d'elles.

« Ce vieux clou ! » dit-elle, lorgnant la cuisinière.

Ce monument de fonte noire, avec sa fontaine de cuivre et ce four fendu, dont ma mère tirait tartes et gigots (leur goût de fumée, je ne le sentais plus), j'admets qu'il est bon pour la casse. Mais il paraît que le réchaud ne vaut pas mieux. Et quoi ? Est-ce possible ? Nous n'avons pas d'allume-gaz ! Mariette se rabat sur une grande boîte de la Régie au frottoir écorché, humide. Deux allumettes refusent de prendre. La troisième

accepte. Enfin, sur une flamme un peu jaune,
l'eau se met à chauffer. Mariette va bousculer des
tasses, dans le buffet ; elle en choisit deux, les
plus belles, que nous réservions d'ordinaire aux
invités ; elle pousse les autres à droite (là où
sans doute on les met rue des Lices) et se retourne
vers moi, scandalisée :

« Pas de grille-pain, non plus ?

— Non, nous achetions des biscottes. »

Mariette hausse un sourcil. Comme j'enchaîne,
proposant de l'emmener, le soir même, au sortir
du Palais, dîner chez ma mère, elle murmure :

« On aurait pu y aller dimanche.

— Si tu avais attendu une semaine pour aller
chez tes parents, qu'auraient-ils pensé ?

— Ce n'est pas la même chose ! » s'exclame la
fille de l'autre mère.

Elle rougit, elle se reprend aussitôt :

« Enfin, je veux dire... »

La suite, qui ne sera pas formulée, se devine.
Fiancée, Mariette était déjà ce livre ouvert, mais
écrit à coups de points de suspension. Ses briè-
vetés ne cessent d'en appeler à mon intuition. Je
suis son répertoire de paralipomènes. La voilà
confuse à l'idée que je puisse la tenir pour une
bru négligente. L'urgence de rendre compte ne
lui semble pas s'imposer aussi fort dans mon cas
que dans le sien. Elle seule a changé d'état, comme l'atteste la langue qui veut que Mademoiselle
devienne Madame, alors que nous restons Monsieur. Madame est un titre professionnel. Pour la
fille débutant dans le métier, le plus proche expert

est sa mère. Pour le fils, qui exerce au-dehors, l'avis de la sienne importe moins. Voilà ce qu'elle a voulu dire, ma femme, et si, à mon tour, je hausse un sourcil, c'est que la chose implique toute une philosophie : mariage, artisanat féminin.

« Alors, toujours du thé ? » reprend Mariette, voyant que l'eau frémit.

Décidément, elle ne s'y fait pas, depuis le petit matin de nos noces. Prendre la même chose (la même chose qu'elle) ce serait si conjugal. Depuis vingt ans encensée par les vapeurs d'un onctueux chocolat, Mariette admet à la rigueur qu'on puisse préférer le café au lait, comme son frère. Mais du thé aux aurores (et du thé que, circonstance aggravante, je bois sans sucre, alors qu'elle montre une folle amitié pour les glucides), c'est lavasse sans vertu. Elle n'insiste pas, néanmoins. Nous marcherons, l'époux à la Théine, l'épouse à la Théobromine. On jette un sachet de Lipton dans la théière (O ma mère ! sans l'ébouillanter) ; on le noie ; on garde un reste d'eau chaude pour se touiller un Phoscao.

A table, chéri. Oui, chérie. Faute d'avoir déniché la passette, qui devrait logiquement côtoyer dans le tiroir l'ouvre-boîte et le décapsuleur, Mariette, du bout de sa petite cuiller, extirpe minutieusement deux ou trois peaux brunâtres, qui viennent décorer sa soucoupe. Puis elle boit, à la tasse, soufflant, aspirant de courtes lampées qui lui étuvent la langue, ressoufflant, resuçant, sans craindre ces petits bruits qu'une éducation plus austère m'a interdits dès l'enfance. Je pousse les biscottes de son côté, ainsi que la gelée de groseille, production domestique, mais qui tremble dans un pot triangulaire de Materne, encore étiqueté « Marmelade d'oranges ». Mariette, dès le premier essai, se tartine les doigts :

« Zut ! J'ai oublié les serviettes. Où sont-elles ?

— Dans la commode de la salle à manger, sous l'Affreux. »

L'Affreux, c'est mon bisaïeul, un héros de Reichshoffen, portraituré après la bataille, donc après le coup de sabre qui lui trancha le nez. Mariette n'a fait qu'un bond. Je l'entends fourgonner dans les tiroirs, de l'autre côté de la cloison. Pour les refermer, elle tape dessus, sacrilège, ignorant qu'il faut, d'un léger tour de main, solliciter les glissières. Enfin, elle revient avec deux serviettes dépareillées, m'en tend une :

« Eh bien, mon chou ! » dit-elle, fondante, en me voyant tout chose.

Le « chou » pomme, il est vrai. Mais il n'avouera pas son ridicule. La serviette que voici, élimée, reprisée, historique, est brodée dans le coin d'un merveilleux A B au point de croix. Justement, c'est la femme de l'Affreux, une certaine Amélie Boutavant, née sous Louis-Philippe, qui l'apporta dans son trousseau. Enfant, j'ai toujours considéré comme miennes ces initiales qui avaient le bon esprit d'être aussi les deux premières lettres de l'alphabet. De niaiseries du même genre — qui partout font partie du folklore familial — les Guimarch sont farauds. Elles alimentent chez eux les petits boyaux de la rigolade. Nous, nous sommes plus constipés. Mais qu'y a-t-il ? Mariette est debout. Le téléphone sonne :

« Ce doit être pour toi. »

Nous éclatons de rire, car nous l'avons, en souhaitant le contraire, proclamé en même temps. Nous voici dans le couloir où est accroché le poste. Mariette, d'autorité, saisit l'appareil :

« Ah ! c'est vous, ma mère. »

Petite pause. Mme Bretaudeau douairière a dû poser une question. Mme Bretaudeau junior repart, cette fois avec enthousiasme :

« Oui, merci, excellent voyage ! La Corse, c'est encore mieux que ce qu'on en dit. »

Les calanques de Piana, l'Incudine et le mont Cinto vont-ils encore une fois resurgir, corser l'épithalame ? Dieu merci, ma mère, pas plus que moi, n'est portée sur la mandoline. Grésillent quelques mots. Coupée dans son élan, Mariette souffle :

«.Bien, ma mère, je vous passe Abel. Il voulait justement aller vous voir. »

Elle me passe le récepteur, mais garde un écouteur. Au bout du fil, il y a cette voix, si différente de celle de ma femme, cette voix calme, inusable, dont l'accent vieil-angevin amortit les syllabes. *Oui, dame ! J'ai envie de vous embrasser, mes enfants. Mais non, non, à peine rentrés, vous avez certainement trop à faire pour monter à* La Rousselle. *Tante doit justement descendre dans l'après-midi pour une livraison et ta mère pour faire voir sa cheville à la clinique Saint-*

*Louis. Dix fois rien, mon petit, une enflure,
mais qu'il ne faut pas laisser tourner à la
podagre. Nous passerons tard. Et nous re-
monterons très vite, avant le dîner. A tout à
l'heure.*

C'est tout. La ligne est libre. Je n'ai même pas
eu le temps de placer un mot. Si je ne connaissais
pas ma mère, si je ne savais pas qu'à son avis
« fusion se passe d'effusion », qu'elle a horreur
de monter ses sentiments en épingle, je trouverais
cette économie sévère. Pourtant elle m'enchante.
Ma mère, votre pudeur vous hausse. De vous à
moi prévaut l'intensité discrète. Et si de la bouche et des mains, envers celle-ci que vous n'avez
pas faite, je me montre prodigue, cela vraiment
ne vous enlève rien. Elle a repris l'appareil, votre
bru. Mise en appétit, elle appelle, de notre 60.87
son 42.95, pour un jumelage qui sera sûrement
suivi d'innombrables autres. Elle pose sur l'ébo-
nite un mimi sonore, elle dit : *C'est moi, Mamoune, tu as entendu ! Je te faisais la bise. Rien de
neuf, non, nous venons seulement de recevoir un
coup de fil de la belle-mère...* Ah ! non, maman,
la belle-mère, ce n'est pas vous ; c'est la dame à
qui l'on parle. A qui l'on parle si longuement que
mon thé sifflé, mes chaussures lacées, mon par-
dessus boutonné, Mariette n'aura pas cessé de
lui débiter des mignardises.

« Il est neuf heures, chérie. »

L'appareil avance vers moi, m'entoure de fil et
de tendresse. *Va, chéri, va... Non, Mamoune, cette
fois c'est Abel que j'embrasse. Il file au Palais.*

*Ne raccroche pas. J'ai encore un tas de choses à
te dire. Et d'abord, quand te voit-on ?*

Quand ? Mais tout de suite. Lorsque je revien-
drai, à midi, ce sera chose faite. Mariette dira
d'abord :

« Gilles m'a envoyé vingt roses. »

Puis, aussitôt, mélangeant ceci à cela :

« Maman est passée en courant, pour voir. Elle
revenait de chez Gab... Il est merveilleux, Gilles.
Il n'y a que lui à y avoir pensé. »

En courant, en revenant de chez Gab. Nous
sommes déjà dans le circuit. Mme Guimarch revient toujours de chez quelqu'un et passe chez
vous, par hasard, dire un petit bonjour. Mme Guimarch tient son affaire et tient la ville en même
temps.

« Tu as eu de la chance. Sans elle, je ratais la
béchamel », reprend Mariette.

Comprendre : Mme Guimarch a fait la béchamel
(au poivre blanc : signe de compétence) qui accompagne les moules. Son bachot en poche, avec
son mouchoir par-dessus, Mariette s'était vaguement inscrite aux cours de C.C.C.P. (sigle tout ce
qu'il y a de plus français, du cours de Coupe-
Couture-Cuisine-Puériculture). Elle l'a vite séché,
comme tant de filles à maman, anxieuses de
convoler, mais incapables de croire que, femmes
dans un ménage, elles seront pratiquement des
femmes de ménage. Eblouie par des ongles de

princesse, Mme Guimarch, qui, glorieusement,
touche à tout (et qu'une bonne délivre de la
plonge), entend non moins glorieusement que ses
filles ne touchent à rien. J'imagine qu'elle s'est,
in extremis, inquiétée du résultat. Merci. Le plat
du jour est, grâce à elle, très comestible. Au surplus, pour assurer qu'il n'y a pas trop de sel
dans les salsifis, je ne saurais en reprendre : je
n'ai pas le temps : je plaide à l'ouverture. Je
repars.

Poussant mon Aronde, grillant le feu du boulevard du Roi-René, je rentrerai malgré tout assez
tard. Peu fier, car mon client a écopé du maximum. Mais curieux de voir enfin réunies ma mère,
ma tante, ma femme, ou pour mieux dire, dans
l'ordre, comme au tiercé, ma mère, ma femme,
ma tante, ou pour mieux dire encore sans chercher de classement, le féminin de ma vie, ma douceur en trois robes.

J'ai ma clef, j'ouvre, mais une fois dans le salon je vois du premier coup qu'il m'en faudrait
une autre pour ouvrir ces visages fermés. Les
sentiments ne sont pas triangulaires. Ceux que
nous aimons ne s'entr'aiment pas forcément. Il
n'y a de souriantes que les roses de Gilles, dans
un vase. Mme Bretaudeau, polie, reçoit Mme Bretaudeau. Et voilà que moi-même, effrayé, je me
guinde et j'en remets :

« Tu n'as rien offert à maman ?

« — Tu penses bien que si ! fait aussitôt ma mère, assise, mais non adossée, vraie Notre-Dame en noir, comme toujours austère et bienveillante.

— Mais tu sais que nous ne prenons jamais rien entre les repas, dit la tante, son exacte réplique (je ne l'appelais pas pour rien, enfant, *tante Pareille*).

— Et puis franchement, reprend ma mère, le porto que je t'ai laissé ne vaut rien. »

L'œil gris, sous les cheveux gris, s'éclaire de malice. Ouf ! On se moque de moi. J'aime mieux ça. J'approche, je me penche, je suis baisé sur une joue, je suis baisé sur l'autre, sans plus. Mariette au milieu vient apposer son sceau. Puis je m'assieds, l'attirant sur mes genoux pour la déraidir. Ma mère enchaîne :

« Les oreilles ont dû te corner : nous parlons de toi depuis une heure. Je ne sais pas si nous avons intéressé Mariette, car nous avons surtout parlé d'un petit garçon...

— De toute façon, continue la tante, ce n'était pas une blague à faire à une jeune femme que de lui amener deux marâtres d'un coup ! »

Mariette sourit, mais ne se détend guère. Cette gentillesse ne la bouscule pas. Je vois Mme Guimarch en semblable occasion. Je la vois d'autant mieux qu'elle m'a raconté elle-même comment elle accueillit Gabrielle en arrivant — toute ronde — de Cahors : *La confusion même, cette petite ! Pas d'yeux pour oser nous regarder. Alors je lui ai dit : « Voyons, Gab, ne faites pas la gourde, je suis la grand-mère de ce que vous avez là... »*

Directs, les Guimarch. Massifs et par là même
attirant vite les gens dans leur orbite. Pour une
fille de leur clan, notre réserve doit sembler lan-
guissante. Problème à méditer. Mais déjà le pansement, qui gonfle le bas de ma mère, m'inquiète
davantage :

« A propos, qu'est-ce qu'ils vous ont fait, à
Saint-Louis ?

— Ils m'ont retiré une épine.

— Une épine de ton acacia, précise la tante.
Elle avait au moins deux centimètres. Ta mère
a marché sur une branche tombée dans l'herbe. »

Et soudain, nous quittons la ville. *J'avais raison, je t'ai toujours interdit d'y monter, tu y mon-
tais quand même.* Oui, pour cueillir ces grappes
de fleurs blanches, dont nous faisions des bei-
gnets. *Tranquillise-toi, je ne vais pas le faire couper pour si peu. Ça me navre bien assez de voir
mourir le cornouiller. Il ne s'est pas remis de la
foudre.* Nous sommes à *La Rousselle*, la maison
de vacances, la capitale. Mariette bat des cils.
Pour elle, au contraire, la rue des Lices est le
centre du monde ; la bicoque de Montjean n'est
qu'un poste de pêche, une cabine où se mettre
en maillot pour piquer dans la Loire. Quel intérêt
ont ces histoires de dahlias, de prunes et de la-
pins ? On passe en revue tous les voisins. *C'est
un cancer qu'a la mère Jeanne. Tu sais que nous
avons changé de facteur.* On arrive forcément à
Gustave, le chef-jardinier, un vrai saint Fiacre,
qui bêche, bine, serfouit, taille, butte, pique et
empote comme on ne le fait plus. *Hélas ! il atteint*

l'âge de la retraite et nous ne trouvons personne
pour le remplacer. Quant au commis...

« Mais nous rasons Mariette avec nos histoires », s'exclame soudain la tante.

Ça oui ! Bien qu'elle proteste. Elle est en train
de subir ce que j'ai hier soir subi chez elle : cette
sorte d'estrapade, qui vous précipite de votre famille dans celle d'autrui. Ma main glisse le long
d'un bras nu. Je suis là, chérie, dit la main. C'est
seulement le petit garçon qui était parti faire un
tour. Pour tout avouer, je me sens aussi dépaysé.
Il y a un mois, je vivais encore avec ma mère.
Ces choses m'étaient quotidiennes. Elles me restent familières. Mais ce sont déjà des souvenirs.
Elles le sentent bien, ces vieilles dames, qui se
lèvent, qui remettent leurs manteaux. Pourquoi
maman jetterait-elle, sur le salon Arts-Déco, ce
lent regard circulaire ? Pourquoi dirait-elle, s'in-
terdisant tout soupir :

« Vous allez changer tout cela, j'imagine ? »

Du geste évasif de Mariette, elle ne saurait être
dupe.

« Mais si, mais si, reprend-elle, c'est trop vieux
pour vous. Les rideaux, pensez, ils datent de mon
mariage. »

Parce que le nôtre l'efface, parce qu'elle y consent, ma femme ! tu peux enfin jeter à ma mère
ce regard qui n'est plus d'une bru, mais d'une
fille.

Et parce que nous avons eu peur, chacun, de l'apport de l'autre, de cette dot obscure d'habitudes, de secrets, ce soir après le dîner — potage Royco, œufs brouillés, poire — nous serons parfaits sous la lampe.

Déroulant ton mètre pour m'en ajuster un bout sous l'aisselle, tu as pris mes mesures avec précision ; puis tu as sollicité mon avis sur ce chandail-ci, que j'aimais assez, et sur ce chandail-là que tu trouvais mode et que tu as dès lors entrepris. Le chien marque ses voies en levant la patte. L'oiseau chante pour dire : ceci est mon territoire. La femme tricote pour afficher son homme. Après un long calcul de points et de diminutions, rêveuse et te grattant la tête du bout d'une aiguille de plastique bleu, tu as dit :

« Je ne suis pas au bout de mes peines. »

En effet. Mais si tu n'as jamais que celles-là, l'ennui même ne saurait t'en lasser. Moi, tu vois, sautant de notre lune de miel à la lune de fiel d'autrui, j'examine le cas Sérol. J'ai pu joindre Agnès, cet après-midi. C'est simple. Sommation faite, si son mari n'a pas dans les délais réintégré le domicile conjugal, c'est le *de plano*, c'est du gâteau. Mais au diable ce juriste pour qui tout divorce est rentable ! De celui-ci l'analyse montre que rien ne l'annonçait. Pas d'histoires de gros sous, pas d'échec sexuel, nulle pression des familles, ni amant ni maîtresse, aucun antagonisme de croyances ou d'idées. Comme nous, exactement. *Tes habitudes, tes goûts, tes parents, tes amis, j'en ai marre !* dit seulement la lettre de rupture.

Sérol est parti, il a légalement tort. Mais je la connais un peu, Agnès. Invivable ! Il n'y en a jamais eu que pour elle. *Tu verras,* me disait le patron, quand j'étais stagiaire, *cinq fois sur dix, les grands départs obéissent à une cascade de petits motifs. Deux qui s'adoptent, il faut encore qu'ils s'adaptent, qu'ils réduisent leurs différences. Mais, pour beaucoup, c'est à prendre ou à laisser. Nous vivons de ceux qui laissent...*

« Abel, dit Mariette sans lever le nez, tu vas me trouver idiote. Ta mère m'intimide... »

Tête basse, elle ne cesse de tricoter. Une mèche glisse entre ses seins.

« Il y a même des moments où elle me glace, où je me demande si elle est vivante. Elle est trop bien. Les gens sans défauts, ça me décourage. Ma mère, au moins, ce n'est pas une apparition. »

Nulle hostilité dans la voix. Un peu d'effroi : à la pensée que son mari, comme tant d'hommes qui admirent leur mère, pourrait rêver d'une femme conforme à ce modèle. Disons franchement, nous aussi :

« Surtout, n'essaie de ressembler ni à l'une ni à l'autre. Tu me suffis ! »

J'aimerais que mes craintes fussent aussi vaines que les siennes. Elle me sourit. Si je ne le savais déjà, le coup d'œil qu'elle vient de lancer au petit cadre posé sur mon bureau — et où ma mère sourit aussi — m'apprendrait ce qu'elle reproche à celle qui lui a cédé sa maison, son garçon. Le sang me monte aux joues. Pour injuste qu'elle soit, ta jalousie me tient chaud. Toi et moi, c'est

du banal, puisque c'est du mariage. Mais j'aimerais réussir cette banalité. Si c'est une aventure,
nous verrons dans dix ans. Pour l'heure, tu es
belle et rien n'est plus facile. Chérie ! J'aime ma
mère. Toi aussi. Quand elle tricote pour nous, une
femme où l'on entre commence à triompher de
celle dont on sort.

1954

UNE chose m'a toujours épaté : le goût des gens pour la péripétie. Dans les affaires de sentiment, chez les mariés, chez les amants, rien ne compte que le mouvement. Film, littérature, théâtre n'utilisent que deux situations :

Primo, l'entrée. Les prémices de la reproduction. Savoir si, comment, pourquoi un garçon et une fille (jadis par définition pucelle ; aujourd'hui par extension toute fille pubère et fraîchement vaccinée) pourront, malgré cent obstacles, réussir à faire un couple, à vivre heureux en ayant beaucoup d'enfants (variante moderne : à vivre heureux, bien que décidés à ne pas avoir beaucoup d'enfants).

Secundo, la sortie. Séparation, divorce ou revolver. Savoir si, comment, pourquoi un monsieur et une dame, parce qu'un autre monsieur ou une autre dame ont interféré, vont réussir à se séparer, malgré les lois et les prophètes, les remords et les finances, les familles et les moutards.

Le début, la fin de l'amour, voilà de bonnes his-

toires ; le milieu n'est censé intéresser personne.
Je demande où est le mariage : ce mariage que
les mêmes gens vivent, presque tous, et où, presque tous, ils demeurent ; ce mariage lent, long,
quotidien, dont le lit n'est pas le seul autel, mais
aussi la table de cuisine, le bureau, la voiture, la
machine à coudre, le bac à laver. S'ennuient-ils
donc si fort dans l'institution, nos voyeurs, qu'ils
n'en puissent rêver (rêver seulement : il faut vivre)
que le bandant exorde ou l'agréable issue ? C'est
leur ration de changement, bien entendu. Mais ce
curieux transfert en dit long sur les romances,
alléguées par les mêmes, pour sublimer leurs cale-
çonnades.

Moi, ce qui me fascine (donc me tente et m'effraie) dans le mariage, c'est l'immobilité du couple.
C'est le sujet : le seul qui, par définition, ne comporte pas d'intrigue. C'est cet état : le seul qui, par
principe, soit permanent chez l'homme ; qui, le
plus répandu, soit aussi le plus contraire à
sa nature, affamée de renouveau. Je ne suis pas
plus doué que les autres. Je crois n'avoir qu'un
avantage : mon amitié pour le raisonnable.
Je ne puis ni affecter la passion ni me passer d'affection. Ce furent toujours, en milieu
bourgeois, de bonnes dispositions matrimonia-
les.

Mais le mariage aujourd'hui pourrait bien en
réclamer d'autres que je possède moins, si j'en

juge à la facilité avec laquelle je maudis le livret, à mes heures.

L'autre soir, c'était le premier anniversaire du mien. Un an de mariage, ça porte à réfléchir. *Noces de coton !* Je trouvais la tradition prudente qui, à deux ans, les veut seulement de papier, à trois de cuir, à cinq de bois, à dix d'étain, à vingt-cinq d'argent et, progressant enfin dans la joaillerie, prévoit l'or à cinquante, le diamant à soixante, le platine à soixante-dix, pour retomber dans le chêne à quatre-vingts (celui du cercueil, sans doute). Depuis trois semaines le coton volait ; nous ne faisions, Mariette et moi, que nous houspiller. Pour des vétilles. Pour une note de téléphone (le coup de fil matinal à sa mère, quand il dure une heure; il aboutit à des relevés inattendus). Pour une invitation, acceptée par elle, repoussée par moi. Pour un fer électrique qui avait traversé la table. Pour rien. Pour des mots, ricochant sur des mots. Déjà, il y a cinq mois, nous avions connu une épreuve du même genre et Tio m'en avait dit :

« Bah ! nous sommes tous des bouteilles de Leyde ! Pour ramener la tension à zéro, il faut de temps en temps se tirer des étincelles. »

Cette fois, au moins, les raisons en étaient claires. J'avais mal supporté le dernier épisode de la « modernisation » de la maison. Le lundi (jour de fermeture des boutiques, donc d'envahissement) j'étais tombé sur Mme Guimarch, s'agitant dans une sorte de nuage, en compagnie de la maigre Arlette, de la menue Simone et de l'importante (encore une fois !) Gabrielle, suitée de ses trois féminines dont on ne sait qui est Aline, qui Catherine et qui Martine, mais toutes trois pressées par le chœur des dames de dire bonjour à L'Onclabel et le disant, tandis qu'on les remouchait, tandis que Mme Guimarch, assurant qu'elle arrivait de la succursale, qu'elle y repartait, rajustait la fanchon nouée autour de ses cheveux avant d'annoncer :

« La tante est venue vous voir.

— Ma tante ?

— Je parle de la tante Meauzet ! » reprit Mme Guimarch, visiblement étonnée de la confusion et de mon incapacité à comprendre l'importance de l'auguste visite.

Marraine de Mariette, Mme Meauzet, en effet, est ma tante et la preuve, c'est qu'à moins de testament contraire mes éventuels enfants seront pour un cinquième ses éventuels héritiers. La parenté par alliance, au troisième degré, on ne s'en convainc pas vite. Mais ces dames ne s'occupaient déjà plus de moi. L'une d'elles, reprenant le fil d'une conversation troublée par mon arrivée, dit à une autre :

« Cette pauvre Louise, je lui avais pourtant répété : ma cousine, ne signez pas ce bail. »

Quel bail ? Quelle Louise ? Je ne m'y reconnaîtrai jamais. Suivant le foule, j'entrai au salon où la pulvérulence atteignit son comble. Sous le lustre à pendeloques, la tante Meauzet, carabosse haute et noire, toussait, gloussait en secouant ses fanons.

« Voilà maître Patelin ! » fit-elle, soufflant la malebouche.

Je l'avais déjà vue une fois, la vieillarde, célèbre pour son coup de bec, honorée pour ses rentes qui lui permettent d'exténuer impunément les siens. Elle me toucha le front d'une lèvre poilue, fit deux pas, pointa l'index sur le ventre de Gab :

« C'est trop ! » dit-elle, en me regardant.

Déjà, elle se retournait vers Mariette et, du même doigt, lui perçait le nombril :

« Toi, c'est trop peu ! A quoi sert un mari ! »

Elle fit d'un vert regard le tour de nos sourires et parut enchantée d'y lire quelque gêne. Bien que beaucoup m'eussent félicité de ce qu'elle me reprochait (*Vous, au moins, vous prenez votre temps*), je savais qu'un certain étonnement (*Mais comment faites-vous donc ?*) commençait, chez les mêmes, à devenir rêveur. La province a vite fait de soupçonner la graine. Mariette, comme fautive, s'était détournée ; elle caressait les cheveux d'une de ses nièces. Mme Guimarch changea vivement de sujet :

« Vous avez vu le travail ? »

Il eût été difficile de l'ignorer : tout le monde s'y prenait les pieds ; rideaux, doubles rideaux, tringles et cordons de tirage gisaient pêle-mêle sur le tapis. Aux fenêtres, désolés, les carreaux tout nus nous livraient aux coups d'œil furtifs des passants.

« Ils étaient vraiment cuits, ils s'en allaient de partout », fit Mariette.

Elle paraissait quand même ennuyée. Pour la poussière. On croit tenir une maison et, dès qu'on bouge un cadre, dès qu'on arrache une tenture, ce n'est plus que filandres et moutons.

« Ce n'est pas tout, claironna la belle-mère. Venez voir la salle à manger. »

Je m'y laissai traîner. Il n'y avait plus de salle à manger. La baie, vide, éclairait une pièce inconnue d'où avait disparu l'ensemble Henri II, dont le fronton à balustres (soixante-deux) donnait exactement, lorsque j'avais six ans, l'âge de feu ma grand-mère. Teck à droite, teck à gauche : sur carpette de crylor et sous luminator danois, triomphait la moderne invasion des Vikings.

« On voulait te faire la surprise », dit Mariette en extase.

Surprise était le mot. Je n'en trouvai qu'un autre :

« Tu...

— Non, dit Mariette, renvoyant l'hommage à qui de droit. C'est marraine.

— Je vous l'avais dit, je ne fais jamais de cadeau de mariage avant un an, je veux d'abord être sûre que ça tienne », fit la donatrice qui lorgnait mon silence, heureuse de ses bienfaits, comme de mon plaisir et de mon impuissance à lui en exprimer la nature.

Une main sur mon épaule, une autre sur celle de sa filleule, elle ajouta, pointant le menton vers la belle-mère :

« C'est d'ailleurs Marie qui s'est occupée de tout.

— Je les ai eus directement en fabrique, expliqua Mme Guimarch. Au prix de gros. Et encore, on m'a repris les anciens meubles. »

L'idée que j'avais ainsi payé ma quote-part, si minime fût-elle, gonfla ma gratitude. Il y eut des baisers, suçotant Carabosse. Puis un œil me tomba : sur le dessus de table.

« Ça, dit Gabrielle, dans l'émotion générale, c'est nous qui l'avons fait. »

Nous, les sœurs. Gabrielle et Arlette et Simone, peut-être même Reine en son lointain Paris, peut-être même l'aînée des *ines* d'une aiguille hésitante. Toutes, carré par carré, de mille débris de pull, de mille restes de laine et de tant d'heures perdues, nous avaient assemblé ce *patchwork* éclatant dont la mode fait chanter le chœur des tricoteuses. On resuça. J'étais comblé. Puis le jour commença doucement à languir. La conversation fit de même, les familles sachant bien que dans le pire bavardage elles ont des tas de choses à ne pas se dire. Enfin récitant bonsoir sur quatre tons, les quatre générations, grand-tante, nièce, petites-nièces, arrière-petites-nièces, congratulées, congratulant, s'en allèrent, fières d'avoir réussi ce coup de main sur mon décor, joyeuses de m'avoir apporté tant de joie.

« Tu es drôle, fit Mariette, en refermant la porte. On te fait un cadeau royal et c'est à peine si tu remercies. »

Et sans transition :

« Pour les nouveaux rideaux, que préfères-tu ? Velours, reps ou laine de verre ? »

Elle choisit la laine de verre.

Pourtant je n'avais pas dit le « Ça, ma chérie, c'est ton rayon », formule aimée des sociologues et qui nous rend vite prince consort. Mais il suffit de l'avoir dit une fois ; ou de s'être mal tu. Comme ma mère, je me tais volontiers, je laisse venir. C'est une méthode efficace, quand le silence, vainement battu par les arguments, leur oppose l'autorité d'un mur. Mais le mien est de sable et les marées de salive l'emportent à chaque coup. Ma mère est silence-non ; moi, je suis silence-oui.

De ces consentements, ne donnons pas la liste : elle serait déjà longue. Mariette y voit de l'amour (qui n'en est pas exclu). Dans son bel enthousiasme pour une *Auer quatre feux*, elle ne découvre qu'ensuite la mollesse du mien, effrayé par les traites. Sa première grande purge, qui vida les placards d'un tas de choses inutiles entassées par ma mère, n'était pas saugrenue ; il fallait bien qu'elle fît de la place pour pouvoir finalement en entasser d'autres (les chiffons d'autrui n'étant que des chiffons, les nôtres étant des souvenirs). L'ennui c'est que personne n'aime voir nettoyer sa jeunesse. Dans ces cas-là, je deviens distrait. J'affiche le détachement des choses d'ici-bas. Je

me retire dans mon bureau, je travaille, j'oublie
l'heure. Mariette monte. Elle soupire :

« Qu'est-ce que je t'ai encore fait ? »

Parfois même elle devine :

« Tu tenais à ces vieilleries ? Mais il fallait me
le dire. »

Et ça se termine dans les émotions : de l'une
qui croyait bien faire, de l'autre qui aurait dû
lui laisser croire qu'elle avait bien fait. Dans un
coin du bureau il y a ce divan de secours, où n'a
jamais couché que ma très chaste tante, les soirs
de braderie ou de réclame de blanc aux Dames de
France. Et là, trouvant sa fin, une secrète rogne
se met à souffler tendre. Je l'aplatis, tout habillée,
la mince patronne ! Je me la fais céder à son seigneur. Quelle femme est sur le dos ce qu'elle est
sur ses pieds ? Quand tu halètes, mon trésor, une
chose devient certaine : c'est que je suis le maître
à bord de ton plaisir.

SANS le charger, j'ai tendance à considérer le passif. Dans un jeune ménage, on se heurte, c'est sûr, mais beaucoup moins qu'on ne se ponce : à l'émeri doux. Si mal il y a, il s'appelle avant tout l'ignorance. On a appris le secrétariat, l'administration, le commerce... On n'a pas appris à vivre ensemble : le mariage est sa propre école mixte.

Cette année, considérons-la comme un stage. Sauf l'événement initial, qui rejette les autres dans l'ombre, il semble ne s'y être rien passé. Nous n'avons pas eu d'enfants. J'ai continué à me faire une clientèle. Nous sommes allés trois semaines à Quiberon avec les Guimarch, qui ne conçoivent pas de vacances hors du sable ; puis une semaine à *La Rousselle* chez ma mère. J'ai repris mon travail. Nous autres, nous avons toujours cela, qui nous rend forains, qui nous donne un point d'appui hors du ménage.

Somme toute, si ce n'est pas un triomphe, ce n'est pas un échec. Les familles seraient plutôt satisfaites de nous : avec les restrictions d'usage.

Je ne dis pas que la célèbre addition à l'envers (qui de deux ne doit faire qu'un) soit toujours réussie. L'indivision suffit, qui en est le visage ordinaire. J'éprouve rarement le sentiment de m'être frustré de cent possibles, pour avoir dit oui à une seule ; je me sens davantage, comme le pigeon au nid, délivré de la rose des vents.

Certes, il faut l'admettre, homme et femme sont rarement sur la même longueur d'ondes. Chacun cherche son double. Chacun trouve autre chose : un être. On n'a jamais si faim d'un être que nous n'avons, en lui, faim de nous. Arrange-toi de moi, maintenant, ma femme, comme je m'arrange de toi.

Ce que tu es, je commence à le savoir. Dans l'émotion, l'agacement, l'illusion qui persiste, l'égoïsme qui insiste, il est certain que je te fausse ; que mon jugement me juge. Le photographe ne vit que de ce qu'il voit et pourtant, flash par flash, il le fragmente, il le déforme, il en trahit l'unité.

Mais il faut bien faire le point.

PARLONS d'abord de ses qualités.

La première, c'est d'exister.

Bien qu'elle appartienne à une sous-variété très commune, dite « classe moyenne », d'une variété non moins commune, blanche, brachycéphale, omnivore, assez féroce, issue par la souche aryenne des primates à station droite, c'est un spécimen ♀ d'homo sapiens en très bon état.

Et puis elle a les qualités de ses défauts : ce ne sont pas les moindres.

Et puis, soyons sérieux, elle en a beaucoup d'autres.

Elle a de la franchise : sa bouche, c'est le téléphone rouge : jamais je n'ai vu Mariette retenir quelque chose qu'elle avait sur le cœur. Elle dit tout. Seuls les mots peuvent l'arrêter dont beaucoup sont tabous (notamment les triviaux, les sexuels), car pour elle ils ne font pas que repré-

senter ; ils engagent. Ils sont très loin d'être ce
qu'ils sont pour moi : un exorcisme. Elle ne ren-
force jamais la sincérité par la crudité. Au besoin,
ce sont ses yeux qui me disent merde !

Elle a de l'indulgence, mais cette charité, bien
ordonnée, ne commence pas forcément par elle-
même. C'est dans l'ordre : moins nous jugeons,
plus nous absolvons et mieux nous confessons.
Mais la vertu est rare chez l'auditrice d'ordinaire
vite transformée en relais de Radio-Médisance.
Mariette, sans moraliser, peut annoncer :
« Je viens de croiser la petite Marland. Elle est
enceinte jusqu'aux yeux, la gosse ! »
Seul commentaire :
« Si tu avais beaucoup insisté, ç'aurait pu m'arriver. »
Il y a de l'envie dans son sourire.

Elle a de la vivacité, pourtant. Sa pelote à épingles (des épingles, pas plus) est assez fournie.
Si je grinche, chicanant sur je ne sais quoi :
« Toi, vinaigre, tu es en train de penser corni-
chon. »
De sa fameuse tante, aux longs bras maigres
soulevant son châle en ailes de chauve-souris et
que l'incontinence précipite aux lieux, elle a dit :
« Inoffensive, au fond, la pipistrelle ! »

Elle a de la patience : vertu parfois très sèche,

que partage le chameau, mais qu'angélise sa gentillesse.

Elle a du courage : pour passer de chez sa mère, où elle ne faisait rien, à cette maison où elle fait tout, il lui en a fallu. Ça donne ce que ça donne, mais chapeau ! Seule une femme est capable d'une telle métamorphose. Certes, je suis aussi un peu multiplié : avocat, factotum, amant et bricoleur. Mais ce n'est rien auprès d'elle ! Ménagère, lingère, cuisinière, secrétaire, plongeuse, ravaudeuse, esthéticienne, comptable, hôtesse, maîtresse, une main au poudrier, l'autre à l'aspirateur, une main à la pattemouille, une autre au téléphone, les deux dans la bassine, les deux sur la machine pour taper mon courrier, déesse à tant de bras, je te salue, Kali, qui trouves le moyen de ne pas m'être féroce.

Elle a des attentions. Pour célébrer la rosette — tardive — de mon oncle, Mariette lui a offert un dîner rose : rosette de Lyon, poulet en gelée à la tomate, salade d'endives et de betteraves, glace aux fraises. Rosé d'Anjou, il va de soi. Ma mère, ma tante, invitées, s'en sont allées, tout attendries :

« Vous avez eu une idée charmante, mon enfant. »

Idée ne me semble pas le mot juste, car elle s'était inspirée de *Marie-Claire*. Mais c'est tout à fait le genre de petits enchantements dont elle aime être fée.

Elle a de la pudeur. Entre la Mariette de lit
dont le jeune nu est strict et la Mariette de ville,
dont le tailleur ne l'est pas moins, existe une
Mariette de chambre, qui ferait le bonheur des
pages de réclame consacrées à la publicité du
rayon de lingerie de la Belle-Jardinière. J'aime
assez. Ça me borde l'œil de dentelle. Pourtant ce
n'est pas absolument joli. Ce slip minuscule ca-
chant à peine la touffe, ce soutien-gorge tout en
brides, ce porte-jarretelles dont les boucles brim-
balent, me font toujours penser au harnachement
du cheval sur qui l'on vient de jeter l'attirail de
croupière. L'accrochage des bas, plissant sur le
renfort, n'arrange rien. Toute femme en cet arroi
n'offre que des entre-deux : morceaux de cuisse,
zone ombilicale, haut de buste, que sangle, que
cerne un peuple d'élastiques. Il y en a qui vaquent
à leur toilette, offrant ce french-cancan, sans
souci de peignoir. Mariette jamais. Elle a compris d'instinct : le polisson, c'est bon, mais ça
s'économise.

Même décence aux jours J. Si d'aventure, dans
un journal, je tombe sur un de ces placards où
les fabricants de spécialités pour dames parlent
de *Révolution dans l'hygiène intime* ou de *Protection féminine moderne à deux couches d'ouate
absorbante renforcée par un feuillet de sécurité
en polyéthylène,* je jette. Si on murmure que
la bonne de Mme Guimarch doit consulter parce
qu'elle ne voit plus, je m'en vais. Discrète sans
chercher à être secrète, Mariette dit seulement,
en cas de nécessité :

« Tu m'excuses aujourd'hui. »

Mais au lit elle a la pudeur d'être à l'aise :
bien plus que moi. Qui tient son droit prend son
dû. Si elle craint les mots (sans doute parce
qu'ils servent à tout le monde), elle ne craint pas
les gestes. Tout ce qu'elle ose est comme sacra-
lisé. C'est à décourager le cochon qui sommeille :
quoi qu'il tente, elle le béatifie.

Enfin, elle a de l'enfance. Dans les prés du dimanche, la moindre enluminure l'enchante. Elle
m'arrête, fonce, se baisse ici, se baisse là, me revient les talons boueux avec six marguerites et
trois pentecôtes. Les dahlias de *La Rousselle*, que
nous pouvons avoir par paniers, l'intéressent peu :
c'est de l'arc-en-ciel obtenu à l'engrais. Les fleurs,
il faut que ce soit trouvaille à deux, un peu volée, vivement enlevée, dans un cri d'oiseau :

« File maintenant, je les ai ! »

Continuons par ses défauts. En prenant soin d'avertir que forcément j'y mets la loupe.

Il y a d'abord son excès de présence. Mariette est tout sauf transparente et je me dis parfois qu'au temps facile des fiançailles il y avait entre nous de longs repos. Je pouvais, à volonté, aller ou ne pas aller la voir. *Je sortais* pour la rejoindre, alors qu'aujourd'hui, *je rentre.* Je n'ouvre plus, je ferme une porte. Je retrouve une femme, fidèle comme la pendule. Ses yeux sont pleins de regards, sa bouche pleine de questions :

« Qu'est-ce que tu veux manger ? (*quotidienne*)

— A quoi penses-tu ? (*incessante*)

— Que fais-tu demain ? (*vespérale*)

— Que fait-on dimanche ? (*hebdomadaire*)

— Qu'est-ce qu'il reste au compte ? (*mensuelle*) »

Elle est là, pénétrée, qui de partout me pénètre. Point de recours. Avec Mariette on ne s'isole jamais. J'ai osé dire à Tio :

« Sauf aux W. C. »

Et Tio, qui ne me rate guère, a répondu, bonhomme :

« Solitaire et tête nue... Je vois ! »

Il y a son appartenance au « Parti féminin ».
Très inspirée par l'exemple de sa mère, elle manie
volontiers l'impératif. Mme Guimarch, élevée à
l'époque mérovingienne, en garde les formes, les
déguisements. Elle commande au conditionnel :

« Toussaint, tu devrais changer de chaussettes. »

Mariette coupe au court :

« Abel, ton clignotant ! »

Car *FEMME MODERNE* le lui répète : *Comme
la souveraineté procède du peuple, l'autorité procède du couple,* qui la délègue à l'un et l'autre ;
c'est-à-dire à qui la prend ; et elle est très pre-
neuse. L'exercice du pouvoir, chez sa mère usur-
pé, chez elle devient devoir d'état. D'où, son extrême susceptibilité ; ne faites pas l'esprit fort
en disant :

« Le monde a cessé de tourner autour de l'homme, bon ! Mais pas les femmes... »

Elle vous classerait parmi les affreux. Les mots
eux-mêmes sont à trier. Je n'annonce plus :

« Maurice était là avec sa grosse *nana*... »

Offense à l'espèce ! Une telle imprudence peut
gâcher la journée. Dans le même ordre d'idées,
si j'égare mon foulard, elle le cherchera, elle le
trouvera, elle me le nouera autour du cou, mais
en faisant remarquer :

« Tu me prends pour ta bonne. »

Elle veut bien tout faire, mais en affranchie, montrant que je dépends d'elle autant qu'elle dépend de moi. Et même un peu plus. Cependant, je dois rester « un homme ». L'homme tel qu'il doit être : ce grand beau pâtre brun, sûr comme son chien, fort comme le bélier, doux comme la brebis, au bras de qui toute bergère aspire. Mariette a de l'affection, elle n'a pas d'estime pour Eric, entièrement « gabriellisé ». Mais elle me gabrielliserait volontiers. Sans cesse, bien entendu, de plaindre Gabrielle :

« Avec un mollasson pareil, comment veux-tu te sentir protégée dans la vie ! »

Il y a sa méfiance envers l'homme : on la lui a, sans le vouloir, enseignée dès l'enfance ; elle l'exprime, sans le savoir, à tout propos. Mme Guimarch, qui chasse désespérément le mari pour Arlette, ne manque jamais une occasion de l'encourager. Le dimanche, jour sans bonne, elle lui jette :

« Sors, laisse-moi la vaisselle. Tu la feras bien assez quand tu auras un pacha. »

M. Guimarch ne sait pas planter un clou. Mme Guimarch soupire :

« Que voulez-vous ? C'est un homme. »

Leçon retenue. Mariette, lorgnant le gros ventre de Gabrielle, tire une lippe et murmure :

« Ah ! les hommes ! »

On croirait entendre Anne-Marie Carrière : *S'ils sont riches, ils sont chiches. S'ils sont vieux, ils sont piteux.* Rien que des ingrats, des renégats, des potentats. Le bon format n'existe pas.

Il y a son sentimentalisme. Mariette est entrée dans le mariage comme dans une pâtisserie. Je suis le pâtissier, je lui dois mille délices. *Romantic love !* Avec ce qui précède, elle ne voit point de contradiction : si le mariage n'est pas ce qu'en attendent les femmes, c'est encore de la faute des hommes, qui ne prennent rien au sérieux. Le mythe de l'être complémentaire, juste à point rencontré parmi trois milliards d'autres, elle n'oserait le soutenir. Mais poussée dans ses retranchements (Tio adore l'asticoter sur le chapitre), elle trouve aussitôt la sainte formule :

« On se rencontre par hasard, je veux bien. Mais ce qui pouvait ne pas être ne peut plus ne pas avoir été. »

C'est ainsi que le hasard abolit le hasard. Roucoulons, mon pigeon, dans la fatalité.

« Et ta sœur ? dit Tio, qui parfois s'aime féroce. A supposer que le petit beau-frère se ruine, ce qui pour cent millions a pu être, une fois le fric perdu, pourra-t-il ne pas avoir été ? »

Mariette hausse les épaules. La loi, les astres, la politesse, la moralité publique enseignent tous que Vénus en maison est réputée vivre d'amour. Arrière, Satan, qui ose imaginer que souvent c'est mensonge, que parfois l'on divorce et que toujours on meurt !

Il y a ses éclairages : ce sont toujours ceux d'une lampe de poche. Vient-on à parler de la guerre d'Indochine ? Sa crainte des discussions la maintiendra dans le silence jusqu'au moment où elle pourra placer :

« Mon cousin Marcel y a perdu un bras. »

Ce bras, c'est le fait saillant du drame.

Il y a ses possessifs. Ecoutez Mariette prononcer : *mon mari.*

Vous retrouverez le même accent dans les litanies : *mon loup, mon rat, mon chou, mon chat...* Derrière le possessif, le monosyllabe (m'assimilant à n'importe quoi : carnivore, volaille ou légume) est pur prétexte. On pose l'écriteau : *propriété privée.*

Le possessif n'a d'ailleurs pas besoin d'être exprimé. Je m'habillais : aujourd'hui, elle m'habille. N'était mon métier, qui a ses exigences, pull, pantalon, chaussettes, nous irions assortis. Ainsi de mon horaire : toute minute, passée loin d'elle, lui est comme escroquée. Ainsi de mon bonheur : sa bouche est ma prise d'air. Qu'allais-je chercher au stade quand je fonctionnais dans un onze d'amateurs ? D'un possessif retourné (*Tu vas encore à ton foot ?*), l'insistance est devenue telle que j'ai préféré abandonner.

Et je ne dis rien de son œil, suivant mon œil, dans la rue.

Il y a ses nerfs. Elle a voulu conduire. J'ai des

camarades qui attendent pour céder leur volant que la voiture ait deux ans. Comme la mienne n'était pas neuve, elle ne risquait pas grand-chose. Et puis franchement, avec Mariette dans l'auto, je préfère être passager que chauffeur : d'abord, parce qu'elle conduit bien ; ensuite parce que, se faisant confiance, elle cesse d'avoir peur. Si je pilote, elle crie sans arrêt :

« Feu rouge ! Ne mords pas sur la bande. Serre à droite. Regarde ton rétro. Attention radar ! Maximum soixante... »

J'ai beau lui dire qu'heureusement je ne suis pas aveugle et que malheureusement je ne suis pas sourd, rien n'y fait. Dès qu'elle s'installe à la place du mort, j'ai l'impression d'avoir chargé saint Christophe et de risquer à chaque seconde le retrait de mon permis.

Il y a son nationalisme familial. Tous les mariages sont morganatiques. L'un croit être tiré d'un peu plus haut dans la cuisse de Jupiter ; l'autre estime avoir apporté plus d'avantages. Mariette aime dire :

« Nous, depuis cinq générations, on monte. »

D'où la difficulté de la naturaliser Bretaudeau. *La Rousselle* lui demeure un pays étranger. Nous y sommes allés une fois par mois, au moins. Quand elle conduit, elle se trompe encore de route et (l'Anjou étant partagé en deux cartes) prend régulièrement la Michelin 63 au lieu de la 64.

Et pourtant elle ne me fera pas aimer la finesse Guimarch ! Ce qui se dit, ce qui ne se dit pas, ce qui se fait, ce qui ne se fait pas, ce qui se porte, ce qui ne se porte pas, ce qui se croit, ce qui ne se croit pas, pour une Angevine ça fait un tas ! Certes, Mariette affecte le tout d'un certain coefficient de nouveauté. Elle a du jugement. Bachelière, elle a des notions. Femme, elle a de l'intuition. Mais peu d'idées. Elle apprend vite, elle comprend bien, elle ne surprend jamais.

Qui pis est : la rue des Lices l'infantilise aussitôt. Je suis né dans un milieu où nul ne demande aux filles d'avoir inventé la poudre ; j'ai personnellement pour les bas-bleus, qui veulent vous la jeter aux yeux, une totale inappétence. Mais quand Mariette m'emmène, le dimanche, jouer au bridge avec son père et son frère, je souffre ! Tio, qui, en vieil officier, adore les cartes et que les Guimarch ont adopté, vient parfois faire le quatrième. Nous jouons alors entre hommes, tandis que les femmes font la causette. Autour des sans-atout les réflexions voltigent. On entend Mme Guimarch qui chuchotait avec sa bru, conclure à voix haute :

« En tout cas, faites attention. Négliger son entérite, c'est hâter son enterrement.

— C'est mon Clam, ça, c'est mon Clam ! » répète Simone, vautrée sur le tapis avec les nièces et toutes les quatre mélangées au clébard qui leur mordille ce qu'il peut.

Mais Arlette, rameutant l'attention, commente soudain l'horoscope de Francesco :

« *Prudence avec la Balance, amitié avec le Verseau*, annonce-t-elle à la cantonade. Qui est Balance, ici ? »

Mariette vient d'empoigner Catherine, la toute petite, et la papouille et la chatouille et la fait rire aux éclats. Comment se fait-il qu'elle soit Balance ? « Signe d'air » et non « signe d'eau », comme on pourrait le croire, le Verseau, par ma bouche, dit :

« Deux piques ! »

Mais Arlette est dans le Lion. Elle récite :

« *Entente parfaite avec le Capricorne*. T'entends, Mamoune ? On a beau dire, il y a des fois où ça tombe drôlement juste. »

Ben, voyons ! Mme Guimarch, tendrement léonine, regarde son bon gros capricorne, qui riposte :

« Trois cœurs ! »

Mon signe d'air me trahit. J'étouffe d'une petite rage que Tio prend en pitié :

« Trois piques ! »

Et plus bas, pour moi seul, il ajoute :

« $\theta\chi = \beta \, (\pi \, R^2)$

— Qu'est-ce qu'ils se disent, ceux-là ? » grogne M. Guimarch, soupçonnant quelque triche.

Rien, papa. C'est notre formule secrète : *tête à × égale bêta, multiplié par la surface du cercle*. Ça veut dire quelque chose comme « la sottise de quiconque est fonction de l'entourage ». Je vais jouer mes trois piques et je chuterai d'un pli.

Précipitée des cieux où règnent les planètes la tribu dégringole aux enfers de la nôtre : Mme Guimarch, que tout loisir accable, vient de se lancer dans de navrants calculs de T.V.A., tandis que Simone fait brailler son électrophone.

Je découvre sa religion, qui n'est pas très religieuse.

Le curé a fait distribuer les enveloppes du denier du culte. Mme de la Granfière est venue les ramasser, exquise et gantée : c'est la petite-fille d'un comte député-maire, l'honneur de la rue. J'avais glissé quatre billets de mille dans l'enveloppe ; Mariette a réduit le chiffre de moitié, disant :

« Ils ont trouvé le truc, à la cure ! La perception mondaine, on y résiste mal. »

Et se chargeant de recevoir la collectrice, elle n'a pas craint de lui dire :

« Nous voudrions faire mieux. Mais, vous savez, un jeune ménage... »

La comtesse a souri. Son rôle, c'est de faire cracher le respect humain. Elle sait très bien qu'avant de passer au lycée j'ai chanté le « Vive Urbain », hymne du collège Montgazon où je fus durant trois ans le condisciple du premier vicaire de Saint-Layd. Elle sait aussi que les paroissiens ont parfois besoin d'avocat. Si je ne vais pas à la messe, je peux toujours payer les cierges. Mariette est du même avis. Mais toute chose a son tarif.

Elle, pourtant, va à la messe. Enfin, elle y va quelquefois. Nous sommes tous catholiques, en France, d'après la statistique qui se contente de retrancher un certain pourcentage d'israélites et de protestants. Ce recensement m'escroque un acte de foi : tout le monde sait que, de cette foule, les vrais croyants ne sont pas le quart. Mais les vrais incroyants ne sont pas plus nombreux et il faut bien avouer que leur soumission à l'état civil religieux, aux fêtes, au calendrier demeure enchristianisée. Que sommes-nous vraiment dans cette masse qui, pour conserver des usages, diluant le sel dans l'eau bénite, emploie tous les degrés de saumure ?

Moi, c'est simple, j'appartiens à une de ces familles, rares en Anjou, fréquentes dans le Midi, où — regrettant qu'il n'y ait pas de cérémonial laïque — on accepte de passer à l'église quatre fois par vie : en blanc pour le baptême, la première communion, le mariage ; en noir, pour les obsèques. Chez les Guimarch c'est plus compliqué. Ils font partie du cinquante-cinquante : qui en prend, qui en laisse ; qui tantôt se met à genoux (sur velours de préférence) et tantôt hausse les épaules. Il y a entre eux des différences notables. La tante Meauzet s'embarbiche d'*ave*. Mme Guimarch regrette « de ne pas avoir le temps ». Elle larde son rôti en écoutant la messe des ondes et ne s'effarouche pas de tomber sur l'office protestant. Elle a même là-dessus d'œcuméniques opinions :

« Les parpaillots, moi, je les trouve plus raisonnables. Ce n'était pas la peine de tant les étriper pour faire comme eux ou presque. »

De Reine et de Gabrielle, elle connaît la tiédeur : il lui suffit de penser qu'elles sont en règle, puisque baguées sur prie-Dieu. Elle se félicite qu'Arlette soit pieuse : c'est toujours bon pour une jeune fille et il y a des épouseurs qui en tiennent compte. Arlette entraîne Simone et les nièces, qui ne sont pas d'âge à discuter ; voilà de bonnes déléguées auprès du Seigneur et de ses représentants, toujours un peu sourcilleux envers le commerce local. Et mon Dieu, si Toussaint, si Eric, si Abel — qui, lui, exagère un peu — n'ont pas le pied mystique, n'est-ce pas, ce sont des hommes...

Mariette semble aussi le penser. Sur tous les sujets sérieux — religion, politique — il est difficile de cerner son opinion. Plus sensible aux contiguïtés qu'aux continuités, elle vous lâche, par bribes, des aperçus qui ne relèvent pas de la doctrine, mais du sentiment. Elle n'ira pas vous dire que Jupiter et Junon, Dieu le père et Dieu la mère, au moins, c'était normal. Mais enfin le christianisme est étrangement masculin :

« Du pape au vicaire, rien que des hommes ! Quand l'Eglise discute de nos problèmes, qui est consulté ? Pas une femme. Mais de vieux célibataires en soutane... »

Le seul honneur fait à son sexe, honneur qui vraiment n'est pas mince, c'est l'Incarnation, en faveur de la Vierge-Mère. Encore est-il que dans l'exaltation de la virginité, état privilégié, il y a quelque affront pour les femmes :

« Tu comprends ce dégoût envers une mécanique dont Dieu est l'inventeur ? Ils sont pourtant drôlement multiplicatifs, à Rome, et tout ce qu'il y a d'exigeants sur le sujet. »

Enfin il y a l'enfer. Mariette pour qui l'Amour, A comme avant, A comme après, ne saurait avoir de terme, trouve tout à fait décent que Dieu ne se lasse jamais. Mais l'enfer ? Elle hésite. La voilà papiniste:

« Tu sais, l'enfer et le loup-garou... »

Pour le reste, orthodoxe et la conscience au chaud, elle ne prendra jamais parti. Penser est une chose et croire en est une autre. On ne sacrifie pas de courtes certitudes aux sûretés à long terme. Ce qu'il a de factice et ce qu'il a de sincère font de l'arbre de vie un grand sapin de Noël, où, par-dessus les chocolats en papillottes, les petits Jésus de sucre candi (et les vrais, de chair tendre), les guirlandes de lamé, les étoiles, les bulles, Dieu nous accroche aussi le bonheur éternel.

Je découvre enfin que sa conception de l'économie met la mienne en péril.

Moi, j'aime les bilans. Mon équilibre dépend du leur. Un comptable m'habite, qui fait bon ménage avec l'auxiliaire de justice — habitué à l'emblème de la balance.

Pour Mariette, ce qui compte, c'est la valeur réelle des choses, comparée à leur valeur vénale. A la limite, acheter beaucoup à bon marché serait dépenser peu. Certaines dépenses en tout cas n'en sont plus, lui apparaissent comme des placements. Le réfrigérateur, qui permet d'entreposer le périssable, d'en acheter plus à moindre prix, en rognant sur le temps des courses, est le type de ces générateurs d'épargne. Comme la machine à laver, qui fit disparaître de la Maine la flotte des bateaux-lavoirs. Comme l'aspirateur, qui mit en chômage tant de femmes de journée. Comme le poste de télévision, qui livre, gratuitement, à domicile, l'information, le théâtre, le cinéma et les jeux. Point d'argent ? Qu'à cela ne tienne ! On peut avoir tout de suite ce qu'on achètera de toute façon plus tard. J'ai une maison qui garantira le crédit ; les économies, réalisées par la possession de ces appareils à réduire la dépense, garantiront les intérêts.

J'exagère à peine. Et, bien sûr, je freine. Mariette n'a pas acheté le quart de ce qu'elle rêve d'acquérir. Mais la chaudière à gaz — financée par la Compagnie, qui prête « presque pour rien » le coût de l'installation — l'a déjà délivrée du charbon. En fait d'appareils ménagers, elle possède l'essentiel. Voire quelque superflu : sèche-cheveux, gaufrier, grille-pain, batteur. Et si j'ai cru nécessaire de lui faire attendre la T.V., c'est que les traites mensuelles étaient déjà supérieures — du double — à la rente dotale qui lui donne bonne conscience.

« Vous allez un peu vite ! » répète Tio.

Mais Mme Guimarch s'extasie parce que sa fille a repeint elle-même la salle de bain.

« Une vraie fourmi ! » assure-t-elle.

Une fourmi dans une cigale. Les Guimarch ont des revenus de commerçants, très supérieurs aux miens ; ils sacrifient tout au confort, aux gadgets, aux vacances. Leurs filles ont été « élevées sans prétention », disent-ils. Mais elles ont des habitudes. Je m'inquiète un peu d'être marié sous le régime de la communauté (réduite aux acquêts, il est vrai). Je me félicite d'avoir su résister sur un point : le privilège de gestion. C'est Mme Guimarch qui fait la caisse et son mari n'y prélèverait pas un billet de mille sans l'avoir demandé.

C'est Gabrielle qui donne à Eric son argent de poche, après avoir contrôlé son enveloppe. Mariette me voyait très bien, la chérie, lui confier mes petites affaires :

« Tu ne veux pas que je m'occupe de tout ? m'a-t-elle proposé, dès le départ. Tu serais plus tranquille pour travailler. »

Tranquille, mais pupille. Ma situation, par bonheur, fournissait la réplique :

« Je ne vois pas mes clients courir après toi chaque fois qu'ils auront à me verser mes honoraires. »

Domaine réservé. J'ai fait semblant par la suite de ne pas comprendre les allusions de Mme Guimarch au « partage moderne de la signature ». On verra plus tard. Je me voudrais ferme sur les questions d'argent, que je crois indispensable de soustraire au gouvernement des femmes, ne serait-ce que pour ménager la fierté du gagneur. A chacun son secteur : la fortune au mari, la pécune à la femme : c'est ce que ma mère appelle « l'accord du réservoir avec le robinet ». En ajoutant fièrement :

« Le réservoir ne tient pas si le robinet fuit. »

Il a commencé par fuir. Les premiers mois, Mariette « n'y arrivait pas ». Augmentée de cinq billets, elle n'y est pas arrivée. Comme ma mère se contentait de moins, je lui ai demandé d'intervenir. Elle s'est d'abord récusée :

« C'est délicat pour moi. »

Mais profitant d'une absence de Mariette elle a
fait le tour de la cuisine. Une corbeille de ruti-
lantes pommes, deux biftecks dans le filet, du
raisin d'hiver (donc de forcerie), l'abondance des
boîtes de cassoulet et autres plats cuisinés, un
excès de restes dans la poubelle l'ont alarmée
plus fort que le carrousel d'ustensiles acquis par
le ménage. Comme je ne voyais pas là péché mor-
tel, elle m'a enveloppé dans la même réprobation :

« Croyez-vous que le tout-fait soit une économie
et que le plus cher soit forcément le meilleur ? »

Elle est partie sans rien ajouter. Je la soupçon-
ne d'être passée rue des Lices, d'y avoir employé
la méthode feutrée qui lui est chère. Toujours
est-il que les visites de Mme Guimarch et surtout celles de l'avisée Gabrielle — habituée à ré-
soudre des problèmes ardus — se sont multipliées.
Il y a eu des conciliabules et des marchés faits
en commun. Mariette ne m'a soufflé mot de rien.
De temps à autre il lui arrive encore, après le
déduit, de me souffler :

« A propos, chéri, si tu pouvais me redonner
dix mille francs... »

Je me fais, à cet instant, des réflexions abominables. Je me dis que, jeune homme, j'avais la
vie facile. J'ose même parfois penser qu'une femme à soi, c'est la plus coûteuse façon d'en avoir
une. Mais je donne cinq mille francs.

« Excuse-moi, je ne peux pas faire mieux. »

Rêvant de ce mieux, la voilà toute bonne volonté. Les résultats sont ce qu'ils sont. On boucle, cahin-caha. Le bœuf est devenu cheval. La mâche prévaut sur la laitue. Le ragoût chasse le rôti. J'entends bruire les bons conseils. Je vois du Guimarch tous les jours.

1956

C'est ma faute. Retour du Palais, Mariette m'avait accueilli comme d'ordinaire. Du moins en apparence : nous n'avons pas toujours le cœur dans l'œil pour savoir déchiffrer un visage. Au surplus j'étais ulcéré : je venais d'encaisser une algarade du bâtonnier pour une irrégularité dont je n'étais en aucune façon responsable.

« Ça va, chéri ?

— Ça va. »

Ça n'allait pas du tout. Mais raconter l'affaire à ma femme me semblait humiliant. Je ne pensais même pas à lui demander le résultat de la visite qu'elle avait dû faire l'après-midi au laboratoire Perroux. J'allai ruminer dans mon bureau. Enfin, voyons, pouvait-on sérieusement me reprocher d'avoir — étant commis d'office, donc gratuitement — reçu de la mère de mon client un chèque que je n'avais ni sollicité ni touché, mais seulement conservé pour le rendre à cette femme qui m'annonçait par ailleurs son imminente visite ? Au

dîner, la tête encore pleine de cette histoire, je
remarquai à peine la solennelle entrée de Mariette
qui, au lieu d'apporter la soupière, s'avançait,
tenant à bout de bras le grand plat d'argent réservé aux invités de marque. Je relevai le nez quand
elle annonça :

« *Avocat stagiaire !* »

Quand je suis consterné, je deviens conster-
nant. Mariette me regardait avec une joie dont
la gravité m'échappa. Je la pris pour de la joyeu-
seté. Mariette, malgré des talents récents, adore
les fantaisies, les recettes insolites : *gâteau de
carottes au chocolat, cul de veau Roi-René, maca-
roni en colère* (l'insolite étant souvent dans le
nom plus que dans le plat). Je lui sers de banc
d'essai et avec courage, même si ce n'est pas une
réussite, même si ça colle, grumelle ou cimente,
je lui fais le plaisir d'approuver. J'avançai donc
la main. Je saisis la chose qui était verte et avait
été coupée en deux, puis refermée. Je l'ouvris. Je
trouvai un œuf poché, inséré à la place du noyau
— dans un avocat qui me parut dur comme tro-
gnon de chou. La fourchette me le confirma. Et
l'imbécile, engueulé par son bâtonnier, engueula
sa cuisinière :

« Ecoute, non ! Tu nous en as déjà servi, avec
des crevettes dedans : ils étaient blets. Ceux-ci
seront mûrs dans dix ans. Je sais que les avocats,
c'est aussi difficile à choisir que les melons. Mais
tout de même...

— Merde ! » cria Mariette.

Je sursautai. Quoi ? C'était la première fois

que j'entendais ce mot dans la bouche de ma femme ; et il était lancé avec une conviction qui le rendait irremplaçable. Je me retrouvai debout, abasourdi, en face d'une Mariette déchaînée qui trépignait sur place, qui hurlait :

« Ça je l'ai choisi, mon avocat ! Et il est bon et il est fin et lui aussi, s'il n'est pas blet, il sera peut-être au point dans dix ans ! »

Tant de fureur me suffoqua. Avec une admirable clairvoyance proche de la panne de courant, je me demandais : « Qu'est-ce qu'il y a ? Qu'est-ce que je lui ai fait ? M'en veut-elle parce que d'habitude je ne dis rien ? Me prend-elle pour un petit sournois, qui glisse, qui n'en pense pas moins, qui ressort les choses après coup ? Est-ce que je lui reproche, moi, de manquer d'antennes, de n'avoir rien deviné, ce soir, de mes ennuis ? » Je bafouillai :

« Voyons, chérie... »

Mais elle continuait, en hoquetant :

« On cherche à ma... marquer le coup ! On... on trouve un petit cinéma et c't idiot-là... » Elle pivota sur un talon-aiguille, traversa la pièce, claqua la porte. Je restai seul, mélancolique et contemplant l'avocat. Piqué par la fourchette l'œuf saignait jaune dans l'assiette. L'œuf ! Soudain je me sentis peser mes soixante-dix kilos d'intelligence. Bon Dieu, le roi des cons était bien mon jumeau ! Je ne fis qu'un bond. Sur la table de cuisine, répandue parmi ses cheveux, telle Atala, Mariette versait des torrents de larmes.

Je la relevai, je l'embrassai dans le cou, je lui murmurai des choses.

« Tu comprends vite ! » fit-elle, avant de s'abandonner, humide, à mon veston.

Quelques minutes plus tard elle me montrait le résultat de l'analyse ; positif trois croix. J'ai toujours trouvé cocasse que ce soit la lapine qui fournisse un test décisif aux volontaires — et aux plus nombreux involontaires — de la reproduction. Quel présage ! Et puis la poésie a de ces retours ! Menacés par la seringue, pleine de son doux pipi, je vois s'enfuir les culs-blancs du paradis de Blancheneige. Mais Mariette entrait dans le sien :

« Enfin, ça y est ! » répétait-elle.

Sa peur, je l'avais vue dans ses gestes, depuis des mois ; dans sa manière d'embrasser ses nièces, de prendre sur ses genoux les bébés de ses amies, comme s'il s'agissait d'objets rares et précieux. Je l'avais surprise dans les coups d'œil jetés aux « Maillorama » de *Marie-France.* J'avais été l'objet d'innocentes remarques :

« Gabrielle, ça fait beaucoup. Mais c'est tout de même mieux que rien chez Reine. Tu as vu comme Reine avait l'air triste, l'autre jour ? »

Je ne lui avais pas trouvé l'air triste, mais fatigué. Elle était repartie pour Paris, l'émeraude, comme elle en était venue : l'œil serti d'indifférence et la ceinture étranglant sa taille mannequin. Mariette prête facilement ses rêves à l'univers. Je n'y échappai pas. D'abord on me fit remarquer que j'étais le dernier Bretaudeau. Puis un soir, comme je m'attardais sur l'album de photos où, de cinquante centimètres à un mètre soixante-dix, je figure à toutes les tailles et dans tous les costumes, j'entendis qu'on me soufflait :

« Tu voudrais bien que je te refasse ! »

Et aussitôt les calculs furent renversés ; les jours dangereux devinrent de bons jours. Ma clientèle un peu élargie, le gros des traites payé, après tout il n'y avait plus tellement de raisons d'attendre. J'y consentis. Je trouvai même que ce consentement, me délivrant de toute appréhension, rendait nos nuits bien agréables. Mais il ne les rendit pas fertiles et Mariette s'inquiéta très vite :

« Tu crois que c'est normal ? »

Soupçonné (ces Bretaudeau, ils sont si peu nombreux), je devins l'objet de pressions feutrées, de prières pudiques qui m'amenèrent pour ma gloire à me faire examiner. J'allai furtivement au labo, chez Perroux, qui, maniant l'éprouvette d'un air fort détendu, opéra le prélèvement, le porta au microscope et, l'œil à l'oculaire, garantit aussitôt à Mariette, cramoisie, la vivacité, la densité, l'excellence de mes germes. Je fus même félicité, avec des tapes dans le dos. Et Mariette, affolée, affolant tous les siens, malgré sa discrétion sur les sujets de cet ordre, courut avec sa mère chez Lartimont, le gynécologue. On me rassura très vite ; on me dit, à mots couverts, que ce n'était six fois rien, qu'une petite dilatation aurait très vite raison d'un petit rétrécissement. Le spécialiste fit son travail. Je continuai le mien.

Et c'est ainsi qu'au bout de quinze mois, onze jours et vingt heures, Mariette pouvait m'annoncer qu'elle allait se dilater tout à fait.

MA femme grossit. Mais je dois dire qu'autour d'elle, autour de nous le monde se rétrécit.

Dans sa candeur naïve, Mariette a voulu, une fois, organiser une sauterie d'amis. A cet effet nous avons d'abord dressé une liste.

Là, déjà, apparut le déchet. Louis venait de se tuer en auto, Armand d'être nommé juge suppléant à Nice. Gaston, redoutable pince-fesses, était devenu impossible. Nicole au couvent, Micheline enceinte de huit mois (et d'un aimable inconnu), Odile au sana, deux garçons et trois filles mariés hors de la ville devaient être rayés tout de suite.

Mariette invita le reste : une vingtaine de personnes.

Cinq s'excusèrent.

Deux ne répondirent pas.

Treize vinrent, qui furent quinze grâce à deux

femmes imprévues : l'une légitime, l'autre très provisoire.

Admirable réussite ! La plupart des gens ne se connaissaient pas. Personne ne trouvait le ton juste. Les uns se conduisaient comme des frappes, les autres en mondains ennuyés. Tout le monde s'éclipsa avant minuit, sauf le couple qui ne l'était pas, parfaitement soûl, et que Mariette ulcérée dut faire coucher dans son lit, tandis qu'avec Gilles je ramassais les mégots et les verres cassés.

Ceci a sonné le glas de nos amitiés de jeunesse. Mariette a pourtant beaucoup copiné. Mais si j'excepte la douzaine de filles qu'elle croise, qu'elle interpelle, qu'elle embrasse sur les deux joues, qu'elle invite, qui l'invitent (*il faut qu'on se voie : tu me téléphones*) et qui, les talons tournés, se retrouvent noyées dans la foule, elle n'a plus que trois vraies amies : Mathilde, confidente épistolaire qui habite Cholet et parfois passe en coup de vent ; Emilie Danoret, femme de l'un de mes collègues, qui vient l'après-midi et l'entraîne aux magasins ; Françoise Tource, une bonne grosse, deux fois enflée en deux ans par un minuscule mari, maigre et hargneux comme une guêpe, mais inévitable, parce qu'il est par malheur chef de bureau d'Eric.

De mon côté, même hécatombe. Les amis qui ne sont pas tombés au niveau de relations, je pourrais les compter maintenant sur les doigts

d'une main ; et encore il faudrait que je m'en
coupe. Pour les célibataires on dirait que j'ai pris
ma retraite. D'autres ont des compagnes qui refusent d'accompagner. D'autres sont attelés à des
pimbêches, à des revêches qui fichent en l'air
une soirée. D'autres ont été mal supportés par
Mariette. *Le sort fait les parents, le choix fait les
amis.* Hélas ! cher Delille ! Comme on ne choisit
pas la femme de ses amis, qui n'ont pas non plus
choisi la vôtre, comme à quatre personnes dont
chacune en juge trois, il y a une chance sur douze
pour que tout le monde s'adore, on voit vite ce
que l'on sauve ! Moi aussi, j'accroche mes camarades, dans la rue ; et je passe. En fait d'amis, je
n'ai vraiment gardé que Gilles Ray. Il a été mon
garçon d'honneur : c'est un atout près de Mariette qu'apitoie aussi son pied-bot.

Maintenant, nous recevons de la simarre, de la
toque et du képi ; de la patente également, qui
d'elle-même s'est triée et ne dépasse pas un certain chiffre d'affaires. Rien que des jeunes ménages, en tout cas. Entité tenue pour telle, le jeune
ménage est au jeune ménage ce que la noix, une
en deux lobes, est à la noix. Il se recrute par
rencontre chez un autre jeune ménage, qui les
reçoit et qui vous reçoit. Dans le même milieu,
d'ordinaire : ça s'appelle l'affinité. Ainsi ont pris
pied chez nous les Danoret, les Tource, déjà
nommés, les Dubreuil (le substitut et Madame),

les Jalbret (le juge adjoint et Madame), les Daguessot (le secrétaire à la préfecture et Madame),
les Garnier (le lieutenant et Madame), les Hom-
bourg (hôtelier, hôtelière), que nous retrouverons
ailleurs. Une fois par mois, environ. Ça suffit. Ce
sont de braves gens qui justement ne sont pas
très braves et savent poliment éviter les sujets
interdits. Ce sont des « Z' amis utiles », comme
dit Mariette, appuyant sur la liaison.

Utiles à quoi, on ne sait pas. A nous faire croire
qu'ils peuvent l'être. A nous entourer de semblables. A montrer que tout est binaire, deux par
deux, comme les yeux, qui n'ont pourtant qu'un
regard. A nous apprendre que ce regard doit laisser tomber beaucoup de paupière.

Car on en voit des choses en faisant avec eux
bouger la parallaxe ! On parle des mignons,
d'abord. Et Mariette d'écouter, l'œil luisant, bien
qu'il soit souvent question de rhumes et de coli-
ques. On parle boutique :

« A propos, Bretaudeau, dit le substitut, c'est
bien vous qui défendez Lormel ? Sale affaire, mon
vieux. L'article 824... »

On parle fric. On commente le menu, qui comporte une paella, très à la mode depuis que tant
de gens prennent leurs vacances en Espagne. On
parle d'achats : les leurs étant les nôtres, au point
que leurs objets, leurs appareils, on les croirait
volés chez nous. On reparle de fric, on reparle
mangeaille. Les vins aidant, tous ces prudes, dont
les femmes tirent si bien la jupe sur leurs genoux,
se jettent sur le dessert de la conversation : l'aven-

ture de l'adjoint, ce doux cocu de service, qui vient d'être brillamment élu au Sacavin.

Puis ils s'en vont, bénins, à une heure bénigne. Les ménages, ça bâille tôt. Quand je pense aux joutes oratoires — si proches — de la conférence du stage (sujet de ma promotion : *Un commissaire de police procède à un constat d'adultère. Une fois édifié, devra-t-il encore inculper les partenaires d'attentat à la pudeur s'ils continuent à faire devant lui ce qu'il était précisément chargé de constater ?*), je me sens privé de rire. Quand je pense, surtout, à nos engueulades d'étudiants, à nos discussions acharnées qui, dans la fumée des pipes, remettaient l'univers en question et duraient jusqu'aux aurores pour nous y disperser, la tête bouillante, le cœur plein de fureurs ou de sympathies, je me sens privé de violence. Gilles lui-même ne s'exprime plus de la même manière dès que Mariette apparaît. C'est fou ce qu'une femme écarte en refermant les bras !

On n'est pas plus consciencieuse.

Application naturelle, espoir comblé, obéissance aux hormones, ce n'est pas assez dire. Dans le style philosophard on pourrait célébrer une passion du contenu : le seul qui, avec la pensée, solidaire du langage, partage ce privilège d'être formé par son contenant.

La première fois que j'ai vu Mariette à quatre pattes sur la descente de lit, laissant aller son fruit, creusant les reins, aspirant, pour faire ensuite le gros dos et contracter le ventre en soufflant, hho, hho, par la bouche comme sur une bougie, je me suis un peu étonné. Sur la foi du recueil de conseils qu'on lui a délivré avec un carnet de maternité et une carte de priorité (bien qu'elle ne prenne jamais de train ni d'autobus), elle a dit :

« Excellent pour la sangle abdominale. »

Elle fait maintenant son lit d'une certaine façon, qui transforme ses gestes en gymnastique lente, toujours accompagnée du contrôle de soupape, in-

halant la bonne ration d'air. Dans la rue elle se
redresse, surveille sa cambrure, règle ses pas. Rien
ne la trahit mieux : ça tire l'œil, cette marche
d'une fille qui se pense marcher (et que l'héroïque
suppression de ses talons-aiguilles a rapetissée de
quatre centimètres). Elle proclame ce qu'elle est
et qui pourtant ne se voit pas encore, pas vraiment, sous la robe trapèze et le manteau vague.
Au repos, même ardeur : elle se relaxe des paupières aux doigts de pied, sans s'octroyer un battement de cil. Nullement alanguie ! Mais selon
les canons, détendue ; et si tendue dans cette détente que la sieste ne l'endort jamais. Tio l'observe et s'amuse :

« Elle couve, dit-il, elle est sur ses œufs. »

Avec la peur de les casser. Cette peur a remplacé l'autre : celle de n'en point avoir. Mariette
n'ose plus lever les bras pour attraper le faitout
sur l'étagère ou l'y remettre : elle m'en chargera
le soir, comme elle charge, deux fois par semaine,
Arlette, de lui faire son « grand marché », pour
ne pas traîner de poids lourds. N'est-il pas écrit
dans le dictionnaire des familles : *les trois premiers mois, comme les deux derniers, la prudence s'impose.*

Et c'est pourquoi (il est encore écrit : *supprimez
les médicaments*), elle ne prend de l'aspirine qu'à
la dernière extrémité. C'est pourquoi elle ne boit
plus de café. Ni de vin. Elle nous réduit le sel.
Le coup de frein brusque et le petit hop, en tête
de côte, me sont strictement interdits. La diété-
tique inspire nos menus, calculés de telle sorte

qu'en soit banni le trop ou le trop peu ; et que
triomphent toujours les saintes vitamines, notamment la bienheureuse vitamine D, fixatrice du calcium indispensable aux petits nonos. Plus de sorties, sauf pour voir Lartimont qui devient son oracle. Elle potasse à plein temps son ancien cours
de puériculture. Ah ! certes, ce n'est pas de Mariette qu'on pourra dire, comme le célèbre accoucheur : « Ces petites dames sont enragées pour
commencer les enfants, mais pour les finir, c'est
autre chose. » Nulle femme, satisfaite de qui l'a
rendue telle, ne peut montrer plus innocemment
qu'elle serait ulcérée de s'en arrêter là. Cet enthousiasme me pousse un peu de côté, me laisse
par moments l'impression que je ne suis pas seulement refait dans le sens où elle l'entendait.
Mais que dire, sans paraître me plaindre de mes
œuvres ? L'excès de ses précautions étonne même
Mme Guimarch :

« J'ai cinq enfants — qui ne sont pas déjetés —
et je n'ai jamais fait tant d'embarras. »

Mais ces embarras ont un sérieux, une ferveur
dont s'émeuvent ses entrailles de mémère. Elle
ajoute :

« Enfin, c'est la mode ! Dans un sens, coucher,
accoucher, sans rien entre, qui soit de notre fait,
c'est vrai que ça peut décourager. Ces petites sont
toutes pareilles maintenant. Elles se penchent sur
leur mécanique et je te dose ci et je te dose
ça. Au fond ça les rassure ; elles croient
qu'elles se mènent, qu'elles font du mioche comme on fait du tricot. Quand il arrive dehors,

elles ont idée de l'avoir déjà élevé en dedans. »

D'ailleurs Mme Guimarch en remet. Il faut bien montrer que l'expérience vaut tous les recueils de conseils. C'est elle qui a, chez Prénatal, place du Ralliement, acheté le soutien-gorge à crémaillère ; et la ceinture de grossesse *enveloppante et galbée, à réglage progressif et bandes de renfort surpiquées*. C'est elle qui a proscrit le port du pantalon, même à taille extensible. Tous les matins, à neuf heures, elle téléphone et aux réponses je devine les questions. Mariette chante :

« Non, tu sais, non, pas tellement, tout juste un petit haut-le-cœur. »

Et c'est vrai qu'elle a peu de nausées.

« Non, tu sais, ça va très bien de ce côté-là. »

Ce côté-là, rue des Lices, c'est le verso. Mariette n'est pas constipée. Mariette gonfle, avec une insolente santé, qui la console d'avoir eu besoin d'une retouche. Mais à la prochaine visite, qui ne peut attendre deux jours, Mme Guimarch ne manquera pas de l'inspecter. Une fois, ce sont les jambes :

« Fais voir... Qu'est-ce que c'est que ça ? »

Ce n'est qu'une veine à fleur de peau. Ce n'est pas une varice. Elle, Mme Guimarch, a eu des varices : là, entre les cuisses (geste indicatif), tout du long, à son quatrième. C'était affreux à voir, paraît-il : une espèce de carte, pleine de petites rivières sinueuses et violacées. A ce moment-là on soignait aux extraits de marron d'Inde. Le marron d'Inde l'a guérie. Mme Guimarch repart, rassérénée. Elle reviendra. Pour s'inquiéter de nouveau :

« Ouvre ton four... Plus grand, voyons et rentre-moi cette langue. »

De canine en molaire elle scrute la moindre carie. Mais Colgate entretient trente-deux dents parfaites dont l'émail brille blanc dans le rose des gencives.

« Bon, je ne vois rien. Fais attention tout de même. Un enfant de plus, une dent de moins, tu sais, moi, j'ai vérifié... »

Dans un rictus bonasse elle écarte les lèvres sous quoi luisent cinq dents d'or. Mariette hoche la tête. Son recueil, qui fait litière de maintes traditions, affirme discrètement que Mamoune date un peu. C'est Gabrielle qui a la cote. Provocante, immédiate, son expérience n'est pas moindre et elle est plus sensible à la modernité. Elle a l'autorité de ce ventre énorme où l'imminent quatrième la remercie de vivre en lui donnant des coups de pied, qui chaque fois décident Mariette à poser sur le tout une envieuse main et chaque fois lui tirent la même exclamation :

« Ce qu'il bouge ! »

Gabrielle, qui habite tout près, rue Quatrebarbes, vient le plus souvent le matin, vers dix heures, après ses courses. Passant derrière Mme Guimarch, elle n'hésite pas à rectifier l'oracle, de sa grosse voix qui fait filer Eric (mais qui n'arrive pas à faire filer ses filles). « Est-il vrai, demande Mariette, qu'il faille dormir sur le dos ?

— Mais non, mais non, tu peux très bien dormir sur le ventre, affirme Gabrielle. Ta mère est pleine de préjugés. »

Alors Mariette se plaint de gonfler après le dîner :

« Ne bois pas en mangeant ! » dit Gab, doctorale.

Si je suis là — et je suis souvent là, le matin —, son regard me chasse. Un homme n'a rien à voir dans ces histoires dont il suffit bien qu'il les ait déclenchées. Soupirant, parce que je ne sors pas, elle reprend, plus bas, avec l'accent de Cahors :

« Mais bois entre les repas et surveille tes urines. Si tu pisses trouble, dis-le tout de suite au bib. Moi, avec ma seconde, j'ai fait de l'albumine... »

Ma primipare écoute et cille. Elle se penchera ce soir sur ses liquides, s'interrogera sur leur couleur. J'ai déjà remarqué : Gabrielle, Françoise Tource et Mme Daguessot (la Substitute, comme dit ma femme), que rameute en ce moment une complicité de gros ventres, ont toutes, *en attendant*, attrapé des malemorts dont elles parlent volontiers. Si j'interviens, pour demander qu'on change de sujet, je me fais d'abord cogner :

« Vous n'êtes pas fichus, vous autres, de regarder les choses en face ! »

Mais sans changer de sujet, Gabrielle glisse. Elle analyse les envies. Non, jamais elle n'a eu d'envies. Sauf une fois, pour un fromage de chèvre qu'Eric a cherché dans toute la ville. Il faut avoir l'esprit un peu scientifique, essayer de comprendre :

« Quand tu te jettes sur les œufs, peut-être as-tu

vraiment besoin de soufre. La nature réclame. Mais tes éclairs au chocolat, laisse-moi rire, c'est pure gourmandise qui te charge l'estomac. »

Et elle continue, en regardant sa montre, afin de ne pas rater la sortie de ses filles dont l'école et la maternelle la délivrent jusqu'à onze heures et demie. Un peu d'iode blanc sur les ongles, s'ils cassent ; et les tailler carrés. Shampooing gras pour les cheveux, qui seront bien brossés, bien séchés. Pâte exfoliante pour atténuer le masque. Gab, qui n'a plus sur le crâne qu'une botte de foin sec, qui est toute fusillée de taches de rousseur, dit tout cela sans sourire. Il y a la doctrine et il y a le possible qui varie pour chacune selon le temps, l'argent, l'enthousiasme dont elle dispose. Ainsi, pour éviter les vergetures, Gab a d'abord employé l'huile d'amandes douces. Puis une spécialité : la crème *Babylane 8605*. En pot. Le pot est joli : vide, on peut l'utiliser pour mettre du fard. A vrai dire, Gab n'utilise plus de fard ; et de toute façon elle n'utilise plus de crème. Un, deux, trois, quatre, n'est-ce pas, pour retendre un soufflet, rien ne peut rien.

« Mais au premier, il faut se défendre ! » conclut-elle, farouche.

L'heure a tourné, elle se sauve. Sur le pas de la porte, elle se retourne et crie :

« N'oublie pas le certificat pour les allocations ! »

Elle s'en va, majestueuse, les bras effacés, le cou tiré, toute en panse : une amphore vivante :

« Comment peut-on mettre une femme dans cet

état-là ? » murmure Mariette, effrayée par les di-
mensions qui l'attendent. Elle a soulevé le rideau.
Nous regardons la belle-sœur s'éloigner sur le
trottoir qu'un petit gel de décembre a rendu glissant. Gab, pas folle, a des rustines sous ses
semelles. Mais voici que par mégarde elle laisse
tomber son sac. Elle s'arrête, elle entreprend de
le ramasser. Sans se pencher. Avec une technique
éprouvée, elle se met de profil, elle plie les genoux,
elle descend. Sa main touche l'objet, l'attrape. Et
lentement Gab remonte, toute droite.

« Ça s'appelle : faire l'ascenseur ! » dit Mariette,
attendrie.

ELLE continue d'attendre. Grâce au tricot, elle n'a jamais tant lu. Si les amies se font rares, ses sœurs sont fréquentes et bavardes à souhait. Mais quand la famille manque, ainsi que le travail (cette double condition ne laisse que des quarts d'heure), Mariette se met en quête d'un livre qu'elle consomme à petites doses, un œil sur la page, un autre sur les « diminutions ».

Ma bibliothèque, farcie de Dalloz, contient aussi quelques classiques, bien reliés. Elle dérange rarement leur belle ordonnance, sauf pour épousseter. Il lui arrive de reprendre un des ouvrages qui constituent en somme son propre équipement professionnel et qui sont rangés dans le même placard que la jeannette : *La Petite Infirmière, Le Savoir cuisiner, Le Savoir coudre et couper, Le Moderne Art d'aimer* (don de sa mère à ses filles nubiles), l'*Ortho rouge, Le Dictionnaire des familles*... Mais ces consultations techniques sont rares : un coup de téléphone à la rue des Lices va plus vite et donne plus chaud.

Sa réserve, c'est l'armoire de la salle : s'entassent là trois ou quatre cents livres au brochage fatigué. Mariette pioche dans ce mélange, alphabétiquement disparate, écarte l'histoire, les relations de voyages, les récits de grandes chasses (mon père, ce sédentaire, ne lisait que la Collection Payot), pour piquer au hasard parmi les abondants auteurs de la série B, Barrès, Bordeaux, Bourget, Boussenard, Boylesve ou les auteurs de la série M, Magali, Malraux, Mauriac, Maurois, Montherlant, Morand, Moravia... Tio lui prête aussi des romans récents. Gilles, son mentor littéraire, écho lui-même du critique du *Courrier de l'Ouest*, arrive à lui en faire acheter quelques-uns. A son avis Mariette est une lectrice de la catégorie C (selon le classement : A, intellectuels ; B, avertis ; C, occasionnels ; D, ilotes). Elle pourrait passer dans la catégorie supérieure. Elle lit volontiers Camus (*sérieux*, dit-elle, et *accessible*), Simone de Beauvoir (championne de la féminité), Sagan (gloire rapide de son sexe). Evidemment je l'ai vue lâcher Proust. Mais enfin elle essaie. Elle ne refuse vraiment d'aborder que les « entortillés » de la dernière promotion :

« Tout ça ne tient qu'à un cheveu, dit-elle, et encore ils le coupent en quatre ! »

Et si Gilles, patient, lui explique qu'une élite, qui ne déteste pas son petit nombre et que se flattent d'apprécier les spécialistes, fait en quelque sorte de la recherche, elle l'arrête aussitôt :

« Alors j'attendrai qu'ils aient trouvé ! »

L'esprit Guimarch, soufflant sur elle, manque rarement d'ajouter :

« Pourquoi m'occuperais-je de gens qui ne s'occupent pas de moi ? »

Gilles n'insiste pas. Il ne me lancera pas ce qu'il m'a une fois lancé à propos de M. Fource, grand lecteur de petites choses : *les cons veulent toujours être concernés*. Mariette a des excuses : elle est femme, elle est d'Angers, elle est de la rue des Lices : et moi-même, qui ai peu de temps, j'en ai de toute façon peu consacré à m'inquiéter de sa tête. Ils se plaignent, les maris, que ça sonne le creux, mais ce n'est jamais de ce creux-là qu'ils s'occupent. Ai-je seulement tenté de bannir de la maison ces livres d'images pour adultes qu'hebdomadairement les Guimarch de sœur en sœur, de tata en tata, se repassent ? Ils sont là. Tous. Apportés par Mamoune :

« Tiens, ma petite fille, voilà de quoi te distraire. »

Soyons justes. Mariette saute les pages où, pour faire vibrer la corde à linge, s'accroche de la culotte de princesse. Elle a peu d'appétit pour les tumultueuses biographies de starlettes, pour les cas de conscience soumis aux dames par d'autres dames héroïquement victimes du corazon. Mais sur les rubriques de mode, de cuisine, sans honte le nez peut se pointer. La juriste de service opère à côté, qui parle de « nos droits » : voyons cela. Elle a raison, cette femme. On feuillette. Le roman de Daphné, du coup, y passe. On est dans le coup. On arrive à la dernière enquête-concours sur la condition féminine, miam-miam, dotée de nombreux prix dont un voyage en Crète, deux Vespa, cent fers à repasser Thermor et autant d'abonnements gratuits : « *Qu'est-ce qui vous paraît le plus important, pour une femme ? Sa beauté, sa vertu, son mari, sa religion, sa carrière, ses enfants, sa liberté, sa maison, sa culture, sa famille, son pays, son bonheur ou sa jeunesse ?* »

Alors on prend un crayon pour décider en quel rang je, le mari, serai placé. On ne me le dira pas. On me demandera seulement :

« Combien crois-tu qu'ils puissent recevoir de réponses ? »

Car c'est ainsi : ces grands problèmes, associés au gain du fer à repasser, dépendent d'une question subsidiaire.

ALERTE. Le mardi une lettre bizarre est arrivée de Paris : Reine a eu un « accident ».

« C'est donc ça ! « dit Mariette interprétant aussitôt la « fatigue » récente de sa sœur.

Mme Guimarch saute dans le train de neuf heures qui débarque vers midi à Montparnasse. Rentrée le jour même par le rapide du soir, elle ne saura pas se taire. Gabrielle a le chic pour la confesser, quand ses filles n'y parviennent pas. Le lendemain nous apprenons que Reine, considérant comme une calamité ce que Mariette tient pour une félicité, vient de rentrer de Genève : allégée, mais saignée à blanc par un praticien spécialisé dans l'égermage des Françaises.

« Avec la fortune qu'ils ont, les d'Ayand, tu comprends ça ?» m'a répété Mariette, toute la semaine.

Seconde alerte. Le lundi suivant, Eric carillonne

à sept heures. Il fait encore nuit noire. Il neige. Eric n'a pas de manteau, il a des flocons plein les cheveux, il halète, il a couru d'une traite jusqu'à la maison. Il commence par geindre :

« Je suis dans de jolis draps ! »

Puis il s'explique : Gabrielle qui devrait avoir accouché depuis dix jours vient de perdre les eaux, brusquement, sans douleurs préalables. Autre symptôme inquiétant, elle a une assez forte fièvre. Il faut la transporter en clinique de toute façon. Mais comble de malchance, c'est jour de fermeture : les Guimarch sont partis hier soir avec Arlette, pour faire leur rassortiment, à Nantes, chez Desplats Frères. Impossible de les prévenir : Simone qui, à cause du lycée, est restée seule avec la bonne ne sait pas dans quel hôtel ils sont descendus et ça ne répond pas chez Desplats, la maison n'ouvrant qu'à neuf heures. Comment s'occuper des filles et en même temps s'occuper de la femme ? Eric tremble. Il est complètement perdu. Il est toujours, au moindre accroc, complètement perdu. Mariette crie :

« Tu as fini de t'affoler ! On y va. Je garderai les petites. Vous emmènerez Gabrielle. »

Je lui demande en vain de me laisser faire : elle ne veut rien entendre. Elle enfile ce qui lui tombe sous la main, jette un manteau sur le tout, se précipite dans la voiture, garée dehors et démarre. On n'y voit rien. L'essuie-glace balaie de la neige, qui fouette de biais. Une embardée nous jette sur une poubelle, qui éjecte son contenu aux pieds d'une bonne sœur transie qui balayait le

trottoir devant la pension des dames de l'Esvière.
Une autre fait bondir un chat noir. Mais la Mariette têtue, concentrée, qui manie le volant et
soudain ressemble prodigieusement à sa mère,
n'en a cure. Elle fonce jusqu'au bout, freine, saute,
claque la portière. Quand j'arrive dans la chambre, elle a déjà empoigné les trois *ines* qui tour-
billonnaient autour du lit de Gabrielle, verte, mais
parfaitement calme et qui dit :

« Ce qui m'ennuie, c'est qu'il ne bouge' plus,
l'escogriffe. »

Pour autant que j'en puisse juger, il y a urgence. Laissant Mariette avec les filles, j'embarque
la belle-sœur qui fait mille recommandations :

« Pas de chocolat pour Martine : elle n'est pas
allée hier. Le lait est sur le bord de la fenêtre.
Avec le temps qu'il fait, vois s'il n'est pas gelé... »

Elle jette encore, comme je mets en marche :

« Paie le crémier, Mariette ! Je lui dois deux
cent six francs. »

Saluons ! Je n'ai pas une folle amitié pour Gabrielle. Mais elle a ses vertus. Nous sommes en
plein tragique de petite dimension : ce tragique
des familles, au niveau de l'entrejambe. Gab se
conduit comme l'adjudant blessé qui s'assure de
la relève avant d'être évacué. Je file aussi vite que
je peux, dans une bouillie glissante. Dieu merci,
Saint-Gérard n'est pas loin. Nous y voilà. Je livre
ma parturiente.

« C'est Mme Guimarch jeune ! » fait la portière,
qui reconnaît l'abonnée.

Et maintenant, marche arrière. Eric reste sur

place. Je repars rue Quatrebarbes. Je repars, avec
Mariette et les nièces, rue du Temple. Je déjeu-
nerais bien, mais il est déjà huit heures et demie.
J'ai, à neuf, un rendez-vous d'une extrême importance d'où dépend l'accrochage d'une grosse affaire. J'ai le tort d'en parler.

« Il est bien question de ça ! dit Mariette, indi-
gnée. Les parents ont pris le train. Va les chercher à Nantes. Ils seront là plus tôt. »

Cent bornes dans la neige et une affaire fichue :
que c'est bon la famille ! A onze heures j'arriverai
chez Desplats Frères, bonnetiers en gros. Mariette
a téléphoné. Je trouve la belle-mère en train d'en-
gueuler fermement le beau-père :

« Je te l'avais bien dit que, dans l'état des filles,
on ne pouvait pas s'éloigner ! »

Cent bornes en sens inverse. Il neige toujours.
Je conduis comme un tankiste, lorgnant la route
à travers le demi-cercle que décrit l'essuie-glace,
tandis que les Guimarch — le beau-père près de
moi, le reste entassé derrière — pestent contre le
temps, le froid, la voiture qui se traîne, la sortie
manquée et les prix majorés de la Maison Desplats. Et ce n'est pas suffisant : je crève à l'entrée d'Angers, près de Saint-Jacques. Les Guimarch, hélant un ami providentiel qui passe, seul
dans une 203, m'abandonnent. Je perds un temps
fou pour réparer. Je ne rentrerai qu'à la nuit, crotté, fourbu, affamé, pour apprendre que Gabrielle
a dû subir une césarienne et qu'il était grand
temps, car l'enfant était mort. Eric est là, effon-
dré, ainsi que Françoise Tource, les mains croi-

sées sur son ventre. Gilles boitille autour d'Arlette,
sous le regard sombre de Mme Guimarch.

« Et c'était un garçon ! gémit Eric.

— La série noire, dit Mariette. Je n'ai plus qu'à
bien me tenir. »

Elle tiendra, mais n'évitera pas la troisième
alerte : une chute dans l'escalier, quinze jours
plus tard.

Cette fois, nous en serons quittes pour la peur.
Près de Mariette, allongée pour un mois, ma mère,
ma tante, les amies, Gilles le samedi, Tio le dimanche, belotant avec le beau-père, viendront prendre
leur quart ; et bientôt Gabrielle, rétablie, cherchant
ailleurs sa revanche. Un fruit tombe. Un autre mû-
rit, dans le climat sucré qu'entretiennent les sourires. On s'interroge déjà sur le sexe de l'ange.
Mme Meauzet, elle-même, se dérangera, prophé-
tisera, d'après la forme du ventre, d'après le mouvement de son alliance transformée en pendule :

« Je crains que ce ne soit une fille. »

Mais Mariette s'en moque bien :

« Fille ou garçon, je prends ! »

C'est vrai : pourquoi les femmes (et surtout les
plus vieilles) craignent-elles si souvent qu'un enfant soit une fille, c'est-à-dire ce qu'elles sont ?
Mariette serait heureuse de m'offrir un garçon.
Mais le rose vaut le bleu. Du reste parmi les cent
laines que vantent *La Redoute*, *Les Trois Suisses*,
Le Chat botté, *Le Bon Pasteur* ou *Bergère de Fran-*

ce, dont les catalogues gisent partout autour d'elle, elle ne dévide, pour la layette, que des pelotes blanches. Ma mère admirative donne le ton juste :

« Eh bien, mon petit, si un enfant a été voulu... »

Elle observe ce fils, surtout inquiet de sa femme qui, elle, l'est de son hôte ; et de sa bouche tombe un vieux dicton d'horticulteur :

« On peut soigner la pêche, mais il n'y a que la pêche pour soigner son noyau. »

1957

Nous sommes assis tous les deux sur le parapet de la promenade du Bout-du-Monde, qui domine la Maine, et, plus loin, les bas quartiers de la Doutre. Je regarde le château (★), assailli par en haut de criardes corneilles et par en bas de visiteurs dominicaux défilant sur le pont-levis vers les tapisseries de l'Apocalypse (★★★). L'œil de Mariette, lui, se perd, dans un ciel lourd, où avancent lentement d'obèses cumulus. On ne peut pas dire, comme le clame une publicité célèbre, que Mariette soit *toujours élégante, à la fin de l'attente.* A cet égard, je me sentirais plutôt lésé. On épouse une petite fille à ventre plat, aux seins durs, au teint de pêche et on tombe presque aussitôt sous le coup de cette loi qui nous condamne à mettre à mal la beauté par le seul fait d'en jouir. Un enfant, il commence par l'arranger, sa mère ! A ceci près, cependant, Mariette est en pleine forme. Plus le moindre ennui, depuis cinq mois, passés dans une demi-retraite. Trop proche de son terme pour se risquer sur une plage et même à *La Rousselle,* où elle craignait d'être surprise, elle nous a cloués

à Angers. Tout est prêt, tout est en ordre ; et bien
que son ventre ait nettement descendu, fidèle aux
conseils elle continue à faire, chaque jour, son
tour rituel : vers le pont de la Basse-Chaîne ou
vers le château.

Mais l'orage monte. Nous ferions bien de rentrer. Mariette revient sur terre, y pose un pied et
fait, tout à trac :

« Tio disait bien hier : deux cent cinquante
trillions ?

— A quelque chose près, oui. »

Tio, un peu agacé par ce qu'il appelle « le ro-
mantisme gestatoire » de Mariette, a dit exactement :

« Ma chatte, le nombre de combinaisons possibles entre vos gènes est de l'ordre de deux cent
cinquante trillions. Vingt-cinq, si tu préfères, suivi
de dix-neuf zéros ! Un enfant, tu peux le vouloir ;
tu ne peux pas vraiment le choisir. »

Mais Tio ignore le génie de sa nièce pour rendre bénéfiques les astres et les chiffres :

« Alors, reprend-elle, pour refaire celui-là, il
nous faudrait peupler trois cents millions de planètes... »

Sublime arithmétique ! Je reste court.

« Hein, ça te la boucle ! »

Je me penche, je l'embrasse sur le coin de l'œil.
Je me relève, secrètement amusé par le calcul inverse : Mariette s'est trouvé un homme parmi un
milliard et demi d'autres ; en fait, parmi vingt-
quatre millions de mâles de race française ; en
fait, parmi deux cent cinquante mille Angevins ;

en fait, parmi deux mille jeunes gens épousables de sa ville et de son milieu ; en fait, parmi les trente ou quarante qu'elle connaissait. Je suis incommensurablement moins rare que cet enfant. Mais beaucoup plus choisi. L'élu, d'une part ; de l'autre, le non-pareil ! Retenons le sot qui avait envie de rire. Mariette vient de se recroqueviller :

« Qu'est-ce que tu as ?

— Ça me lance ! » souffle-t-elle.

Elle se détend un peu, se soulève avec peine et s'accroche à mon bras. Nous redescendons le long des douves, transformées en parc pour une harde de daims qui broutent une herbe rare là où fouissaient, il y a cinq siècles, les carpes du Roi-René. Le roi lui-même, sur son socle, à l'entrée de son boulevard, semble accablé de chaleur. Nous passons. Un peu plus loin, place de l'Académie, Mariette s'arrête et de nouveau se contracte :

« Cette fois, dit-elle, je crois qu'il n'y a pas de doute. »

Et me voilà comme Eric : déboussolé.

Je n'ai aucune excuse. Le cas de Gabrielle était d'emblée sérieux. Celui de Mariette est on ne peut plus normal. Je ne suis pas le premier à battre l'air avec les bras, à me demander quoi faire. Pas un seul de mes amis pour prétendre qu'à ce moment il se soit senti à l'aise : sauf les absents, arrivés assez tard pour n'avoir plus qu'à se pencher sur leur petite famille, proprette, assoupie dans la dentelle et parfumée à l'eau de Cologne. Etre là, pétant de santé, quand une femme commence à se tordre ; être là, vous qui êtes le plus fort, qui n'avez pourtant rien eu à porter, qui n'aurez pas à vous fendre, c'est gênant au possible ! Votre exemption devient impuissance. Je lâche le bras de Mariette, je dis :

« Attends-moi là, je vais chercher un taxi.

— Non, dit-elle, je ne tiens pas à rester seule. Des taxis, tu n'en trouveras qu'à la gare ! La maison est plus près. »

Elle a raison. Mais la maison est tout de même à trois cents mètres. Il va falloir nous arrêter plusieurs fois, comme au chemin de croix, sous les yeux des passants qui comprennent vaguement et se retournent avec insistance. Mme de la Granfière nous croise, tire sur ses gants, hésite et finalement passe, en saluant du menton. Enfin voici la voiture, comme toujours rangée devant la maison. Mariette s'assied derrière, crispée par une nouvelle douleur. Je lui tapote les mains.

« Va chercher la valise », dit-elle, dans une grimace.

Ma clef breloque dans la serrure. La valise, au fait, où est la valise, qu'elle a soigneusement préparée ? Je ne vois rien dans la chambre, ni dans le cagibi, ni sur la console du palier. Je redescends. La valise m'attendait à l'entrée ; et sur la valise l'étui de cellophane où sont tous les papiers. Je saisis le tout et dans l'instant je pense : la belle-mère ! Il me semble que je serai beaucoup plus calme si la nouvelle est partagée. Je m'y reprends à deux fois pour composer le numéro. Au bout du fil je trouve Irma, la bonne.

« Dites à Mme Guimarch que son gendre la demande. »

La bonne ne devrait pas être là, un dimanche. Quant à la belle-mère, pour une fois, je ne lui en aurais pas voulu d'être chez moi, ce même dimanche.

« Madame est à la cave, dit Irma.

— Qu'elle en remonte, bon Dieu ! Sa fille accouche. »

Des secondes passent. Un vol de martinets frôle la maison, étirant leurs cris. J'imagine des choses : Mariette, hâtivement travaillée, accouchant seule sur les coussins. Enfin Mamoune prend l'appareil. Je n'aurai rien à dire. Elle s'en charge :

« Je m'en méfiais, assure-t-elle. S'il est de la nuit de Noël, comme le croit ma fille, ça fait juste 270 jours demain... Allez, vous avez le temps, surtout pour un premier. Conduisez-la à Saint-Gérard et rentrez chez vous. Sur place on s'énerve. J'irai voir d'ici une heure ou deux comment ça va. Mariette a bien la chambre 37 ? »

Je n'en sais plus rien. Je raccroche. Dans la rue des gouttes volent, qui étoilent le trottoir. Mais l'orage semble glisser vers le sud pour aller crever sur la Loire. Mariette, entre deux contractions, se refait une beauté. Elle sourit : dans ces cas-là c'est toujours l'autre qui vous rassure.

« Tu as bien tout ? » fait-elle.

J'ai tout : y compris le sentiment de mon ridicule. Je regarde ma montre. Cinq heures. Cinq et huit, treize. Je dis :

« Il est trop tard pour qu'il naisse aujourd'hui. Il sera du 21. Alors, c'est entendu, tu n'as pas de remords, nous l'appelons Armelle ou Nicolas ?

— Nicolas », dit Mariette.

Nous roulons doucement. Ça va mieux. Reste une chose qui me chiffonne. Je n'ai appelé que la rue des Lices. Je n'ai pas cru nécessaire de prévenir aussitôt *La Rousselle*. Est-ce, déjà, un réflexe conditionné ? Est-ce l'effet d'un sentiment qui accable les hommes d'aujourd'hui ? Si c'est de père en fils que se féconde un nom, c'est bien de mère en fille, de cordon en cordon que le permet la gésine. Nous roulons toujours doucement, en silence. Mariette examine les papiers, fait « ouille ! », se tient les côtes, puis reprend son tri. Moi, je cogite. On se prenait pour le blé, nous autres ; la femme était la terre : au point même qu'en grec, $\gamma\eta$, $\gamma\upsilon\nu\eta$, elle en tirait son nom. Mais nous savons maintenant qu'il n'en est rien. Je sais que celle-ci, à mon côté, de l'ovule à Nicolas, a tout tiré de son sang : elle ne tient de moi qu'une demi-cellule, un bref transporteur d'ADN au règne de l'infiniment petit : il est loin, notre évangile : *Au commencement était le père... et rien n'a été créé sans lui !* Il a fait l'amour, le bon bougre, et, le reste, il ne l'a pas fait exprès. Au commencement était le père, oui : pour neuf secondes de plaisir. Mais ensuite il y a eu la mère : et son travail, pour commencer, a duré neuf mois. Quand lui naît un enfant, quel père n'éprouve pas de l'humilité ? Mais une voix mince, un peu fêlée, me ramène à des considérations plus pressantes. Nous sommes arrivés, Mariette murmure :

« Tu montes, mais tu ne restes pas. Tu es déjà assez volé depuis quelques mois. Je n'ai pas envie de te donner un encore moins joli spectacle. »

Elle pose la tête sur mon veston, l'inonde de cheveux. Ce sont toujours les mêmes cheveux, qu'elle parfume, au-dessus de ces oreilles, que j'aime chercher, du bout des doigts, dans la brune abondance qui les recouvre. Mais déjà Mariette se redresse ; puis descend avec précaution. Si elle a peur, elle le cache bien. L'ascenseur l'aspire, très vite, tandis que je m'attarde, au bureau, à expédier de la paperasse, à expliquer à la secrétaire qu'il n'y a pas de « prise en charge » puisque les avocats ne bénéficient pas des assurances sociales. Le temps de grimper deux étages, de faire mes dévotions auprès de Mariette, déjà couchée, d'entendre l'infirmière assurer que « tout se présente bien, rien ne presse, le travail est à peine commencé », de retraverser des couloirs où tout est clair, lisse, innocent, et je me retrouve dans la rue, soulagé.

Soulagé, mais n'aimant pas mon soulagement. Je rentre chez moi. Je fais confiance à ces gens dont c'est le métier d'être froids, aseptiques, efficaces, de n'être écœurés de rien, de connaître les moyens, les faiblesses, les défenses d'un corps, d'œuvrer sur ce qui est pour eux matière première et gagne-pain : la femme que nous aimons. Mais ma confiance me paraît lâche. J'ai beau me dire qu'au Palais le sentiment de tenir entre mes mains le sort d'un homme ne m'effraie pas ; qu'au contraire la partie à jouer, les responsabilités à prendre, les articles à invoquer, les procédures à manier exaltent en moi le technicien ; qu'ailleurs au contraire, je suis le client — du plombier comme du médecin —, il y a quelque chose qui ne va pas.

Oh ! je suis couvert ! Mariette elle-même m'a demandé de m'en aller. Elle n'a pas tort : assister à l'accouchement de sa femme, voire seulement à ses débuts, sauf cas de force majeure, c'est sadisme ou sottise. Déjà l'amour, quand on y songe, se pratique en des endroits qui souffrent de leurs autres usages ! Lorsqu'elle en sort, née de lui, la vie n'a plus que l'aspect de la déjection. Malgré le respect qu'elle mérite, considérer dans cette opération la fraîche petite fille d'avant-hier, devenue cette femme hagarde, suante, sanglante, écartée comme une grenouille, c'est prendre le risque de désoler pour longtemps la fragilité du désir. Mieux vaut, même, ne pas rester aux abords, comme tant de maris, qui font les cent pas dans le hall et assassinent de questions toute infirmière échappée de la salle de travail. J'ai l'œil fragile. Et soyons francs : j'ai aussi l'oreille douillette. Je n'ai aucun courage pour voir, pour entendre souffrir. Se retirer à bonne distance de la souffrance, chercher à n'y pas penser, attendre qu'elle soit finie en compulsant un dossier — en travaillant, n'est-ce pas, pour la mère et l'enfant —, tel est l'honorable programme. Pouvons-nous mieux ? Non. Pouvons-nous moins ? Non plus. L'accouchement de sa femme est une épreuve où l'inutilité de l'homme rejoint l'incontestable inutilité du bourdon.

Gilles va passer, m'inviter à dîner, en copains : les bonnes âmes ont à cœur de distraire le mari qui se fait du mauvais sang, tandis que sa femme accouche. Je refuserai : Mariette pourrait se formaliser. Mais Mme Guimarch s'inquiétera de savoir si j'ai de quoi manger : les bonnes âmes veulent aussi que le mari survive. A huit heures donc je vais grignoter des choses, trouvées dans le réfrigérateur. Puis téléphoner : *tout va bien, rien de nouveau.* Puis j'examinerai, avec le sérieux qu'il comporte, un des rares dossiers drôles qui me soient tombés dans les mains : celui de la *Santima*, fabrique d'objets pieux, à qui *Coopunic*, chaîne de magasins canadiens, refuse de payer un lot de saints qui, à l'arrivage, se sont révélés appartenir au style moderne, invendable au Québec qui conserve du goût pour le Saint-Sulpice. M'arrachant au labeur, vers onze heures, je retéléphonerai au service de nuit : *Tout va bien, rien de nouveau.* C'est long, il ne serait pas raisonnable de veiller plus longtemps. J'aurai une journée chargée, demain. Mais une fois au lit, qui me paraît grand, qui me paraît vide, je n'arrive pas à trouver le sommeil. Six heures que ça dure. Ce n'est pas anormal, mais ce n'est pas rapide. Ma mère m'a souvent dit : « *Moi, j'accouche en trois heures* » (et **ce** présent, chez une dame âgée, montre à quel point, vingt-cinq ans plus tard, l'événement lui demeure essentiel, incessant et se prolonge, de mes premières six livres à mes soixante-dix kilos). A cette époque on mourait encore de fièvre puerpérale. On n'en meurt presque plus. Mais des enfants qui s'attardent, qu'étranglent les passages ou, seulement, qu'abîment les fers, posés en dernier recours, ça se voit toujours. Je me retourne à gauche. Je me retourne à droite. Est-ce assez stupide d'entretenir son mouron? Je me relève. Il y a du somnifère dans l'armoire à pharmacie. Allons-y pour un, allons-y pour deux comprimés. Ils sont amers et l'eau du robinet a un goût d'eau de Javel. Je me recouche. Espérons que c'est fini et que Mariette, comme moi, s'endort.

On en parlera longtemps. Ce sera le morceau de bravoure du folklore familial. Quoi ? Qu'est-ce ? Il fait grand jour. Je suis sur le parquet, proprement viré, avec les couvertures et le matelas, et le colonel qui n'est pas rasé, qui n'a pas de cravate, n'en finit pas de rire :

« Tu me la copieras ! Il est neuf heures. Bel au bois dormant, vous avez un fils. Les Bretaudeau continuent. »

Dans la main de Tio, le tube de somnifère.

« On a voulu calmer ses affres et on ne s'est pas réveillé. J'ai déjà vu Nicolas, qui en écrase encore plus fort que toi. »

Debout enfin, les bras ballants, avec cet air Gilles-de-Watteau que donnent les pyjamas, toujours un peu trop courts d'en bas, parce qu'ils rétrécissent au lavage, je pouffe à mon tour. Tio précise :

« Mme Guimarch t'a appelé. Pas de réponse. Elle a pensé que tu étais à la clinique. Elle y a couru, m'a trouvé dans le hall. Moi, j'ai tout de suite compris que tu ronflais. Le temps de voir la mère et le mioche, de piquer la clef de ta femme et me voilà.

— Et Mariette ?

— Le petit n'est pas passé comme une lettre à la poste ; il n'est arrivé qu'à deux heures. Mais ils sont tous les deux en bon état.

— Et maman ?

— Arlette s'est chargée de la prévenir. »

C'est complet. Je ne ris plus. Je me précipite vers l'appareil, mais c'est à moi, cette fois, qu'on ne répond pas : ma mère, ma tante doivent rouler vers Angers, si même elles ne sont pas arrivées. Je me raserai plus tard. Je déjeunerai une autre fois. Nippé à la hâte, une deux, Tio sur les talons, toujours hilare, trois, quatre, mais un peu essoufflé et demandant pourquoi je ne prends pas la voiture, qui irait tout de même plus vite, cinq, six, c'est en courant que je me donne l'impression de me précipiter, père précédant le grand-oncle, vers la nouvelle génération.

La peinture luit, les chromes, les glaces. Les odeurs se mélangent : celle de l'éther, et celle du lait,. celle d'on ne sait quelle cuisine et celle des fleurs, qu'on aperçoit par des portes entrouvertes, près des lits d'émail blanc, où les fièvres font des dents de scie sur les pancartes. Le bruitage n'est pas moins connu : roulements sur caoutchouc, légers cliquetis, froufrous de blouses, rumeurs de vaisselle, chuchots. Rien de plus fidèle qu'une clini-

que au décor convenu. Théâtre en blanc : c'est ici
qu'apparaissent, pour jouer leur premier sketch,
ces nouveaux acteurs qui, dans les prochains cinquante ans, nous chasseront de la scène. Un père,
d'abord, cesse de se sentir jeune premier.

« Ah ! voilà le papa ! s'exclame la surveillante,
galonnée sur le front. Sept livres quatre cents,
c'est un bel enfant. Puis-je vous demander qu'on
laisse un peu reposer sa maman ? Ça fait beaucoup de monde pour un premier jour. »

Elle glisse plus loin, sur ses souliers plats. Je
m'en doutais : les Guimarch vont défiler sans arrêt. La visite aux accouchées, aux opérés, fait partie pour eux des rites sacrés ; et ils ne savent jamais s'en aller. Je pousse la porte. La famille est si
dense autour du lit que de prime abord je n'aperçois ni fils ni femme. On se retourne sur moi
avec des sourires qui en disent long. On s'écarte.

« Hé ben ! dit Mariette.

— Il s'était drogué pour arriver à dormir », dit
Tio, compatissant.

Les sourires changent, s'engluent de bienveillance. Soulevée à demi, calée sur deux oreillers,
Mariette pose pour une Maternité. Enfreignant la
consigne qui interdit de toucher au nouveau-né,
elle l'a tiré de son berceau, elle l'enveloppe d'un
bras, l'offre de près à l'extase de son pépé et de
sa mémé, ainsi qu'au flash d'Arlette. Eclair. C'est
fait, la photo est prise ; elle fera rire Nicolas, dans
dix-huit ans, quand il passera son bac et feuille-
tera d'un air distrait, avec sa petite amie, l'album
de famille. Voyons de plus près :

« Satisfait ? demande Mariette.

— Très. »

Mon souffle fait voltiger sur le petit crâne, presque rouge, une broussaille ténue. Le visage gros comme le poing, aux paupières cousues de cils et suintant le nitrate, à l'aspect rétréci, condensé, des réductions indiennes. Apode, dans son tuyau de laine, qui lui remonte les bras, le têtard grouille mollement et sa ventouse rose, dont l'unique réflexe est celui de la succion, a un petit bruit mouillé lorsque ma joue l'effleure. Nouvel éclair. Je serai aussi dans l'album. Mais il faut remercier : devant ma mère, ma tante, ma belle-mère, mon beau-père, l'oncle Tio, Gabrielle, Arlette et Mme Tource, observant de mes entrailles les paternels transports. Dans ma poche gauche, heureusement, ou plutôt non, dans la droite, à moins que ce ne soit dans le gilet et, effectivement, c'est dans le gilet, voilà dix heures que je l'y ai mis, il y a ce rond d'or : premier élément d'un bracelet de famille qui un jour, peut-être, sonnaillera double ou triple. Je le glisse au bras de Mariette. On se récrie, bien que la dépense, assortie à mes honoraires, ait été modeste.

« Pour le second, dit Mariette, laisse-moi souffler un peu. »

Et chacun d'approuver avec force, comme si c'était moi qui avais imposé le premier, comme si mon cadeau exigeait une suite. Tout le monde parle en même temps. Gabrielle essaie le bracelet. Arlette, avec des mines, s'empare du bébé. Mme Guimarch montre à cette maladroite comment se porte un enfant : une main sous la tête, l'autre sous le lange. Gabrielle, qui pourtant a tout ce qu'il lui faut chez elle, tend les bras à son tour. La tendre surenchère devient si condamnable et Mariette est si lasse que ma mère intervient :

« Ma petite fille, c'est assez pour aujourd'hui. Nous vous laissons. Toi, Abel, tu peux encore rester trois minutes, mais pas plus. »

Elle a repris Nicolas des mains d'Arlette. Elle le couche sur le côté, le borde et remet ses gants. Le nez de Mme Guimarch bouge. Son autorité, prise en faute, ne peut rien de toute façon contre celle de ma mère quand elle la met en jeu, avec ce port de tête que je connais de vieille date. Retraite générale. Tio, qui traînait, se fait rappeler à l'ordre :

« Vous venez, Charles ? »

« Charles », que son prénom ramène à son enfance, fait un geste de la main et disparaît. Nous restons seuls, Mariette et moi. Ma loquacité coutumière s'accommodera fort bien du silence, ici recommandé. La jeune femme qui est là, c'est bien toi, ma petite fille, dont je caresse les cheveux ; c'est bien toi que, pourtant, je ne reverrai jamais, telle que tu as été : sans partage et sans tiers. Nous deux, nous ne serons plus jamais ensemble de la même façon. Ton œil était sur moi, sans passer par quiconque. Maintenant il se pose sur ce berceau, avant de remonter vers moi... Oui, j'ai vu, c'est un bel enfant. Oui, c'est même moi qui l'ai commencé, en m'y reprenant tous les soirs. Le bougre ! Nous n'avons pas d'hormones, nous, pour nous travailler le sang, pour nous faire monter le lait aux seins, l'amour au cœur. Il nous faut un peu plus de temps, d'habitude et d'échange. Mon grand-père s'appelait Nicolas, je ne l'ai pas connu. Celui-ci, qui s'appelle aussi Nicolas...

« Ton fils t'effraie un peu, hein ? » murmure Mariette dont l'intuition apparemment fonctionne.

Et comme mes sourcils protestent :

« Si, si, ne dis pas le contraire, je te connais : tu t'accroches difficilement. Mais quand c'est fait... »

Elle s'enfonce dans l'oreiller, le nez tourné vers le berceau et m'observe d'un œil, qui rit. D'un geste vif je viens de chasser une mouche qui courait sur le front de mon fils. Je regarde ces dix doigts gros comme des allumettes, mais armés de dix ongles plantés dans la dentelle. Oui, j'ai le cœur lent. A feu lent, braise longue. Mariette le sait aussi. Et elle sait que ce matin nous sommes beaucoup plus mariés qu'hier ; mariés au second degré ; devenus consanguins, nous qui n'étions que légalement amants. Femme possédée ne nous est point parente. Femme fécondée, si : par la fusion des gènes. Quoi qu'il arrive, mort ou séparation, nous voilà réunis dans sept livres quatre cents grammes de chair commune. Si l'on pouvait prendre la température du bonheur, Mariette ne ferait point quarante, mais atteindrait bien le trente-huit. Ce qu'elle y gagne, à son avis, ne m'enlève rien ; ce que je crains d'y perdre lui semble pure illusion. Comment ce qu'elle m'ajoute pourrait-il, en même temps, m'avoir été ôté ?

LA poule crételle pour annoncer qu'elle a pondu. Nous, nous envoyons des faire-part, nous faisons passer cinq lignes au carnet rose du journal. Je m'en serais bien abstenu, mais les Guimarch n'y manquèrent point. Il n'y eut pas assez de mains dans la rue ni au vestiaire des avocats pour secouer la mienne. Le président lui-même, toque en tête et bavette au cou, y fit en pleine audience une aimable allusion, avant de me faire un petit cadeau, dont bénéficia le client du jour :

« Trois mois avec sursis. »

Par fil, par carton, je ne fus pas moins congratulé. Je supporte mal cette manie qui doit dater des patriarches et qui incite les gens à féliciter le père, pour ses œuvres, dont on connaît la nature. Hommage au coup de reins ! Remarque importante, toutefois : ce sont les hommes qui félicitent le mari. Les femmes me parlaient surtout des presque huit livres du « magnifique » enfant.

A vrai dire, le magnifique était devenu jaune : petit ictère du nouveau-né. Et Mme Guimarch, ou-

bliant son époux, ogre fragile, malmené par les
sauces, recensait parmi les miens les foies détra-
qués. Heureusement cette jaunisse dura peu.
L'œil du fils, consentant enfin à décoller ses paupières, redevint pur comme le blanc d'œuf ; et la
prunelle s'y montra, couleur d'ardoise.

« Il aura les yeux bleus, disait Mme Guimarch.

— Non, disait ma mère, c'est le faux bleu qui
vire au brun. Abel m'a joué le même tour. »

Il avait maigri, Nicolas : ce qu'on m'assura normal. Mais quand, gorgée de visites, riche de huit
brassières du premier âge, de onze paires de chaussons, de trois hochets de plastique, offerts par les
amis, sans compter les cyclamens de saison, en
pot garni de papier d'argent, et de nombreuses
demi-douzaines d'œillets nimbés de ces branches
d'asparagus qui laissent si vite tomber sur les
consoles une poussière de verdure, Mariette reçut
son *exeat*, le fils commençait à reprendre. Dès
qu'il fut à la maison, dans ce monument d'acajou,
à col de cygne, dont un antiquaire avait offert bon
prix à ma mère et qu'elle venait de faire regarnir
(comme il l'avait été pour moi et pour mon père),
l'héritier se mit à rattraper, puis à devancer les
courbes de croissance.

Et ma femme à devenir, essentiellement, sa
mère.

On a beau voir, sur dix couples, huit exemples
de ce cas, on ne s'y attend jamais. De la fille à la

femme, sauf au lit (et encore c'est à voir, si je
pense à Gabrielle), le changement n'est pas nota-
ble. La grossesse, déjà, le rend sensible. La maternité vous ramène de la clinique une inconnue.
Ceci était dans cela. Bien. Vous attendiez la déli-
vrance, sans ignorer qu'elle serait suivie du flot
de soins, de frais, de soucis, de menues obliga-
tions que déclenche l'arrivée d'un enfant. Mais
vous pensiez que jusqu'aux premiers mots, jusqu'aux premiers pas, cet enfant ne tiendrait que
peu de place, qu'il resterait longtemps une chry-
salide de batiste et de laine, un être inachevé,
inactif, un peu artificiel et vivant en somme à
côté de votre vie.

Erreur : il est au centre, aussitôt. Je l'ai su
très vite. Tout le proclamait. L'expression de Mariette, soudain masquée de sérieux. Cet air d'être
toujours occupée d'autre chose. Cette façon de
marcher : en sultane *validé*. Cette façon de parler : un ton en dessous, pour ne pas réveiller le
trésor, même s'il dort à l'étage. Cette façon de me
regarder : comme si j'étais devenu transparent.
Ce pli en travers du front, au moindre bruit sus-
pect, au moindre courant d'air faisant voler du
tulle. Cette négligence envers mes chaussures, hier
sacro-saintes, cirées sans arrêt. Et cet âpre souci
de l'horaire... Que le bifteck soit sur le feu, la
mayonnaise à demi montée, tant pis ! Le bifteck
brûle, la mayonnaise retombe. L'ordre donné par
le merveilleux « réveil d'allaitement », une fois par
jour réglé sur les heures de tétée, ne supporte aucune attente. D'un tour de jupe Mariette est en

haut et sa poitrine jaillit du soutien-gorge spécial
qui s'ouvre par-devant. Saint sain sein ! Elle essuie la glycérine qui graisse le mamelon pour le
protéger des gerçures. Elle chante :

« Cette fois-ci, mon Nico, c'est le gauche. »

Elle donne à engloutir ce bout encore trop court
que la petite bouche cherche en couinant, happe,
mâchouille, lâche pour reprendre souffle, puis res-
saisit avidement, tandis que les commissures laissent échapper un filet grumeleux. Elle nettoie ce
menton percé ; elle remonte le paquet ; elle tance
le goulu qui par moments lui cisaille le sein entre
deux gencives ou lui envoie, avec une brutalité de
jeune veau, des coups de tête :

« Dis donc, toi ! »

Dans cet office nul ne l'effraie. Fière de n'avoir
aucun besoin de biberon, elle exhibe en famille ces
objets jusqu'ici esthétiques, érotiques, réservés à
ma paume, maintenant fonctionnels, impudique-
ment, volumineusement mammaires. Même devant
Tio, plus gêné qu'elle, Mariette se détourne à peine
pour déballer, pour remballer. Avant de refermer
le bouton, elle glisse soigneusement du coton dans
les bonnets et commente :

« C'est idiot, on devrait avoir un robinet. Chaque fois je suis toute mouillée. »

Son premier soin a d'ailleurs été de faire analy-
ser son lait. Abondance n'est pas qualité. Mais ses
performances laitières se sont révélées complètes :
*Densité, 1,03 ; Caséine, 16 ; Corps gras, 38 ; Lac-
tose, 64 ; Sels, 2,6...* Qui dit mieux ? Mariette a
montré la fiche du laboratoire à tout le monde,

avant de l'annexer à sa carte de groupe sanguin, qui ne quitte pas son sac. Mais elle n'a pas apprécié la remarque — assez grasse — de Tio :

« Avec un lait pareil, je me demande ce qu'on pourrait faire comme fromage ! »

Sur le chapitre, elle manque d'humour.

Comme elle manque, il faut bien le dire, d'intérêt pour les autres sujets. Mes problèmes sont sortis du champ. Mariette, qui feuilletait volontiers mes dossiers, ne les ouvre plus guère. Elle a aussi presque cessé de bouquiner. J'ai vu arriver trois livres ; mais il s'agissait de *Votre enfant, Madame*, du *Guide de la jeune mère* et d'un *Album de bébé*, à reliure spirale, sous coffret plastifié, destiné *à noter tous les faits et gestes, maladies, progrès de votre chérubin*. Mariette y a immédiatement consigné la date de naissance de Nicolas, celle de son B.C.G., sa taille, ses gains de poids et autres détails cliniques. A la page 12, qui comporte trente lignes en blanc, elle a un peu bousculé l'auteur qui invite les mères à enfiler des considérations d'ordre élevé. *Penchée sur le petit être qui vous est désormais confié*, proposait ce monsieur, *tâchez d'exprimer ici ce que vous inspire le plus tendre des devoirs. Dans vingt ans vous serez heureuse de vous relire.* D'un trait de plume, Mariette a barré la page ; puis s'est tournée vers moi pour exprimer ce qui était en fait la meilleure des réponses :

« Me relire... pourquoi ? Ça ne s'oublie pas. »

Un bon point. D'ordinaire elle souscrit aux émotions, aux pensées conventionnelles. Elle ne rechigne pas aux plus rebattues, aux plus confites et se reconnaîtrait volontiers dans l'invocation : *benedicta tu in mulieribus.* Plus que jamais la gouverne ce code de puériculture, dont les injonctions précises trouvent en elle une obéissance délicieuse. Ah ! ce n'est pas elle qui se servirait de lessive pour laver les couches ! Elle rincerait plutôt dix fois la machine à laver de peur qu'il en reste une trace. Quand la cicatrice ombilicale s'est avérée bien sèche, quand Nicolas a pu être plongé dans la baignoire dou-dou (petite merveille gonflable), il n'y avait pas un degré de trop ; et c'est pure malchance si une épingle de nourrice, qui traînait sur la table, a percé le caoutchouc et failli mettre l'enfant au sec. J'aimerais avoir un podomètre pour mesurer le nombre de pas de Mariette : il a sûrement triplé, dans ce va-et-vient qui la ramène sans cesse au berceau. La nuit même, je la sens sur le qui-vive, écoutant le silence, retenant sa respiration pour s'assurer du très petit flux d'air qui susurre à travers un très petit nez, dûment goménolé.

On parle de relevailles. On peut aussi parler de recouchailles. Et là-dessus, il faut se taire ou avoir la franchise féroce ; et faire sien le mot de Curnonsky, gourmet national qui, reprenant d'un plat, disait :

« C'est bon, mais ce n'est pas meilleur. »

Quel mari ne crierait comme les autres : rendez-moi le meilleur, rendez-moi le départ. Pas la première fois, non : c'est plaisir solitaire. Mais rendez-moi l'ensuite : la fraîche, la vive partie, de l'un, de l'autre, tous deux ignorant qu'ils tirent sur la corde et que ce violon ne pourra pas se retendre. Tant que Mariette, sous moi, sur moi, en haut, en bas, dans toutes les poses, je l'ai sentie fille dévorant le garçon, je n'ai eu de femme que sur mon livret. Puis je l'ai trouvée, un soir, dans mon lit : toujours agréable, mais répétitive.

Entendons-nous : au-dessous de l'enchantement, la courbe se maintient au niveau de la joie et fait des pointes aux bonnes heures (le singulier, abusif, donne bonheur). Une coiffure, un déshabillé, un rien, renouvelant le trop légitime et voilà mon ami qui se redresse. Il n'a plus le même appétit chaque jour, c'est tout.

Avec la grossesse les choses sont devenues moins claires. La bête s'interrompt, dans ces cas-là, mais nous sommes humains. Citons cette fois nos classiques : *Je continue, Madame.* Il y a délicatesse à donner jusqu'au bout la preuve d'un amour resté indifférent à ce qui vous abîme. Et si mes autres motifs ne vous irritent pas, laissez-moi les nommer. Il y a l'habitude : on monte sur ce qu'on a. Il y a la nécessité : il faut bien que ça se fasse. Il y a la vanité : je rebêche mon champ. Il y a l'appréhension : qui rejoint la vôtre et nous aiguise. Il y a même l'insolite : cette visite à la poupée russe. Et ce refus enfin : dire non à celle qui disparaît, à la nubile trahie par cette poitrine qui suinte, et que la nuit, le drap et son mari recouvrent, encore un peu tendron, pour la dernière fois.

Vers la fin, bien sûr, pour ménager le faix qui talonnait aux portes, nous avons su souscrire à l'abstinence. Bon, ça. Pour vous. Pour moi, peut-être, aussi. J'en sais qui sans vergogne, en de telles occasions, s'en iraient voir les filles. Je ne l'ai pas voulu. Et pourtant dans la ville, bleue et blanche à souhait, l'enfant de Marie, chérie ! et d'autres, aussi rapides, soignent très volontiers les époux engorgés.

Maintenant tu m'es rendue. En partie. J'aimais, pour te mettre en train, ces joutes légères, ces frôlements de doigts qui soulèvent la chair de poule, à la limite du supportable. J'aimais, après le descellement, rester serré contre toi et jusqu'à l'ankylose t'envelopper d'un seul bras, dont la main se remodelait sur ton sein. Mais tout le secteur, bardé d'ouate, réservé au déjeuner de Nicolas — premier service — m'est interdit. Il me reste plus haut la bouche qui est bien la même, sur des dents de bréchouse ; et plus bas, ton ensemble Rubens, encadrant ce triangle qu'a rasé l'accoucheur et qui pour l'instant fait étrille. Bonne surprise. S'il n'est pas sûr qu'où est passé le père passe aussi bien l'enfant, où est passé l'enfant devrait flotter le père. Mais te revoilà, mon étroite, haletante et qui — seul changement — me souffles dans l'oreille :

« Attention, hein ! »

Oui, bien sûr. Tout à l'heure tu feras sur ta mécanique un petit devoir de calcul. Plus attentive à ses glandes, plus naturelle et plus précise, femme fouillée par les médecins a la pudeur moins aiguë. Il suffit pour m'en convaincre de savoir où va cette main et d'apprécier l'insistance qu'elle met à tirer de moi la récidive espérée.

ÇA fuit par un bout, ça fuit par l'autre. Qu'importe ! Dans le lardon, tout est mignon : ni bave, ni colique, ni fureur à s'égorger de cris n'empêcheront jamais que ces porcelets ne soient roses.

Les autres enfants, quand je les vois dans la rue, avec leur bouille fraîche, leurs raies tirées de nuque en nez, leurs souliers luisants, leurs proprets sarraus, j'imagine qu'ils font le bonheur de Gabrielle ou de ses pareilles ; et, en effet, ils le font. Mais pomponner n'est qu'une joie. Palper, c'est la béatitude. Nous avons joui, mes frères, des mains, de la bouche et du reste ; nous avons joui des creux et des bosses et des longues échappées de peau qui ont du grain, qui ont du lisse, qui ont des frémissements chauds... Mais nos femmes, qui sont si lentes à rendre la pareille, qui hésitent à tâter de l'homme dans l'ombre, regardez-les sur l'épiderme de gosse jouir librement et vingt fois plus qu'avec le nôtre.

Comme elles la triturent, la viande douce ! C'est quatre ou cinq fois par jour que j'assiste à la scène

ou que je la devine, au parfum. Mariette est seule ;
ou avec sa mère ; ou encore avec des amies : changer le bébé devant elles est un critère d'intimité,
montrant à quel point elles peuvent familièrement
communier dans le décrottage. Mais rien ne vaut
Gabrielle qui sait traiter une croûte, qui a des opinions autorisées sur la consistance des produits.
Arlette aussi est appréciée : elle fait ses classes,
elle aime servir de nurse. Mais de Simone, que ses
glandes ne travaillent pas encore, qui fait de la
révolte contre la condition féminine, il n'y a pas
grand-chose à tirer. Elle pince le nez :

« Ah ! le dégoûtant ! »

Sur le lange inondé, le dégoûtant, tout nu, pédale
avec ardeur. La tête roule, les bras battent, le torse
fait le soufflet, le ventre descend par bourrelets
successifs jusqu'au zizi dont les grandes bourses
vides, où rien n'est encore descendu, sont tout
emplâtrées de jaune d'or. Si Gabrielle il y a, Gabrielle opine, avec le détachement des connais-
seurs :

« Le lactéol, tout de même, il n'y a que ça. Tu
vois, c'est très bien, aujourd'hui.

— Oui, dit Mariette, et son petit machin est
moins irrité. »

C'est l'instant délicat du sacerdoce. *Lava me et
super nivem dealbabor.* Le solide est enlevé avec
la couche antipeluche, vivement roulée en boule.
L'éponge douce entre en action, poursuit des cou-
lées de safran sur ces cuisses renflées de poulet
qui ne cessent de se détendre :

« Tu vas rester un peu tranquille, non ? »

Verso. On soulève. L'éponge passe de l'autre côté, dans le sillon rouge où flamboie le trou de balle, étoilé de petits plis. On rince. On vérifie. Tout est net. Et le meilleur commence : on passe aux détails. Mariette, sans cesser de bavarder, manie la saupoudreuse, comme une salière, en laisse tomber ce qu'il faut, où il faut. Bambinose, couche, culotte imperméable se superposent. Voyons le nez. Voyons l'oreille. Le coton-tige s'enfonce, sans faire naître de grimace. Brassière de laine, maintenant. Bavoir, épinglé d'or. On regarde le chef-d'œuvre. On n'y peut résister :

« Ma petite grenouille ! fait Mariette, attrapant la chose par les pieds.

— Sa colonne, voyons ! » dit Gabrielle.

Alors Mariette prend son fils aux aisselles, le fait pivoter à gauche, le fait pivoter à droite, le hisse, en éclatant de rire. Nicolas monte en l'air, *ecce salvator mundi*, et de ce mirador, où tous les regards l'adorent, petit dieu ébahi, il sourit aux nations :

« Tu vas lui donner le tournis », gémit Arlette.

Et Nicolas redescend, la tête ballante sur un cou si mou qu'on le croirait privé de vertèbres. J'en entendrais, moi, si j'osais le manipuler de la sorte. Je ne m'y hasarde guère et le moins qu'on puisse dire, c'est que Mariette ne m'y encourage pas. Le gosse, c'est son rayon. Dès que j'y touche elle fait l'aimable tête de la chienne de police dont on flatte le chiot. Il faut qu'elle soit très embarrassée, pour se défaire du paquet, me le planter dans les bras.

« Tiens-le-moi une seconde. »

Encore a-t-elle les yeux qui traînent derrière elle. Quant à ceux de Nicolas, ils roulent. Rassuré, le bonhomme ! Je ne suis pas Ugolin. Mais un dos raide, des mains gourdes, une voix grave et la crainte de paraître bouffon, ça gâche tout : je n'ai pas la grâce.

DE la rue du Temple à Saint-Laud la distance est si courte que nous allons à pied. Vingt personnes en tout. Depuis notre mariage c'est la première réunion plénière. Mais les diamants ont été séparés de la gangue : nous ne verrons aujourd'hui, Gilles excepté, que de la famille. Une giboulée de mars vient de laver le trottoir. Les dames ont pris leurs parapluies pour protéger au besoin leurs fourrures. Mme Meauzet qui, par coquetterie, n'a pas voulu accompagner Mariette et le bébé dans la voiture de Gilles, porte un manteau de léopard. Tio vient de murmurer :

« Un si beau fauve, finir sur le dos de cette vieille ! Il serait bien plus moral de la voir, elle, finir dans la gueule du léopard ! »

Ce genre de cérémonie, où l'on cède aux usages, l'exaspère autant que moi. Mais les Guimarch, qui aiment la parade, sont très à l'aise, saluent des gens. Si ma mère, ma tante n'ont qu'un manteau de laine noire, Reine — sans son roi, que la province assomme — nous fait l'honneur d'un vison, parfumé jusqu'au dernier poil. Rat d'Amérique pour Mme Guimarch, mouton doré pour Arlette, Baby-phoque pour Simone que flanque Annick Guimarch, cette cousinette de quatorze ans, Bretonne à l'accent languedocien. Gabrielle est en robe de tricot, comme ses filles qui semblent une fois de plus ne pas devoir rester trois.

« Ce n'est pas un homme, c'est une mitraillette, votre fils », dit Tio au père Guimarch.

Eric rit, avec une heureuse niaiserie : il est toujours très fier de ses glandes comme il est toujours très ennuyé de leur exubérance, fatale à ses deniers. Le beau-père, qui parle d'un barbillon de dix livres, glorieusement sorti de la Maine, s'appuie sur l'épaule du cousin Louis, seul représentant mâle des Meauzet. (Ils sont aussi nombreux que les Guimarch, mais leur appétit pour les bois familiaux, qui les a fait surnommer « les termites », a déterminé une de ces brouilles de province solides comme les institutions.) N'oublions pas Clam, qui suit, reniflant les angles de porte, et le père d'Annick, Yves Guimarch, receveur des postes à Béziers qui, revenant d'un voyage à Quimper, son pays natal, s'est arrêté à Angers.

« Vous avez vu le cadeau de Gilles, colonel ? demande M. Guimarch. C'est de l'argent massif, vous savez.

— Oui, dit Tio, une folie ! Ce bon Gilles, il devrait penser à lui. Il ne se marie pas.

— Avec ce pied ! » dit M. Guimarch, de sa voix caverneuse.

Nous avançons de dix mètres et, toujours ellip-
tique, il ajoute :

« Pourtant, sans ce pied...

— Mais pourquoi Gilles ? reprend Tio. Avec
votre tante Meauzet, avouez que ça fait un curieux
attelage.

— Les femmes ont décidé ça », dit prudemment
M. Guimarch.

Décidé, non. Calculé. Pesé les choses : sur des
balances de boutique. J'ai même eu des mots
avec Mariette à ce sujet. Fortunés, célibataires
ou mariés sans enfants, voilà ce que la rue des
Lices exige des parrains et marraines. S'ils sont
âgés, ils sont plus fortunés, feront de beaux cadeaux, mais décéderont vite. S'ils sont jeunes, ils
peuvent durer plus longtemps, mais ils ont d'ordinaire peu de moyens et se laissent souvent tenter par la fâcheuse idée d'avoir eux-mêmes des
enfants. Georges d'Ayand aurait pu faire un parrain, Gabrielle y a déjà pensé ; mais il a toujours
refusé, il a « trop conscience de ses responsabilités pour en prendre à la légère ». Reine aussi,
femme sans enfants et avec revenus, ferait une
bonne marraine. Mais voyez la contradiction : sa
stérilité volontaire effraie ses sœurs, les incite à
penser qu'elle avorterait très vite du filleul. Arlette, Simone sont jeunettes, démunies, mariables.
Alors Tio ? Ces dames ont pensé à lui. Mais Tio
est déjà mon parrain et de toute façon il n'a pas
d'autre héritier que moi ; ni du reste de fortune
à me laisser. Le cas de Mme Meauzet, marraine
de Mariette, était différent. Mme Meauzet peut

lâcher ses ors aux termites, avec qui elle entretient des rapports ambigus. Marraine et grand-marraine, elle fera peut-être un effort. Gabrielle a un peu grogné, dit que Mariette tirait la couverture à elle : on lui a répondu qu'elle n'avait qu'à prendre la grand-tante comme marraine du prochain, elle aussi. Et voilà comment Mme Meauzet s'est retrouvée la commère de Gilles, pied-bot, bonne situation, célibataire et de surcroît ami du mari, qui ne peut qu'être persuadé de l'importance des sentiments dans ce choix.

Nous arrivons. L'Alfa-Roméo de Gilles, dont le rouge tire l'œil, est garée le long des marches au risque d'un P.V. Lui-même les redescend, une par une, tirant sur cette chaussure droite qui, à demi cachée par le pantalon, ressemble à une grosse chaussure de ski et contraste avec l'escarpin du pied gauche. Il s'arrête au dernier degré, il dit :

« Vous savez, nous n'aurons pas les cloches.

— Quoi ! fait Mme Guimarch.

— Je vous avais prévenus, dit ma mère. Vous avez voulu attendre pour avoir tout votre monde et nous sommes sortis des délais.

— Bon, dit Tio, nous n'en mourrons pas.

— Si c'était ma paroisse, j'arrangerais çà tout de suite, reprend Mme Guimarch. Mais ici... »

Elle jette de mon côté un coup d'œil précis. Nous montons. Mariette est assise, au bas de la nef, tenant précieusement un catéchumène étonné qu'elle a cru nécessaire d'équiper à grands frais de l'uniforme rituel : vaporeuse robe d'innocence et bonnet de dentelles. Mme Gui-

march louche vers le baptistère où s'agite du sur-
plis.

« Ce n'est pas le curé, souffle-t-elle.

— Non, murmure Gilles, c'est le deuxième vicaire. »

Mme Guimarch soupire. Le deuxième vicaire
en termine avec un autre baptême : celui d'un
braillard entouré d'un brelan timide où ne figure
pas de père. Mme Guimarch semble réfléchir.
Ces gens-là, malgré tout, ont peut-être droit aux
cloches ; et si cloches il y a, sait-on pour qui ça
sonne ? Je suis sûr qu'elle regrette maintenant
de ne pas avoir accepté le groupage du dimanche.
Elle ne pouvait pas prévoir. Rien n'est plus éloigné de sa conception des choses, de son cérémonial, que ce baptême en commun de la primitive
Eglise que les petits abbés de choc essaient de
réintroduire. Un baptême, voyons, c'est une fiesta
privée.

Terminé pour le bâtard. Le vicaire vient vers
nous, flanqué de deux enfants de chœur qui commencent par distribuer une demi-douzaine de
cartons où sont imprimées en romain les expli-
cations d'usage, en italique le texte du prêtre,
en gras les répons. Il n'y en a pas pour tout le
monde.

« Vous voulez le programme ? » me souffle le
cousin.

Le vicaire y va d'une petite homélie sur le sens
du baptême. Ce n'est pas le bon bougre que je
connais : citadin plein d'indulgence pour les usa-
gers qui savent au moins garder les apparences.

Celui-là a une tête de chouan, un nez qui tranche et sa prunelle noire, reconnaissant les justes, a aussi reconnu les infidèles : ces femmes trop bien mises qui ne viennent point offrir au Créateur sa jeune créature, mais plutôt lui emprunter ses pompes pour glorifier l'état civil ; et ces hommes attentifs à se bien donner l'air de chercher à avoir l'air sérieux. Cependant il récite sa petite affaire, se tait, se concentre, redouble d'exemplaire gravité et, faisant signe aux parrain et marraine d'avancer, s'écrie :

« Nicolas, que demandez-vous à l'Eglise de Dieu ? »

Gilles cherche sur le carton. Mais Mme Meauzet a déjà répondu, avec compétence :

« La foi.

— Que vous procure la foi ? »

Mme Meauzet n'hésite pas et Gilles répète avec une demi-seconde de retard :

« La vie éternelle. »

Ça continue, cahin-caha. J'aimerais, Seigneur, que vous attendiez un peu, pour votre serviteur Nicolas ; j'aimerais que vous lui fassiez longtemps mériter la vie éternelle. Le vicaire souffle. Pas pour rire : d'un poumon convaincu. Il s'explique, comme c'est devenu l'usage : *il a chassé le mauvais esprit.* Puis voici l'imposition de la main : *Nicolas est pris en charge.* Au tour du sel : *qui représente la grâce.* Exorcisme : *pour chasser le démon.* Dans cette forêt de symboles, vieux comme le monde, on se sent agacé d'être pris pour le Petit Poucet. Le latin au moins avait un avantage : il masquait cette simplesse.

« Si vous voulez bien avancer, messieurs-dames. »

Credo. Pater. Le vicaire, qui hausse le ton, essaie d'entraîner son monde. Ça ne fait qu'un assez mince murmure, à 90 p. cent féminin. On s'approche du baptistère. Sommé de renoncer à Satan, Nicolas, par la bouche de sa grand-tante, assure trois fois qu'il y renonce. Interrogé sur le dogme, il jure trois fois qu'il y croit. Gilles est rouge de confusion : il n'avait pas mesuré l'épreuve. Si tout ceci n'est que rite, il n'en reste pas moins qu'il se soutire de faux serments qui devraient lui écorcher la langue. Un enfant de chœur soulève le couvercle de la fontaine. Le vicaire, qui troque l'étole violette contre l'étole blanche, *signe de joie*, en profite pour faire un dernier commentaire : *Dieu répond à la foi de l'enfant, manifestée par les parrains ; il lui donne sa propre vie, plus vraie, plus précieuse que celle qu'il tient, si fragile, de ses parents.* C'est ridicule, mais un débat me soulève. Nicolas, comment peut-il être engagé sans une ombre de consentement ? Et même, ce qui n'est pas moins grave : sans que j'y souscrive vraiment ? Dieu recrute-t-il ses ouailles comme un politicien qui fait voter les morts et les absents ? Mme Meauzet enlève le bonnet, Gilles soulève Nicolas, qui prend peur et pleurniche, renversé, au-dessus de la fontaine. L'eau coule :

« Nicolas, je te baptise... »

Flash. Arlette n'a pas craint de se hisser sur une chaise pour prendre la scène sous un bon angle. Une photo de plus dans l'album. Un catholique de plus dans les statistiques. Après tout, ne sera-t-il pas aussi conscrit malgré lui ? Ne l'ai-je pas fait naître sans lui demander son avis ? Ne grandira-t-il pas sous ma régence ? Ne voterai-je pas, à chaque scrutin, pour tel parti politique dont l'action décidera de son sort comme du mien ? Liberté, voilà bien ton visage : celui d'un enfant qui pleure, tandis qu'après l'onction Mariette lui remet son bonnet et que l'officiant souffle le cierge dont la maigre lumière représentait la vérité.

« Ouf ! Quelle comédie ! murmure Gilles, tandis que nous montons vers la sacristie pour les signatures et le bakchich.

— Oui, dit Tio, mais l'abbé y croit, lui. Les imposteurs, c'est nous. »

Cette philosophie n'atteindra pas le moral de nos alertes compagnes. Mme Meauzet, dont tant d'œuvres sont connues, Mme Guimarch, qui ne l'est pas moins sur la place, s'attardent, bavardent, présentent leur petite famille. Mais oui, cette petite Martine, elle a été première en catéchisme. Nous sortons enfin, dans la gloire d'un carillon qui peut passer pour nôtre.

« Bon Dieu, que j'ai faim ! » dit le beau-père.

Une giboulée crève pour le punir d'abuser ainsi, sur le parvis même, du nom du Seigneur. Mais le ciel, qui glisse rapidement, nous fera bientôt grâce. Dans un quart d'heure six voitures foncéront vers l'essentiel : ce gueuleton qu'on nous prépare au « Bosquet », guinguette des bords de Loire, à Erigné, et où figure le brochet au beurre blanc qui, peut-être, dernier symbole, passera pour le poisson chrétien.

MARIETTE a une faiblesse : c'est sans mesure qu'elle se laisse dévorer. Un cri et la voilà qui oublie la loi, prend, berce, chouchoute.

« Tu verras, quand tu en auras trois, si tu auras assez de bras ! » proteste Gabrielle.

Mais Gabrielle a des nécessités désolantes : elle court au plus pressé. Gourmande de superflu, d'incessante intervention, Mariette s'en inventerait plutôt. Elle ne veut pas s'avouer : « Si je le prends quand il crie sans raison, il criera pour que je le prenne ; mais cette seule raison me faisant perdre la mienne, comme l'habitude d'y souscrire lui fait perdre la sienne, mon Nicolas, né très calme, se transforme en singe hurleur. » Elle préfère trouver que c'est normal et, peut-être, héréditaire :

« Oh ! le poison ! Tu beuglais comme ça, toi ! »

Je dis qu'en ce temps-là tout le monde laissait sagement s'époumoner le gosse, jusqu'à ce qu'il se fatigue. Mariette ne me croit guère : j'ai l'air de plaider pour mon saint. Il y a trois chambres

au premier : la nôtre, celle que ma mère s'est
théoriquement réservée et une petite pièce que
nous appelons la nursery. C'est dans celle-là que
dort Nicolas. Mais Mariette laisse les portes ouvertes : si nous allions ne pas l'entendre, ce petit,
et qu'il ait vraiment quelque chose ! Qui crie, au
moins, est bien vivant ; et d'une certaine manière,
en vous inquiétant, vous rassure.

Ainsi prospèrent les esclavages. Nous sommes,
à longueur de nuit, amplement rassurés. Je ne
connais rien de plus étonnant — dans l'odieux —
que la puissance des sérénades offertes par les
nourrissons et les chats. Les premiers *ouin*, faiblement geignards, vous laissent de l'espoir : cela
peut se terminer sur un rot ou quelque bruit
plus sourd, libérant on sait quoi. Je murmure,
patelin, à Mariette, qui se soulève :

« Laisse donc, il n'a rien. »

Mais quand ça continue, quand, déchirant la
nuit, ça met votre fatigue et votre sommeil en
pièces, quand ça devient de la rage qui monte,
qui s'étrangle, qui vous menace de convulsions,
d'étouffements violets, personne ne tient. J'explose :

« Vas-y, enfin ! Tue-le, mais qu'il se taise ! »

Mariette rallume et la lumière nous brûle les
yeux. Elle cligne des paupières et, claquant de la
savate, passe à côté, ramène le coupable, le balade
de long en large dans la chambre, le secoue, le met
sur le ventre, et, de guerre lasse, s'assoit sur le
bord du lit, sort un sein et l'enfourne. Nouvelle
faute contre la loi : ce n'est pas l'heure. Et com-

me ce n'est pas l'heure, Mariette n'a pas de lait.
Après une période d'abondance, il commence
d'ailleurs à diminuer, son lait ; il n'assure plus
qu'une partie des tétées dont Nestlé prend le relais. Mariette me laisse Nicolas qui huche à mort,
les poings crispés, le front plissé, la bouche ouverte sur des gencives d'édenté. Elle revient avec
un biberon qui attendait dans le conservateur.
Mais l'isothermie a un vice : le biberon est justement trop chaud. Il faut le passer sous le robinet du lavabo. Le voilà un peu tiède. Tant pis !
Nicolas gobe, s'énerve, crachouille des bulles : la
tétine coule mal. Mariette la perce à l'aiguille
rouge. La tétine coule trop. On la change. La nouvelle est parfaite, mais l'enfant s'assoupit. Avons-
nous gagné ? Non. Il se réveille dès qu'on le recouche. Recommence à bramer. Recommence à
suçoter, sans conviction. S'endort enfin, parfaitement déréglé.

Moi aussi, j'ai une faiblesse. L'inverse : c'est
en rechignant que je me laisse dévorer. La patience même de Mariette m'impatiente. Je pense :
voilà notre récompense. Rien de tel que l'enfant
pour aggraver le vice majeur du mariage : ce
passage continuel de l'ineffable au stupide, du
ravissant au répugnant, du miel à la crotte. Il y
a des moments où je comprends les parents fortunés qui en des temps faciles (faciles pour eux)
sauvegardaient leurs horaires, leur repos, leur

décor, leur respectabilité, en refilant aux bonnes les enfants en bas âge. L'art d'être père ou grand-père est aisé quand, du fond d'une vaste maison, la nurse vous apporte pour le baiser du soir ce petit animal dont vous pouvez ignorer les clameurs, le croupissement, l'interminable imbécillité (qui le situe, au vrai, très au-dessous du petit animal, vite sur pieds, vite débrouillé).

Certes, il y a d'autres moments où je m'échauffe en songeant à ma mère, où je me dis que c'est normal de rembourser, où je juge sévèrement les célibataires. Mais la plupart du temps je les envie. Gilles, dont le pied-bot a des revanches à prendre, vient de s'acheter son Alfa-Roméo. Sorti de l'école de notariat, il n'est jamais que premier clerc dans une étude. Mais il a pu bloquer pendant des mois la moitié de son traitement. On le trouve dépensier. Moi, je le trouve chanceux. Je viens de me payer un landau (à nobles grandes roues et caisse laquée, où se détachent les initiales N B, il est vrai). Avec l'accouchement, la layette, les frais de toutes sortes qui viennent de grever mon budget, je sais où est le prodigue ; et j'avoue que ce prodigue connaît des joies bougonnes, dès qu'il pense à leur prix. Mariette sur le sujet n'est pas accommodante. Pas question d'accepter les affaires « à peine portées » que se repassent souvent les cousines, surtout pour le premier âge, si bref. Mariette ne veut que du neuf et du beau :

« Tout pour le petit. Au besoin on grattera sur le reste. »

Mais « on », c'est moi, qui ne fais pas de miracles ; c'est moi qui m'efforce, qui me rabats en ce moment sur des causes sans gloire, qui fais antichambre pour décrocher la succession d'un collègue défunt, somptueusement porté en terre par la compagnie dont il était le défenseur attitré et dont le contentieux, comme l'activité, sera toujours inépuisable : les Pompes funèbres. C'est presque fait et je respire malgré le surcroît de travail. Je me fiche des brocards qui me traitent déjà de « détrousseur de cadavres » (comme si pour l'officier, pour le juge, ce n'était pas la même chose ; et même pour tous, par les voies de l'héritage). J'ai besoin d'argent. Je veux absolument pouvoir offrir à Mariette la femme de journée que sa mère déclare « maintenant indispensable ». (Je suis d'accord. Mais comment font donc les femmes de journée qui ont elles-mêmes des enfants ?) L'argent, l'argent. Pensez-y toujours, n'en parlez jamais. Ma femme s'ouvre le ventre. J'ouvre mon portefeuille. C'est dans l'ordre et l'ironie n'est qu'apparente. Le géniteur est bref ; le nourricier sera long. Je la déteste, cette hésitation à m'ôter sinon le pain, du moins le beurre de la bouche, ce regret d'avoir à rogner sur mes plaisirs, mon calme et mes sûretés. Je les déteste, mes réflexes de comptable ; mais je les ai. Etaient-ils si nécessaires, ces meubles de chêne clair et moelle de rotin, achetés tout de suite « pour que Nicolas ait vraiment sa chambre », ce somptueux plateau-service-toilette, cette mallette garnie pour les déplacements, ce thermomètre-

canard, ces jouets qui seront tout rongés quand
on sera d'âge à vraiment s'en servir et ces gadgets
auxquels Mariette ne résiste pas, comme le fixe-
couvertures à coulisse, la tasse en biseau, l'anneau
de dentition... ? Le payeur halète. Le payeur se
souvient de son célibat, qu'il ne croyait pas si
doré. Le payeur regarde par la fenêtre. Il voit
Mariette qui sort, poussant le fameux landau, où
son fils est niché sous la capote voilée d'une
gaze. Il s'émeut, il s'en veut de s'émouvoir. Mariette trotte, met le frein pour lécher une vitrine,
repart et au bout de la rue, manœuvrant pour
passer le trottoir, lève un bras impérieux, stoppe
les voitures qui ont été créées et mises au monde
pour laisser la priorité aux mères et aux avenirs.
Elle traverse et je ne la vois plus. Un instant,
je songe à l'immonde chauffard qui pourrait
ne pas s'arrêter, qui pourrait estimer qu'une
six-cylindres a le pas sur un landau. Mon gamin !

Et puis soudain la mâle rage me prend. Elle est
là, sur mon bureau, la police. Ça y est. Ils y sont
arrivés. Ils m'ont eu. Ce type de la Séquanaise,
c'est la rue des Lices qui, sans aucun doute, lui a,
sous le sceau du secret, donné mon adresse ; c'est
elle qui l'a envoyé me faire ce baratin, au terme
duquel je me suis vu gisant, noué dans la men-
tonnière, entouré de bien-aimés survivants affa-
més par mon imprévoyance. Jadis, le grand
devoir, c'était de gagner le ciel : cette assu-
rance-mort. Aujourd'hui c'est de gagner sur
terre son assurance-vie. C'est un mois d'hono-

raires, bon poids, et pour vingt-cinq ans, qu'il me faut inventer. Les femmes sont percées mais c'est d'autre manière que, par esprit de justice, les hommes se trouvent saignés à blanc.

Nul n'y peut rien : un petit hominien, par définition, ça parle.

Dans le cri, déjà, s'est entraînée la glotte. Peu à peu de derrière la luette naît la voyelle fondamentale : l'A (Indiscutable : l'A est bien la première lettre de l'alphabet ; le verbe avoir déjà bat le verbe être). Puis la mère, chatouillant le ventriloque, qui rit, qui bat des bras, lui soutire de vagues syllabes :

« A-reu, a-reu... »

Mariette n'y a pas manqué. Ah ! ces séances de gratte-gésier ! Impatiente de s'entendre nommer, oubliant qu'il y a temps pour tout, l'a-t-elle assez seriné, son marmot !

« C'est sa ma-man, ça, c'est sa ma-man... »

Deux mois de plus et elle l'a eu enfin son *Mamm-mamm*, plus tardivement suivi du *Papp-papp* qui m'est dû. A ce stade le lexique s'enrichit chaque jour. Mais hélas ! *le cuculien*, la langue de lait, fait des ravages. On connaît l'idiome, dont certains mots (bébé, pipi, bonbon...) sont passés en français majeur. Elevé par une mère intraitable sur le chapitre (c'est un des détails qui permettent de classer les familles), je pensais pouvoir m'en défendre. Mariette est bachelière. Mais la langue de lait est une sécrétion du cœur, qui va de pair avec celle du sein. J'ai vainement protesté :

« Tu ne peux pas lui parler comme à tout le monde ? »

Mariette répond, chaque fois :

« Tu ne peux pas te mettre à sa portée ? »

Résultat : si Nicolas s'égratigne, Mariette dit, en cuculien :

« L'a bobo à sa mimine, mon coco ? »

Et moi :

« Tu as mal à la main ? »

Aucun rapport entre les deux dialectes. Bien sûr, c'est moi qui ne suis pas compris. Je suis dix fois moins présent ; et tous les Guimarch renchérissent. A l'usage des moins de cinq ans ils ne connaissent que *bibi, caca, coucou, dada, didi, dodo, fanfan, joujou, lolo, meumeu, mimi, nounours, panpan, popo, quéquette, tata, tonton, toto, teufteuf, toutou, zentil, zoizeau...* J'enrage. Avant d'apprendre à parler, mon fils apprend à bégayer, à zozoter. Ainsi le veulent ces archidouces, rêvant inconsciemment d'un royaume de Layette où l'enfant jamais ne parlerait la langue des hommes.

NAGUÈRE, telle cause gagnée, tel événement politique m'auraient servi de jalons ; comme pour Mariette le mariage d'une amie, une réunion de famille, un film. Mais il n'y a plus qu'un saint au
calendrier. Si je demande :

« Chérie, tu te souviens de l'affaire Calette ? Tu
pourrais m'en rappeler la date ? »

Mariette réfléchit à peine et répond :

« Cette histoire de détournement d'héritage ?...
Oui, attends, tu l'as plaidée huit jours avant la
paracentèse. Donc, fin avril. »

Elle aurait pu dire: huit jours après l'élection
partielle. L'otite de Nicolas n'a pas été grave, et
une paracentèse, après tout, malgré son nom,
n'est qu'un petit coup de lancette dans le tympan.
Mais, brûlés par leurs fièvres, ce ne sont jamais
les enfants qui ont le plus chaud.

Il y a. pourtant beau temps que le gémissant à

souffle court, aux cheveux collés de sueur sur la fontanelle, est redevenu le baigneur à bourrelets dont la paupière fait tomber un râteau de cils quand le marchand de sable est passé.

Des jours ont passé qui font des grammes, des mois ont passé qui font des kilos, inlassablement notés dans l'album. Un toujours plus gros Nicolas s'est gonflé, qui reste couleur de celluloïd, mais qui nous apprend maintenant, par mille tours, qu'avec lui on ne jouera plus longtemps à la poupée, que son ange gardien est un agent double travaillant aussi pour le démon. Mariette s'affole au moins une fois par jour :

« L'épingle ! Où est l'épingle de nourrice ? Ce n'est pas possible, elle était ouverte, il n'a pas pu l'avaler. »

Elle ne retrouve pas l'épingle. Mais une autre fois, dans ce que vous pensez, elle retrouve un bouton. Un bouton de mon gilet. Quelle histoire ! Elle ne cessera plus d'avoir l'œil sur ma pipe, mon stylo, mon briquet que je laisse traîner un peu partout. Elle surveillera ses ciseaux, sa lime à ongles, son poudrier sur quoi se pose, concupiscent, un œil qui louche. Bonne précaution, mais illusoire. Au besoin Nicolas, assez souple pour ramener le pied au bec, se déguste lui-même. Tout lui est comestible : le drap, le bord de son berceau, la garniture de cygne de son burnous, tristement engluée, dépiautée. C'est la hantise de Mariette qui le voudrait toujours bichonné, intact, prêt à concourir parmi les rubans et les pompons pour le titre du plus beau bébé du monde. Si elle l'a laissé quelques instants sous ma garde, elle entend de la cuisine ce petit bruit mouillé, patient, caractéristique :

« Abel ! Regarde ce qu'il suce. »

Je lève d'abord les yeux. Puis je me tire du fauteuil. C'est un savon — Dieu seul sait d'où venu — qu'engouffre ce trou à baver, cette bouche, bordée de dents de souris actives au grignon.

Encore un peu de temps, le voilà autre. Nous ne sommes pas fixes, nous, les adultes, mais l'illusion nous en est laissée : la mode même est annuelle. L'enfance, elle, tient de la végétation ; elle en a la pousse accélérée, la fragilité puissante. En un an elle passe d'abscisse en ordonnée, elle se plante dans l'espace à quatre-vingt-dix degrés et il faudra toute la vie pour l'en faire retomber. C'est la tête qui se soulève, le tronc qui suit, le siège qui trouve une base, les pieds, les mains qui en cherchent une autre, inventent le traîneau et redressent enfin le tout aux ridelles du parc jusqu'à ce que cesse l'incessante retombée sur le pétard.

Et que dire de la succession de régimes, de vêtements, de jouets ? Voici la bouillie qui permettra d'étrenner la panadière, le premier œuf dont le jaune pavoise partout et, très vite, le jambon de l'apprenti carnivore. Ainsi le lange a cédé au nid-à-manches, qui a cédé à la combinaison de nuit qui cède au pyjama miniature, prudemment vendu avec deux culottes. Ainsi du hochet (*je tiens, je vois, j'entends*) on passe au boulier (*les choses se divisent*), aux cubes gigognes (*les choses s'emboîtent dans les choses*), au jouet à ressort (*voici le mouvement*) et à l'ours (*voilà le sentiment*).

Que sommes-nous, en face ? A peine des acteurs. Des témoins compromis. Si Mariette se croit une éducatrice, moi, je me sens surtout un colonisé. Que fait-il, ce faible conquérant, sinon s'étendre aux dépens de mon territoire ? Jet de la main, pour qui tout ce qu'elle prend ne peut être que sien, étirement vers l'objet, expansion plantigrade, essais de petonnement qui font pâmer les dames, marche, enfin ! et tout de suite, en canetant, exploration des parties basses de l'univers, puis des régions supérieures où, grâce à la chaise poussée contre le buffet, on s'emparera du sucre... C'est la grande invasion. Rien n'est plus en sûreté. Rien n'est assez caché, assez défendu. Clenches, crochets, verrous sont déjoués et Mariette se récrie, joyeuse :

« Le petit chameau ! Il a trouvé le truc. »

Les murs vont être rayés, plaqués d'empreintes ; les fauteuils écorchés, tachés de chocolat, encollés de bonbons. Qu'importe ! Avec la complicité grondeuse de sa mère, Nicolas s'installe. La maison entière, déjà, lui appartient. S'il dort, l'après-midi, je dois me taire :

« Tu vas me le réveiller. »

Mais lui, il tape, il cogne, il traîne des sièges sur le parquet, impunément, tandis qu'en ma retraite où les bruits me harcèlent je cherche la période et l'argument. Je ne puis quand il est près de moi sortir ma blague :

« Tu vas me le faire tousser. »

Mais je ne suis jamais sûr, quand je reçois au salon des gens sérieux, pour une consultation sérieuse, sur un sujet sérieux, de ne pas voir surgir, nu du nombril aux pieds où s'enchevêtre sa culotte, un échappé du pot que sa mère poursuit pour le coup de papier de soie. Mariette rit. Voilà pour elle de charmants incidents. Les seules calamités, ce sont les chutes, les bosses et, surtout, les ingestions douteuses qui l'obligent à fouiller du doigt la bouche de l'imprudent :

« Qu'est-ce que tu manges encore ? Allons, crache. »

Ceci seulement est grave. Mais que Nicolas ait été trouvé dans mon bureau, en mon absence, dans une marmelade de dossiers tirés de mon classeur et bien aspergés d'encre, que deux pièces importantes se soient révélées inutilisables, ce n'est que regrettable.

« Ne crie pas si fort, je t'en prie. J'en vois bien d'autres. »

Cette fois, je l'avoue, je n'ai pu me contenir. J'ai hurlé pendant dix minutes, déballant tout :

sa faiblesse envers ce gosse, sa moindre allégeance
envers moi, ses dépenses pour le petit prince.
Tout a défilé : le trotteur à roulettes, le baby-
relax, la chaise haute, le fauteuil hygiénique, le
hamac de soie, le *combisiège* pour l'auto, la bouil-
lotte-chat, la têtière pare-chocs, le *chapodo* pour
savonner la tête sans piquer les chers yeux, et
le peuple de bricoles, de riens, ramenés de Pri-
sunic, et la débauche de pulls, de bloomers, de
salopettes, de barboteuses, de capuches, de polos,
de slips nains, de bavettes en éponge illustrées
de fables, de mi-bas, de socquettes, de mulettes,
de moufles, de chaussons, de botillons en cuir,
en veau crispé, en nubuck blanc. Je lui ai demandé comment elles faisaient, les mères des
cavernes, pour s'en être passées durant cent mille
ans. Je lui ai cité Tio qui, parmi les femmes, met
au rang des pires, avec la paillasse, avec le bas-
bleu, l'espèce redoutable de la *méragosse*. Le mot
en tombant ne l'a pas fait tiquer. Elle plissait le
nez. Elle me regardait, pas du tout coupable, victime à 100 pour 100, étonnée de cette grosse colère
d'homme, de cet éclat pour deux bouts de papier.
Mais quand j'ai parlé de fermer à clef les pièces
où le petit n'a que faire, elle s'est rebiffée :

« Ton bureau, si tu veux. Mais pas le reste. Je
veux que Nicolas se sente chez lui. »

Sur ce, le monstre est apparu, barbouillé de
groseille, provocant d'innocence. Je me suis tu,
gêné. Il est chez lui, c'est sûr. Mais suis-je encore
chez moi ?

1959

FALLAIT-IL l'aborder, faire semblant de n'avoir rien vu, m'éclipser ? Mais pourquoi n'avoir rien vu ? Et pourquoi m'éclipser ? Un homme qui refuserait de rencontrer, à trente ans, les femmes qu'il a un peu renversées, il n'aurait plus qu'à quitter la ville. Assise sur son banc, non loin de l'ange de bronze, d'un vert pisseux, qui semble jouer à saute-mouton sur le dos du malheureux poilu du monument aux morts, elle ne bougeait pas, elle me regardait fixement, cherchant sa conviction, clignant des yeux. Etais-je, comme elle, le jouet d'une double ressemblance ? Le Mail est à deux pas du Palais et, malgré les gosses, méragosses et retraités qui le surpeuplent l'après-midi, je viens souvent, entre deux affaires, ruminer ma prochaine intervention à l'ombre d'un tilleul. Depuis... Eh, oui ! Comptons sur nos doigts, *trois avant, six après*, depuis neuf ans, *neuf ans déjà, c'est insensé comme le temps passe,* depuis neuf ans, je ne l'avais jamais vue ni même aperçue à Angers. Pourtant, je les connais, les habituées

du Mail„ dont certaines ont mes collègues pour
époux ! Celle-là, avec ses quatre enfants dont un
au landau, de sexe indéterminé, une fille entre ses
jambes et deux garçons, plus grands, qui livraient
un combat naval sur le bassin (où j'ai moi-même
noyé tant de goélettes), celle-là, qui en avait tant
rajouté à l'endroit où je tâtais du petit sein dur,
qui avait tant de sièges pour remplâcer deux petites fesses souriantes, je croyais qu'elle habitait
Ancenis, avec un certain André Berthot, plombier.

« Abel ! »

Pas de doute. Le saindoux peut tout envahir,
sauf la voix. Voilà donc ce qu'elle était devenue,
la petite Odile. Elle se soulevait, elle s'approchait,
comme naguère perchée sur de hauts talons, mais
si peu aérienne qu'ils perforaient profondément
le sable.

« Oui, c'est moi, dit-elle simplement. Je m'attendais bien à te rencontrer un jour. »

Oh ! cette voix ! D'une bouche tartinée de car-
min, elle ressuscitait comme celles des chanteuses
défuntes ensevelies dans leurs disques. Noisette
— maintenant entortillée dans les paupières —,
l'œil aussi était resté le même. Sous le regard
ébahi de la marmaille qui pointait le nez en l'air,
pour inspecter ce monsieur, dont ils ne sauraient
jamais qu'il avait eu les droits d'un beau-père, elle
me prenait la main, la gardait un instant dans la
sienne, grasse, moite et baguée. Je pus souffler :

« Tu es revenue ?

— Oui, dit-elle, c'est toute une histoire. Tu te
souviens de ma tante : celle qui était mariée au

fermier de La Mornaie, près de Chazé, tu sais bien, tu m'y as conduite une fois et tu pestais parce que tu étais resté deux heures dans la voiture à m'attendre... »

Oui, je me souvenais. Ecrasant des jonquilles, je lui avais même fait l'amour dans un petit bois, au retour. Mais la nouvelle Odile évoquait ces choses sans un frémissement. Elle continuait, elle parlait de ce qui, depuis lors, avait été son miracle :

« L'oncle est mort le premier, en laissant la ferme à ma tante. Puis ma tante est partie à son tour. J'ai hérité d'elle. Vingt hectares, ce n'est pas le Pérou, mais ça nous a permis de nous installer à notre compte. Nous avons acheté une boutique, il y a deux mois, rue La Révellière. »

Plomberie-zinguerie-quincaillerie, une boutique verte, près du cimetière de l'Est, je voyais. Bonne petite affaire « à développer », comme disent les agences. Avec la marée montante des immeubles neufs, la plomberie, quand on est à son compte, ça passe de loin le barreau. On devient installateur, entrepreneur, magnat de la tuyauterie. Une réflexion cocasse me taraudait la tempe : *Il n'y a pas que les filles qui se renversent. Les situations, aussi. Si ça se trouve, dans vingt ans, sa gamine y regardera deux fois avant d'épouser mon gamin.* Je souris. Elle sourit. Elle eut, pour secouer sa crinière — moins longue, moins soyeuse —, son ancien coup de tête de pouliche qui galope dans le vent. Et, reculant d'un pas, pour mieux juger :

« Tu n'as pas beaucoup changé, reprit-elle. Les hommes ne changent pas. Moi, évidemment... Si, ne sois pas poli, je me pèse chaque semaine, je sais ce qui m'attend. Ma mère était pareille ; elle prenait trois kilos à chaque enfant. Mais après tout, ça mis à part, j'aurais tort de me plaindre. André est parfait. »

Elle surveillait d'un œil, autour d'elle, le trottinement des petites tailles. Elle ne remarquait pas mon silence.

« Enfin, autant qu'un homme peut l'être ! » ajouta-t-elle.

La même voix, oui, mais le ton mémère. Bien avant sa tante, elle était morte, cette fille qui croquait du garçon, qui criait : « Longtemps, longtemps ! » en tortillant des reins ; elle avait déguerpi des petites chambres d'hôtel et retrouvé l'instinct qui précipite encore les yéyettes d'aujourd'hui dans les lits conjugaux. Maintenant, elle respirait en soulevant la poitrine. Sa fille, accrochée à sa robe, me regardait avec une crainte hostile. Un des garçons secouait le landau :

« Rémi, tu as fini ? » cria-t-elle, avant d'ajouter à mi-voix : « André n'aimerait certainement pas nous voir ensemble.

— Ma femme non plus. »

Une seconde, j'entendis la rumeur : « Vous avez vu ? Qu'est-ce qu'il fricote, Bretaudeau, avec son ancienne ? » Mais y avait-il à Angers plus de dix personnes pour s'en souvenir et plus de deux pour identifier, dans cette mère abondante, ma mince, ma vive, mon enragée danseuse des Ponts-

de-Cé ou de Bouchemaine ? Moi-même, je n'y
parvenais pas. J'étais navré ; et pas seulement
pour l'esthétique. Je me sentais affreusement solidaire, dépouillé d'un vieux charme, de mes souvenirs bafoués en leur meilleur témoin. Elle le
comprenait bien. Je vis trembler ses cils :

« Toi et moi, dit-elle, c'est de l'histoire ancienne.
Je n'arrive plus à y croire. Et pourtant... »

L'ironie, enfin, lui retroussa la lèvre :

« Ce qu'ils se ficheraient de nous, les mômes
qu'on a été ! »

Mais déjà s'effaçait cette grâce et se recompo-
sait ce visage rond, prudent, voué au rassurant
as de cœur dessiné par le rouge. La question
rituelle tomba :

« Heureux, en fin de compte ? »

Pour qui parle de bonheur, la lâcheté d'un
homme n'a d'égale que la niaiserie d'une femme.
Répondre oui lui semble ridicule : le bonbon, le
bonheur, ça fait partie des sucres, mais non des
nobles viandes dont se nourrissent la force et
l'ambition. Et puis (sauf la sienne, qui a besoin
d'être confortée) le mot pourrait désobliger les
dames : il les exclut, dans le passé ou dans l'avenir. Répondre non, d'autre part, paraît ingrat ;
et désobligeant pour lui-même, en ce que cela
suppose de ratage. Un homme bien constitué répond toujours en ce cas-là comme si on lui demandait des nouvelles de sa santé :

« Ça va, je te remercie. »

Mais l'interview ne pouvait s'arrêter là :

« Fidèle ? fit Odile, avec le demi-rire d'usage.

— Comme toi, j'imagine.

— Ça, reprit-elle aussitôt, avec mes quatre, tu penses ! Même si j'en avais le goût, je n'aurais pas le temps de courir. »

Pour la seconde fois l'Odile 1950 — qui n'interrogeait pas, qui n'était béante qu'au plaisir —, reparut sous l'Odile 1959 :

« C'est drôle, dit-elle, on se fixe, on change de race. »

Et pour la seconde fois elle disparut, plouf ! pour retomber dans le bain où nagent les petits canards :

« Des enfants ?

— Deux.

— Moi aussi, j'en voulais deux, reprit lentement Odile. Et tu vois... J'ai eu de la chance quand j'étais fille. Cette mécanique ! Une seule imprudence et je suis sûre de mon affaire. »

Sic transit. Ce n'était plus qu'une bonne femme se plaignant de ses ovaires. Le bassin me tomba sous les yeux. Sur les trente gosses qui barbotaient autour, combien de voulus ? Combien d'échappés aux nocturnes glouglous ? Allais-je avouer, moi, que, mon second, il était arrivé juste un an après le premier, que nous l'avions accepté pour compléter « le choix du roi » et qu'en fait la fille avait été un garçon ? Allais-je lui dire qu'en ce moment même Mariette avait des inquiétudes ? La chronique glandulaire, elle a bien sa vertu : c'est le plus sûr antidote de la romance. Mais d'y voir raccordée ma petite folie, la fille aux yeux de noisette, pour les mêmes raisons par elle-même trahie, d'y voir le temps narguer l'insouciance première, la pureté charnelle... cette idée m'exaspérait. *Odile ! Elle aurait éclaté de rire*. Je regardai ma montre :

« Cinq heures ! Excuse-moi. J'ai rendez-vous au quart, chez le juge d'instruction.

— Il est temps que je rentre », dit Mme Berthot.

Je filai, sans me retourner.

Je la reverrai sans doute, l'ancienne Odile, je la saluerai d'un coup de menton, d'un petit signe amical, sans m'arrêter. Mais désormais, devant les glaces des lavabos, des magasins, des coiffeurs, j'aurai l'œil plus aigu. Et pas seulement pour moi...

Me voici dans le vestibule, j'enlève mon manteau, je l'accroche, je fronce le sourcil. Nicolas, assis sur le dallage, ne s'est pas jeté dans mes jambes en criant comme d'habitude : « Haut, papa ! Haut ! » pour se faire hisser à bout de bras, une fois, deux fois, dix fois, toujours plus près du plafond. Il est bien trop occupé à dépiauter son ours. Il l'a éventré avec je ne sais quoi et par la plaie béante, qui va de l'aine au cou, il retire des poignées de kapok, qu'il jette autour de lui. Il en a plein les cheveux. C'est insensé. Un ours de 3 000 francs — que pourtant il adore — complètement vidé, fichu ! Un vestibule transformé en atelier de matelassière ! Je crie :

« Il n'y a donc personne pour surveiller ce gosse ! »

Nicolas pointe un nez qui coule, l'essuie d'un petit coup de manche et fait, candide :

« L'a plus, sa pendicite. »

J'ai compris. La récente opération de sa cousine l'inspire. Je gronde je ne sais quoi. Mais Nicolas ne s'émeut pas. Il sait très bien la différence qu'il y a entre la grogne, inoffensive, et la rogne qui le propulse aussitôt vers les jupes de sa mère. Mais la voici, sa mère, portant le numéro deux, Louis, dit Loulou, et suivie de Gabrielle, portant son numéro quatre (l'enfin fils : Julien). Je dis :

« Tu as vu le travail ?

— Laisse donc, dit Mariette. Pendant qu'il fait ça, il ne fait pas autre chose, je suis tranquille. Voilà trois fois qu'il l'ouvre et trois fois que je le recouds, son ours. Qu'est-ce que tu as à me regarder comme ça ? »

Je devrais réprouver sa faiblesse qui ne s'améliore pas. Mais elle a trois ans, elle a trois ans et demi de moins qu'Odile, ma femme. Et surtout, elle tient, elle semble devoir tenir beaucoup mieux.

Le temps est loin où je lui accordais 26 points contre 28, compte non tenu *du reste*. Aujourd'hui elle l'emporte sans discussion, compte toujours non tenu de ce reste (dont l'importance, si j'en juge au petit nain qui me lorgne d'en bas avec des yeux de faïence, n'a pourtant pas cessé d'augmenter). Mariette, qui maintient Louis bien droit en lui tapotant le dos, sans doute pour lui faire faire son rot, penche la tête un peu de côté pour m'offrir au choix la tempe, la joue, le coin de bouche. Mais je l'embrasse sous l'oreille. Elle s'y trompe. Elle croit que j'ai voulu chuchoter quelque chose, poser une question. C'est elle qui murmure :

« Ne t'inquiète plus pour ce que je t'avais dit, chéri. Tout est en ordre. »

Gabrielle, qui est forcément dans la confidence, sourit d'un air entendu. Qu'est-ce qu'elle fait, celle-là, si tard, chez moi ? Je le devine. Entre Mariette, Gabrielle, Arlette, Françoise Tource et même Simone — aux dix-huit ans boutonneux — existe une franc-maçonnerie des petites boîtes. Gabrielle surtout, si souvent trahie par les emménagogues, distribue volontiers des fonds de flacon, des ampoules, de vagues comprimés. Elle est venue voir ce que ça donnait. Elle va s'en aller satisfaite et persuadée d'avoir aidé la nature, pour cette fois simplement en retard. Nous y revoilà. Le malaise me reprend qui me rend toujours hostile. Je retrouve mon méchant coup de prunelle. Ce que j'ai vu tantôt n'avait rien d'alléchant. Mais Gabrielle n'est pas plus fraîche, la pauvre ! Pour avoir choisi l'autre genre, qui jaunit, plisse et dessèche, elle n'en est pas moins incapable de supporter la comparaison avec ces photos de Cahors qu'Eric montre complaisamment. Et Mariette elle-même, si elle échappe au plantureux, n'a plus la joue si nette, la hanche si pure, le genou si nerveux, que l'assurent mes souvenirs. Belle encore, oui. Avec moins d'économie. Glisse un instant sur mon regard une paupière tendre. *Je hais le mouvement qui déplace les lignes.* Mais, en rouvrant les yeux, je le vois plus clairement. Ta silhouette d'hier, si je l'appliquais sur ta silhouette d'aujourd'hui, ma chérie, elle laisserait autour d'elle une petite marge. Un liséré. Ce volume idéal qu'occupe un corps dans l'air, cette tension d'une peau que rien ne griffe, cette fermeté d'une chair exactement en place, tout a un peu cédé. L'adjectif est en train de roquer : la jeune femme bientôt ne sera plus qu'une femme jeune.

Ajoutons : cette femme jeune est de plus en plus ménagère ; et c'est un métier où, reconnaissons-le, elle n'a pas l'occasion de se ménager, ni de faire tout ce qu'il faudrait pour se défendre de la trentaine proche, les soins de sa beauté passant forcément après d'autres. Je la vois de temps à autre penchée sur ces rubriques où des dames, extrêmement raisonnables (probablement très célibataires ou un peu milliardaires), adjurent leurs sœurs de ne point se négliger, de rester toujours, à l'américaine, parées, préparées de pied en cap pour le mari. Leurs bons conseils, Mariette les suit, à la diable, et c'est ainsi que déambule dans la maison, certains matins, un spectre ganté de caoutchouc, coiffé d'une fanchon de gaze pour protéger la mise en plis et masqué de crème resserrante B 48, produit également remarquable pour agglutiner la poussière. Mais je l'entends parfois gronder au-dessus d'un magazine, à l'adresse d'une esthéticienne anonyme, quelque chose comme :

« Elle en a de bonnes ! »

A moins que ce ne soit :

« Elle a des bonnes ! »

Au début, bien sûr, elle avait le temps de prendre des précautions que ses vingt-trois ans rendaient d'ailleurs superflues. Elle avait des loisirs, bien que son inexpérience en gâchât beaucoup et rendît longue la moindre sauce. Nous n'étions que deux. Mais nous sommes devenus trois et quand Mariette, rodée, entraînée au pouponnage (qui n'est rien d'autre que l'entretien d'une sorte d'infirme complet), s'est trouvée au point pour cette nouvelle tâche, nous sommes devenus quatre. L'accélération des gestes a cessé de compenser la rallonge d'emploi. Nico, taille au-dessus, étant encore fort loin de se débrouiller seul et Loulou, taille en dessous, l'obligeant à sérier les urgences, elle a dû cesser de fignoler. Ça se voit dans la maison. Ça se voit sur elle. Et quand je fronce le sourcil, fils d'une mère intraitable sur la discipline des choses, mari habitué aux nettetés du départ, mon regard est vivement bousculé :

« Qu'est-ce que tu veux, je n'ai pas huit bras ! » crie Mariette, avant même que j'aie ouvert la bouche.

Je sais. Nous sommes loin de la fameuse loi de Parkinson qui assure : « *Le travail domestique s'accroît en fonction du temps dont on dispose.* » Nous sommes loin de ces aimables traités qui affirment que l'ouvrage abattu en une journée par une ménagère, dont c'est le seul métier, peut être fait en deux heures par une femme qui travaille aussi dehors, *l'indispensable chassant le superflu !* Si j'avais sur ce point l'inconséquence habituelle des hommes, Mariette aurait lieu de s'insurger. Je ne l'ai pas. Mais comme je n'ai pas l'œil silencieux, Mariette me la suppose et s'insurge quand même avec entrain. Ça dépend de l'heure, du reste. Je la quitte un matin toute épanouie, gazouillant avec ses marmots et poussant, d'une bouche à l'autre, la cuiller à bouillie. Je la retrouve à midi, déjà tendue, affairée, lointaine, vite agacée par la moindre remarque. Le soir, enfin, devant une montagne de linge à repasser, c'est une femme excédée qui soupire long, donne de nerveux coups de fer à mes chemises et répète :

« Quel métier ! »

Il lui arrive même de commenter :

« Et dire qu'officiellement je suis sans profession ! »

Mieux vaut à ce moment-là ne pas ouvrir la bouche, même pour abonder dans son sens. Une fois m'a suffi. Je lui avais demandé de faire vite, d'expédier le dîner, afin de pouvoir recevoir un client tardif. Elle venait d'achever la corvée de carreaux ; Nicolas — comme d'habitude à l'heure de la soupe — s'efforçait dans un coin ; Loulou (le pli est pris : moi aussi, je dis Loulou et non Louis) hurlait dans sa chaise haute. L'autocuiseur sifflait sur le réchaud, comme une locomotive et, de surcroît, du côté de la machine à laver, tiltait le voyant « fin de cycle ». Mariette hésita, étendit le bras vers la marmite, tira la soupape, se retourna vers le petit, lui hurla de se taire, rassit

d'un tour de main Nicolas qui, les fesses glorieu-
ses, émergeait de son pot et enfin, campée dans
son tablier, elle fit face au complet veston :

« Eh bien, il attendra, ton type ! Figure-toi que
c'est mon heure de pointe, à moi, même si pour
toi c'est la pause. Vous êtes marrants, vous autres : quand vous travaillez, on dirait que vous
êtes les seuls à suer ; et quand vous vous arrêtez,
vous n'imaginez pas que vos femmes continuent.
Est-ce que j'ai un horaire, moi ? »

Et soudain, follement précise :

« Tu l'as lue la statistique de *Marie-Claire* ?
Cinquante heures de travail par semaine pour une
femme mariée, soixante-cinq si elle a un enfant,
soixante-quinze, si elle en a deux. On est loin
de vos quarante heures. »

Une sainte colère ! Et pour la première fois
une cataracte de larmes. J'avais eu du mal à en
venir à bout, à montrer que je comprenais. Comprendre, quand on est le servi — et même si
on est, d'autre manière, le servant —, piètre chanson pour la servante ! J'en avais beaucoup appris,
ce soir-là ; et notamment que ma femme pouvait
philosopher. Ce qu'elle faisait encore, au lit, trois
heures après :

« C'est facile pour vous. Votre boulot, c'est un
boulot : visible, reconnu, tarifé. Mais nous ! On
fait le marché de son pas habituel et il y en a
pour croire qu'on se promène. On coud, on lave,
on balaie, on cuisine, on soigne à domicile : là
où, vous, vous ne fichez rien ; et parce que vous
n'y fichez rien, ce qu'on y fait, nous, a l'air de

loisirs ! Est-ce qu'on ne touche pas la femme au
foyer, précisément parce qu'on ne travaille pas ?
Et puis quoi ! on a des appareils, pour les regarder tourner... »

L'œil enfin sec, mais la bouche de travers, pelo-
tonnée contre moi, elle murmurait encore :

« Ben dame ! Le mixer broie, l'aspirateur aspire,
la Morse automatique trempe, bat, rince, essore.
Que me reste-t-il à faire, sinon me livrer au bonheur de l'attente ? J'ai bien quelques menues
autres occupations, mais vraiment, pour être aussi
fourbue, je dois manquer de résistance... »

Elle n'avait pas tout dit, pourtant, elle n'avait
pas mis en cause mon impuissance à gagner plus,
à lui procurer une autre aide que celle des siens.
J'avais grand pitié d'elle et grand honte de moi.
D'autant que je le connais, ce robin, qui habite
en moi. A d'autres heures, il pense qu'après tout
neuf femmes sur dix n'ont pas de bonne ; que
si toutes en voulaient une, nulle n'en aurait ; que
le cas de la sienne n'a rien de particulier ; qu'en
regrettant sa peine il ne saurait oublier qu'elle
équilibre la sienne. Il pense encore, plein de gratitude : c'est vrai, ce que fait ma femme — qui
ne gagne pas un sou — vaudrait cher si je
m'adressais à des professionnelles. Mais si je
n'avais pas de femme je n'aurais pas de charges.
Oui, je le connais. Au surplus, il croirait compro-
mettre sa toge, déshonorer son doctorat en mettant, d'aventure, les mains dans une bassine d'eau
grasse. Qu'il fasse mine parfois de saisir un torchon, n'est-ce point pour la frime, pour s'enten-

dre dire par une Mariette, moins convaincue de ce privilège, mais orgueilleuse de ses devoirs :

« Ah ! non, je ne peux pas te voir faire ma vaisselle. »

Scène exemplaire, plus j'y repense, que la scène de ce soir-là ! Evidemment, mes arguments de paix, la bouche, la main parties en quête, n'avaient pas manqué d'essayer d'arranger les choses de cette manière qui, neuf mois plus tard, risque parfois de les aggraver. Malgré les reculs de la rancune et de l'inquiétude mélangées, Mariette était devenue tendre :

« C'est ça, fais-m'en un autre, que je passe à quatre-vingts heures ! »

Et après s'être fait un peu prier, m'aiguisant ainsi, s'aiguisant elle-même, elle avait d'un reste de rage tiré des satisfactions connues. Pour s'endormir lourdement, vannée cette fois de partout. Et pour sauter, une fois de plus, vers minuit, d'entre les jambes du père et s'en aller calmer — ou colmater, par je ne sais quel bout — dans la nursery le fruit de leurs précédents rapprochements.

On se range, on se conserve. Ce qui se dit des partenaires peut se dire aussi des choses qui les entourent. Mariette se laisse même de plus en plus posséder par ce qu'elle possède. Sur l'inexperte, qui jetait un peu vite, la bonne nature a vite pris le dessus.

Mariette ne conserve pas tout, comme certaines. Ainsi, parmi les papiers, elle ne garde que le kraft d'emballage, les sulfurisés, les paraffinés qui sont plus blancs à la pliure, le papier doré (pour envelopper les surprises de l'arbre de Noël), le papier cristal et le papier d'étain, aplati au préalable avec un dos de cuiller.

Elle conserve les sacs de plastique, s'ils ont une fermeture-glissière.

Elle conserve les boîtes de carton, qu'elle encastre les unes dans les autres, par ordre de taille, quand elle ne sait qu'en faire afin d'en faire quelque chose quand elle saura. Nous mangeons beaucoup de gâteaux secs, remarquablement quelconques, mais qu'une maison locale empile encore,

sur huit couches, dans de grandes boîtes de fer
blanc. C'est ainsi que sont nées la boîte à gâteaux
du savon, la boîte à gâteaux des sardines, anchois
et miettes de thon, la boîte à gâteaux du cirage.

Elle conserve tout ce qui se dénoue : le cordon
de tirage, le bolduc, le ligneau, le raphia et toutes
les ficelles plates, rondes ou tressées.

« Ne coupe pas ! » crie-t-elle, si je suis là quand
arrive un paquet.

Des pires nœuds elle triomphe toujours et hop !
ça fera une pelote de plus dans une quatrième
boîte à gâteaux, sans étiquette spéciale, mais facile à trouver, en haut, à droite, sur la dernière
planche du placard fourre-tout, à laquelle on ac-
cède en montant sur une chaise.

Mariette ne résiste pas non plus devant les
rubans, vite transformés en cylindres de soie. Elle
conserve les boutons : les petits dans une série
de tubes d'aspirine, les gros en vrac dans un ancien bocal de prunes dont la transparence permet
en principe de savoir, sans tout étaler sur la table,
s'il y en a un qui corresponde au bouton man-
quant de son manteau. Elle conserve certains
pots de confitures ; certaines bouteilles, notamment les litres, précieux étalons de capacité. Elle
laisse s'encombrer l'armoire à pharmacie, dont
une tablette offre le choix d'urgence, mais dont
les autres succombent sous un bric-à-brac d'ampoules, de flacons, de médicaments, qu'on ne peut
plus utiliser parce qu'on ne sait plus à quoi ça
sert, mais qui constituent une réserve magique,
une protection vague contre tout et contre rien.

Elle conserve maintenant les restes. Dans le réfrigérateur, dont c'est la fonction même, il n'y a jamais de place quand s'y déverse le cabas du marché. Ne faut-il pas une assiette pour chaque reliquat ? Une bonne ménagère réintroduit le fond de soupe d'hier dans celle du jour, qui fera partie de celle de demain.

Elle conserve les recettes, les « trocs de trucs » qu'elle découpe et colle sur un cahier :

> *Les poissons frits seront plus croustillants, roulés dans la fécule plutôt que dans la farine.*
> *Si vos gonds grincent, soulevez la porte et frottez l'axe à la mine de crayon.*
> *Au four, disposez vos escargots sur lit de gros sel : tenant droit, ils ne perdront pas leur jus.*
> *Si une plante dépérit, soupçonnez le vers dans le pot. Un quartier de pomme, mis sur la terre, le fera monter.*

Il y en a déjà comme ça vingt pages, d'utilité problématique, mais qui signalent chez ma femme une minutieuse humilité (je ne savais rien, je saurai tout) et dans ce plaisir d'aimant à retenir toute aiguille, la découverte d'une vocation.

L'ordre lui est venu également : heureusement complémentaire.

Qui conserve ne range pas forcément : on sait

ce que cela donne chez les vieilles dames dépassées par les entassements. Chez de plus jeunes, même dépourvues, le désordre peut être organisé : la flemme y trouve son compte, avec un certain goût de l'aventure. La recherche d'un objet lui prête une importance, une liberté, une vie propre. L'ordre l'immobilise, le rend à l'inanimé. L'agaçant plaisir de trouver ce qui se dérobe est si vif que la plus méthodique des femmes a toujours un brouillon chéri, un sans place, un pèlerin de poche ou de sac, que sa mémoire renonce à discipliner.

« Où est-elle encore, cette clef ? »

Il s'agit de celle du verrou d'entrée. Deux fois par jour Mariette l'égare, deux fois par jour elle la récupère. Avec la lime à ongles et une certaine paire de ciseaux, voilà les folles du logis. Le reste demeure fidèle au règlement.

L'ordre de Mariette, en effet, ne se conteste pas. Il m'est apparu dans les premiers temps comme un déplacement général, destiné à s'emparer des objets, à les rendre introuvables pour les habitués de l'ordre ancien, donc à me mettre en condition. Il y avait de cela. Mais, soyons justes, régnait encore en elle le souci de s'adapter à un nouvel espace, d'y créer des relais, des repères, des chemins de fourmi. Tout ordre est d'abord le triomphe d'une mémoire établie dans un champ d'influence. Tout ordre se réfère aussi au cas d'espèce. Mes affaires, j'ai tendance à les ranger dans ce qui a été créé à cet effet : mes cravates sur un porte-cravates, mes dossiers dans un classeur. Je suis institutionnel.

Mariette serait plutôt adaptationnelle. Si l'ordre de ma mère n'est pas, dans la même maison, celui de ma femme, c'est que cela ne se peut. Apparente est la fantaisie ; presque raisonnée, l'habitude. Ce qui commande, ce qui s'est imposé presque toujours, c'est le motif, le mode, la fréquence, la distance d'emploi.

Exemple : il y a dans la cuisine une série de pots en grès, de taille décroissante et candidement marqués, pour que nul n'en ignore : PATES (1), FARINE (2), SUCRE (3), CAFÉ (4), SEL (5), THÉ (6), ÉPICES (7). Comme nous mangeons peu de pâtes et buvons peu de café, comme au contraire Mariette est très pâtissière, la farine ne pouvait aller qu'au 1, c'est-à-dire dans le plus gros pot. Les pâtes sont descendues au 4 sous la rubrique café. Le gros sel occupe le 2 : dans ce plus vaste espace il dure plus longtemps. Les épices ayant sauté au 5, le petit 7 s'est trouvé libre pour accueillir la réserve de petite monnaie qui n'avait pas été prévue. Bien entendu, pour une fille du Nord dont l'homme carbure au Gloria, pour Gabrielle portée sur le condiment, le problème se repense.

Autre exemple : elle a un placard à balais, assorti à l'ensemble *Ivoirine* de Polyrey qui fait la fierté de sa cuisine. Son mari, un samedi, trouve un balai qui traîne dans la chambre au premier. Il le descend, le fourre dans le placard. Est-ce un chou ? Oui. Mais c'est un serin. Le balai du premier se range au fond de la penderie, pour être à pied d'œuvre.

Dans cet ordre d'idées (économiser sa peine),

Mariette pourrait faire beaucoup mieux. Le rangement est souvent un ennemi du rendement. Je n'oserai le dire : d'abord parce que, dans ce domaine, ma femme est sourcilleuse et qu'on y a vite l'air d'un ingénieur des travaux finis ; ensuite parce que je me sens complice : offensé comme elle par l'objet qui traîne et flatté par ce rangement d'honneur qui apaise le regard et choque la raison. Rien de plus absurde au fond que de mettre toute la vaisselle dans le vaisselier de la salle à manger et d'aller chaque fois y rechercher le plat dont on a besoin. Rien de plus discutable que d'en faire autant pour le linge, concentré dans l'armoire pour la seule satisfaction d'en admirer les empilements.

Mais on ne dira jamais assez à quel point l'esthétique peut gouverner la logique chez la plus humble ménagère. C'est en son nom que Mariette fait des tartes rondes — si longues à égaliser — quand en quatre coups de couteau elle pourrait les faire carrées. C'est en son nom qu'elle demeure l'esclave des écrins, deux fois par jour vidés, puis regarnis de petites cuillers. C'est en son nom que, pour ne pas dépareiller les sièges de son ensemble de cuisine, elle s'assoit toujours trop bas, au lieu de s'installer sur une chaise haute pour ménager ses reins et repasser au bon niveau. C'est en son nom qu'elle essuie sa vaisselle à la main, parce que ça lui semble plus net, plus sculpté, plus méritoire (ici nous atteignons l'éthique) que d'ébouillanter le tout et de laisser sécher. C'est en son nom enfin qu'elle relègue en des fonds de placards le seau à pédale, la serpillière, la poubelle, d'emploi incessant, alors qu'elle laisse dehors la belle bassine de cuivre où les confitures écument à peine deux fois par an.

C'est même un signe que l'apparition inopinée des affreux : si je rencontre par hasard la ventouse à déboucher les waters, instrument que signalent de temps à autre d'abominables bruits de succion, aucun doute : c'est que vraiment Mariette n'a pas eu une minute pour le faire disparaître ou qu'elle est à bout de souffle.

Et le temps tourne.

Comme les feuillets de ces agendas à qui je suis resté fidèle et où je note non seulement mes rendez-vous, mais, en deux ou trois mots, les faits saillants de ma vie privée.

Ces agendas, comme je les tiens depuis mon bachot, il y en a quinze dans un tiroir de mon bureau. Je ne prétends pas qu'ils me racontent. Jadis je risquais des commentaires (tels ceux qui, en deux chiffres, classaient les filles). Malheureusement, pour Mariette, la communauté, l'intimité des époux n'ont pas de limites. Je pénètre en elle ; elle trouve naturel de pénétrer en moi, de tout connaître de mes pensées, de mes affaires, de mes projets. Elle n'ouvre pas mon courrier, mais elle attend que, l'ayant lu, je le lui passe (comme elle me passe le sien). Elle n'hésite pas à dire :

« Chéri, tu peux me donner ton agenda ? »

Je ne saurais refuser. Alors tranquillement, devant moi elle feuillette, elle murmure :

« Mardi, non, tu n'es pas libre... Mercredi, moi, je vais au magasin... Vendredi, ça va, ton dernier rendez-vous est à six heures. On pourra dîner chez les Tource. »

Machinalement elle tourne encore une ou deux pages, s'exclame :

« Ce n'est pas possible ! *Garnier, vingt mille.* Mais, Abel, tous tes collègues demanderaient le double. »

Je ne peux rien lui cacher. Elle connaît mes manies, mes abréviations : le petit gonfalon ⊨ qui signifie rue des Lices, la tour ♜ (*la rue du Temple, à cause de la tour du 5, qui appartint aux Templiers*), la balance ⚖ (*Palais*) qui peut devenir ⚖ quand je ne suis pas content d'un jugement, le cèdre ♣ (*La Rousselle, signalée de loin par cet arbre*), l'abréviatif M* (*avec étoile : Mariette aimable*) ou M• (*avec point noir : Mariette maussade*). Elle en discute :

« Ce n'est pas vrai ! Ce jour-là, c'est toi qui n'étais pas à prendre avec des pincettes. »

Elle résout sans difficulté — et tolère — cette charade simple : *13* 🐪

C'est-à-dire : *déjeuner avec la tante Meauzet.* Elle a même déchiffré l'inscription commémorative, tracée d'un Bic allègre, au soir d'une réception donnée par les Guimarch pour fêter les dix-huit ans de Simone, leur benjamine, née sous le signe de la Vierge et devenue l'une des plus virulentes yéyettes d'Angers : *18* ♍ *(?) 18*

Et elle s'est aussitôt hérissée :

« Qu'est-ce que tu en sais ? Simone gigote un peu, c'est de son âge. Tu as l'imagination fraîche ! On dirait que ça te venge de ne plus être dans le coup. »

Depuis lors je me méfie. Même en code, je ne commente plus guère. J'oublie de noter certaines choses : la rencontre d'Odile, par exemple. J'en note soigneusement d'autres : comme l'anniversaire de ma mère à l'occasion duquel Mariette n'a pas pensé à prendre la plume. Dans cette maison de verre, le silence même est translucide.

Et quelquefois, le nez sur mes vieux carnets, je fais des comparaisons. Jusqu'en 53, il suffit de prendre dix pages, au hasard, pour être édifié. C'est un feu d'artifice. Parmi les références à une jeune activité professionnelle se bousculent titres d'ouvrages, scores de matches, congrès, voyages organisés, pièces de théâtre, sauts à Paris, à Nantes, à la mer, à *La Rousselle*, concerts, bals, parties de pêche en Loire, discussions, séances de ciné-club. Ça va, ça vient, ça change, c'est plein de filles, d'amis, de noms nouveaux.

Mais si j'interroge l'un de mes derniers agendas, le contraste est saisissant. De semaine en mois, sauf à la période des vacances (qui d'ailleurs reproduit la précédente), les gens cités, les lieux, les sujets, les tâches, les urgences mêmes ne changent pas. C'est un petit Bottin judiciaire où défilent les avocats, juges, greffiers, avoués, huissiers, notaires de la ville. C'est un répertoire de clients. Un annuaire : bourré d'adresses, de numéros de téléphone. Un pense-bête. Un catalogue de la famille, où les Guimarch reviennent dix fois contre une. Un témoin des rythmes conjugaux : varicelle et angines, dîner hebdomadaire rue des Lices, déjeuner mensuel à *La Rousselle,* transes cycliques, visites de Tio, de Gilles, des Tource, échéances, rentrées, invitations (rares), réceptions (rares), balades dominicales et même disputes (M●● deux fois pointé).

Bref, le registre du ronron.

1960

Six janvier.

Mariette vient d'avoir trente ans. Depuis des mois, les voyant approcher elle disait, effrayée :

« Je ne souhaite pas qu'on me les souhaite. »

Puis elle s'est ravisée :

« Après tout, tant pis ! Je serais bien sotte d'aggraver mon cas en me passant d'anniversaire. »

Pardi ! Je la connais, elle est incapable de priver les siens d'une frairie, de leur ôter une occasion de transformer le pain en brioche. Nous nous réjouissons donc. L'anniversaire tombait en semaine, mais on ne peut pas fermer boutique, abandonner la banque ou le Palais pour ce motif. Bien entendu nous avons tout reporté au dimanche ; et pour la commodité, pour éviter à Mariette un surcroît de travail le jour où précisément on la fête, ce sont les beaux-parents qui reçoivent : en recevant « tout le monde » (comme dit Mme Guimarch) et plus précisément ceux que Nicolas (dans sa langue à lui, qui a de plus en plus force

d'usage) appelle mémère, pépère, tat'Arlette, tata
Simone, tata Gab, tonton Ric, les zines, maman,
papa et leurs deux, grand-mère et l'oncle Tio (de
mon côté, en effet, il ne connaît ni tonton, ni mémère et je vois plus de respect là où ma femme
sans doute voit moins de familiarité).

Nous achevons de dîner. Nous en sommes au
dessert. Ma ceinture me gêne et je me sens un
peu chaud. Cuisine et tendresse, l'une produisant
l'autre, sont toujours ici un peu débordantes et,
à l'angevine, trop arrosées par un beau-père qui ne
met jamais le pied au café, mais ne pardonne
guère qu'on dédaigne ses vins.

« Catherine ! crie Gabrielle, veux-tu rester assise ! »

Les enfants ne tiennent plus en place. Six plats !
Et seize couverts ! Généralement les Guimarch
célèbrent leurs anniversaires avec moins de faste.
Mais Mme Guimarch, emportée par sa maternelle sollicitude, semble avoir voulu enrober la
chose en massant la famille autour. Mariette a
donc eu droit à la réunion plénière. Elle a eu droit
au beau service de porcelaine, aux fleurs, aux
petits cadeaux, aux allusions lyriques à sept ans
de bonheur, aux chers coups d'œil, aux embrasse-
ments plusieurs fois répétés sur trente-deux joues.
Rien ne manque. Pas même l'habituelle contre-
fête dans la fête : le regret secret de se sentir à
l'aise dans ce sirop, le verre cassé, le pipi du petit

dernier sur la robe de Simone, la chute précoce du soufflé aux carottes, l'amoncellement de vaisselle qui fera le plaisir des dames à l'issue de la nouba. Sans oublier la discrétion spéciale, flottant sur le motif, bannissant tout rappel au chiffre; et la gaffe de l'innocence, s'exclamant par la bouche d'Aline, huit ans, devant le gâteau nu :

« Ben quoi, alors ! Et les bougies ? »

Un gros ange passe, qui n'ose même pas souffler chut. Il y a de la prunelle pour tourner dans le blanc d'œil, vers la petite table, qu'il a fallu rajouter près de la grande, où nous sommes assis sur les huit chaises de l'ensemble, Lévitan garanti pour longtemps, qui fut le choix passionné de Mme Guimarch dès qu'elle put se payer de la ronce et qu'il a fallu compléter par des tabourets de cuisine, comme d'habitude réservés aux gendres, placés (avec les filles qui ont aussi des pantalons) devant les pieds de la table en question. Mme Guimarch intervient, avec la suave autorité qui lui est propre :

« Au-dessus de vingt ans, dit-elle, on n'en met plus. Ça ferait trop de trous.

— Et on ne pourrait pas les éteindre d'un coup », dit Arlette, vieille fille (ou presque) qui excellera dans le même genre si on parvient à la caser.

Ma mère hausse un sourcil. Elle n'a jamais beaucoup parlé. Mais chez les Guimarch elle devient presque muette. Elle ne se signale guère que par des gestes : pour aider un enfant à couper sa viande, pour passer un plat. Quant à Si-

mone, elle pouffe. Nous savons qu'elle a mauvais
esprit. Nous savons qu'elle pense et qu'elle dit
partout : « Sauf Reine, mes sœurs, ça devient de
la nana. » Elle a tort. Mariette, qui a passé deux
heures chez le coiffeur et qu'amincit une robe de
tricot brune, est en beauté. On ne lui donnerait
pas son âge.

Je sais bien que, chaque soir, elle le paraît ; et
qu'en ville, flanquée de ses enfants, elle prend
deux ans de plus par mioche (comme un homme,
pour le recrutement), uniquement parce qu'ils
sont là, parce qu'ils s'additionnent à elle, parce
que le lent arrière-train des mères remorquant
de la marmaille suggère un volume de passé. Mais
aujourd'hui, dans l'euphorie familiale, dans la tiédeur de ce climat qui lui convient, Mariette, c'est
la pêche ronde, fondante, satisfaite de l'heure et
du velouté que donne à son visage un maquillage
qu'elle a rarement le temps de mettre au point.

Un vœu rapide me traverse : qu'elle reste ainsi,
qu'elle ne change plus ! Encore un peu de temps
et ce peu sera trop. On ne profite jamais assez,
au bon moment, de ce qu'on a. Allumé par la peur
et peut-être aussi par le cabernet, qui pousse au
rose les joues de Mariette, je l'embrasse soudain
sans raison. On se récrie. Le bon mari, qui aime
sa femme, qui — dans le style de la maison —
efface le coup, discrètement ! Et clic ! Arlette, qui
n'attendait que ça, dont l'appareil est toujours
tout armé, sur arrière-plan de nappe tachée, d'assiettes sales et de verres inachevés, réussit la
photo du jour.

Cependant on se lève, on émigre vers les palissandres du salon où sera servi le café.

« Doucement ! Mes fauteuils ! » s'exclame Mme Guimarch, à l'adresse de Nicolas, déjà à cheval sur un bras.

Maman, Tio et moi-même nous sommes regroupés dans un coin. La belle-mère roule vers nous et souffle :

« La nigaude ! Je n'ai pas invité tante Meauzet parce qu'elle aurait insisté lourdement. C'est bien la peine de me donner tant de mal pour faire oublier à Mariette... »

Petit silence. Elle retrouve sa voix :

« Descends, je te dis, Nico ! »

Puis, tournée vers ma mère, elle s'enquiert aimablement :

« K ou sans K, pour vous, chère madame ? Je ne me souviens jamais. »

Sans K. Simone a raison. A quoi rime cette benoîte conspiration ? Deux ans plus tôt, j'ai atteint les trente sans éprouver l'impression de franchir une sorte de ligne de démarcation me séparant désormais de la jeunesse (cette ligne, au fond, je l'ai plutôt franchie le jour de mon mariage). Décidément, c'est comme pour tout le reste : à force de vouloir gommer les choses, les Guimarch finissent par les souligner. La précaution est pourtant superflue, dépassée. S'il lui fallait récrire ce roman dont le titre continue à inquiéter les femmes, Balzac — pour le moins — parlerait de celles de quarante. Je murmure, pour mon clan :

«Ils m'agacent, à la fin ! Mariette a trente ans. Et après ? »

Trop bien élevée pour critiquer ses hôtes, ma mère sourit. Mais Tio ne semble pas d'accord. Il allonge le bras, cueille un journal de modes sur un guéridon et le feuillette devant moi.

« Après, dit-il, ça donne ça. »

Quelques pages pour teen-agers. Puis des pages et des pages et encore des pages de « modèles très jeunes », où défile du vingt, du vingt, du vingt, à silhouette ténue, à profil pépée. Puis soudain un grand saut : deux pages d'élégances sévères, pour dames très dames (maigres, il est vrai). Entre ceci et cela, rien.

« Tu vois, reprend Tio, il n'y a pas de mode de trente ans. C'est tout de même un signe. Entre les jeunes et les vieilles... »

Il hésite, puis lâche :

« C'est le *no woman's land !* »

Fête hier. Deuil aujourd'hui.

Quand Danoret, mon ami, ici mon adversaire, s'est rassis, j'ai discrètement levé le pouce. Danoret soigne toujours la forme. Maintenant c'est à moi de jouer pour le démolir sur le fond. Mais en me retournant pour juger de l'effet de sa péroraison sur l'assistance, j'ai bien vu : Mariette est dans la salle, elle agite la main pour m'avertir qu'elle m'attend. Qu'est-ce qu'il y a encore ?

Répondons par le hochement de tête, lent et sérieux, des gens occupés. Je n'aime pas tellement qu'elle vienne me relancer au Palais, que ma vie privée interfère dans ma vie publique. Ici maître Bretaudeau n'est pas le même homme. Il entre par la grande porte à fronton, sous le péristyle à colonnes. Comme le bâtonnier, comme le procureur, il promène de la serviette de cuir dans la salle des pas perdus ; et son importance s'affirme au prétoire, quand il fait voler de la manche.

« Maître, nous vous écoutons », dit le président Albin.

Il m'écoute, les yeux mi-clos. Son premier asses-
seur prend des notes dont j'ai souvent pu m'apercevoir qu'elles étaient farcies de petits dessins ;
le second, bien adossé, regarde dans le vide avec
une majesté bovine. Moi, torse épanoui sous la
robe, menton au-dessus du rabat, je tousse, je
pose ma voix. L'uniforme, c'est encore ce qui a
été inventé de mieux pour en imposer à quiconque et notamment à soi-même. Ah ! ce que ça
aide, quand on plaide, cette toge un peu soutane
qui vous habille de gravité, qui vous range parmi
les ministres de l'En-Haut dévoués aux misères
de l'En-Bas ! Je ne me vois pas m'époumoner en
civil pour un poivrot de Saint-Serge, pour un
marlou de la rue de la Châtre. Ainsi troussé, au
contraire, je suis autre. Je peux en appeler à la
Forme et au Droit, dont en tous lieux se réclame
la plus suspecte innocence. Je peux avoir la bouche pleine des intérêts des pinardiers, des ardoi-
siers, des horticulteurs. *Per fas et nefas*, je suis
au-dessus du débat qui, au noir comme au blanc,
fournit chance égale de se faire entendre ; et si
dans le cas présent je me sens à l'aise pour lut-
ter contre des margoulins de la truelle, le hasard
seul m'a rangé contre eux ; j'aurais aussi pu les
défendre. L'un d'eux — le promoteur — grimace
en m'entendant clamer :

« Nous pensions bien, monsieur le président,
que nos adversaires auraient le front d'invoquer
les dispositions de la loi du 24 juin, mais le tribunal a certainement remarqué qu'une telle in-
terprétation ne tient pas une seconde devant les

récents arrêts rendus par la Cour de cassation en des affaires similaires...»

Cela, en effet, fait jurisprudence. Précisons. Appuyons sur la chanterelle : les meilleurs arguments, pour un juge, ce seront toujours des jugements. Je jette un coup d'œil dans la salle. Mariette là-bas s'impatiente. Si court que je sois, elle me trouve long. Dans les premiers temps elle venait pour le plaisir et, le soir, elle avait toujours dans l'œil un peu de cette déférence qu'inspirent aux simples les solennelles raideurs de la justice. Elle en est bien revenue. L'humble réserve qu'il faut savoir garder devant un magistrat, les astuces nécessaires auprès du greffe, les « éclairages », le peu d'estime qu'elle m'accorde quand j'obtiens l'acquittement d'un coupable, quand je rate celui d'un innocent (ou présumé tel), les bavardages des collègues qui aiment souvent se moquer du métier dont ils vivent... tout cela a découragé son admiration. Il est entendu que je suis incomparable : aucune femme de cordonnier ne prétend que son mari chausse mal. Mais désormais consultations, mémoires, plaidoiries lui semblent des marchandises : comme chez sa mère il y en a de diverses qualités et ce qui compte en finale, c'est le chiffre d'affaires. Quand d'aventure, elle se risque au Palais, c'est qu'il y a urgence, donc motif d'écourter la palabre.

Je fais ce que je peux. Mais dans cette sombre histoire immobilière où se bagarrent promoteur, entrepreneur, sous-traitants, architecte et souscripteurs, il fallait (comme disait mon patron lorsque j'étais stagiaire) « décoder le code » et dans un fouillis de textes crocheter les bons articles. C'est fait. Un petit coup d'éloquence, maintenant, pour la galerie :

« L'esprit qui anime actuellement le législateur, soucieux de protéger l'épargne, est clair ; et cette affaire ne l'est pas moins. D'un côté, cinquante mal logés qui ont péniblement réuni les premières sommes nécessaires à l'achat d'un appartement ; de l'autre un lot de spéculateurs habitués à prélever 100 % de bénéfices sur des constructions qu'ils élèvent avec l'argent des premiers. Et le comble de l'ironie, c'est que les premiers, c'est-à-dire les victimes, soient ici les défendeurs, tandis que les seconds osent demander au tribunal de les contraindre à payer leurs malfaçons... »

Danoret mime l'indignation, Mariette tousse très fort, plusieurs fois, me fait des signes désespérés. Danoret, qui se retourne, la salue du menton. Je commence à m'inquiéter. Je cours aux conclusions. Après tout la brièveté, qui déçoit le client, est toujours très appréciée des tribunaux.

C'est fini. Je ramasse mes papiers. Le président se secoue, regarde l'heure avec un étonnement joyeux, met en délibéré et se retire du petit pas célèbre qui l'a fait surnommer « Le chasseur Albin ». Je trotte au vestiaire. Mariette, qui m'y a précédé, se précipite sur moi :

« Je suis désolée, mon chéri. Je t'apporte une

mauvaise nouvelle. Ta tante vient d'avoir une crise cardiaque. »

Ma toge me passe, d'un coup, par-dessus la tête. Puis, retirant les bras, je regarde ma femme : elle a le visage muré de qui n'ose pas tout dire. De qui se sent un peu coupable. Nous ne sommes pas allés à *La Rousselle* depuis un mois et demi. Nous devions y aller dimanche dernier, mais ce jour-là le beau-père fêtait ses soixante-cinq ans. Tante en a soixante-six. Une chape de plomb me tombe sur les épaules. Maman aussi, que nous n'avons pas moins négligée, en a soixante-six. Maman *était* sa jumelle. *Etait,* le silence de Mariette l'avoue.

« Oui, fait-elle enfin, elle est morte. »

Elle me prend dans ses bras et reste contre moi, joue contre joue, sans souffler mot.

Je lui en veux, je lui en veux. Je ne reverrai jamais tante Pareille. Pourquoi elle : *le tiers de ma famille ?* Pourquoi pas *dans la leur* inépuisable ? Pourquoi pas le beau-père, qui a le même âge et que guette le coup de sang ?

« Eh bien, les amoureux ! » fait une voix, derrière nous.

C'est Danoret, qui ajoute :

« Regarde la *Gazette* du 15 mars, Bretaudeau. Les cours d'Aix et de Lille ont statué différemment. »

Mariette se recule. Elle dit sèchement :

« Excusez-nous, notre tante vient de mourir subitement. »

Parce qu'elle a dit *notre,* il lui sera beaucoup

pardonné. Danoret balbutie des condoléances, s'esquive. Je murmure :

« Les enfants ?

— Ils sont chez maman », dit Mariette.

Nous partons, nous courons, la main dans la main.

Nous roulons sur ce ruban noir, fraîchement goudronné, qui traverse entre Loire et Authion cette bande de plat pays dont la précieuse alluvion se cultive au ras des maisons sans caves, hantées par des souvenirs de crues et qui haussent leurs greniers dans le ciel vide de janvier. A Corné, au lieu de continuer sur Mazé, je tourne. Je passerai par Les Rouages. Mariette ne cille pas ; elle comprend bien.

Ce lacis de vicinales, qui se faufile à travers un lacis de bras d'eau bordés de cannes que l'hiver a desséchées et que soude entre elles une mince pellicule de glace, ma tante m'y a, enfant, cent fois promené. C'est par là que plus tard, sur sa barque plate, j'allais ramasser, nid après nid, des colliers d'œufs d'effarvatte. Suis-je revenu assez crotté de ces prés bas, rongés de petit jonc, hérissés de têtards d'osier, creusés de nappes imprécises où marine, en été, sous le nénuphar et la canetille, une purée de feuilles qui sent son roui. En passant devant la souche creuse, vague-

ment anthropomorphe, que nous avions surnom-
mée « Timoléon », je ralentis un peu. Encore qua-
drillée de fossés, l'alluvion se relève, s'essore, étire
des sillons gelés. Ce champ, blanc de givre, que
tachent des corbeaux, il est à nous. Un peu plus
loin elle est aussi à nous, cette vigne, réduite
comme les autres à son bois, mais bien reconnais-
sable aux pêchers d'entre-files, dont deux portent
en fin août de ces pêches violettes plus terribles
que les mûres pour tacher les sarraus. Nous arrivons. A cinq cents mètres pointent le séquoia
ganté d'écorce rouge et le cèdre argenté de *La
Rousselle.* Encore deux virages, puis une ligne
droite et un dernier tournant. Je ne cornerai pas
cette fois : trois petits coups, puis deux, puis un,
soit 321, mon numéro de linge au collège. La barrière est ouverte. Mais au bout de l'allée, deux
vieilles dames ne sont pas, comme d'habitude, debout sur le perron. Mariette me laisse descendre
le premier, puis se glisse derrière moi. Tio doit
être arrivé depuis un moment : sa vieille Peugeot
grise est garée sous le séquoia et le chat de ma
tante, Pie-Jaune, est couché en rond sur le capot.
Gustave, le chef jardinier, qui devait prendre sa
retraite dans un mois, paraît sur le seuil :

« On l'a mise là-haut, chez elle », dit-il, à mi-
voix.

Dans la chambre Tio est assis près de la porte,
accablé. Depuis quinze ans, il mettait rarement
les pieds à *La Rousselle.* Il évitait la tante, avec
qui mon père, paraît-il, lui avait proposé de faire
une fin. Mais il a soixante-dix ans et le saisisse-

ment de voir disparaître sa cadette se lit sur son visage :

« Quel coup pour ta mère ! » souffle-t-il.

Ma mère, toute droite, dans cette robe qui était déjà noire, est en train de voiler un miroir. Son style n'a jamais été celui des pleureuses. C'est la fixité de son regard, le mal qu'elle se donne pour redresser des épaules voûtées qui expriment son chagrin, sa solitude. Elle ne m'embrassera pas : c'est aussi dans le deuil un usage des miens, une privation en l'honneur des morts, une douceur qu'il faut se refuser puisqu'elle leur est interdite. Je l'entends murmurer :

« Elle était en train de tailler, avec Gustave. Elle a fait « Oh ! » et elle est tombée en avant. C'était fini. »

A mes côtés je sens Mariette affreusement mal à l'aise. Dans sa famille on pleurerait, on gémirait ; on ferait l'oraison funèbre du défunt. La vieille tradition janséniste des Aufray — aujourd'hui laïcisée —, l'extrême retenue de ma mère lui semblent contre nature. Maman adorait sa sœur : sous sa raideur, elle va longtemps saigner en dedans. Elle n'ignore pas que les jumelles ont souvent même longévité : mais cette menace n'affolera que moi. Une main sur mon épaule elle s'autorise à dire encore :

« Il est si rare de posséder son double. »

Puis elle glisse vers l'armoire, l'ouvre, commence à retirer les « affaires du dimanche » de ma tante, les pose une à une au revers d'un fauteuil. Mon regard passe sur Tio, qui l'observe avec une respectueuse frayeur, et je m'approche du lit Empire qui sent l'encaustique et où la tante est étendue. Ses pieds, chaussés d'épaisses charentaises, creusent la couette de satin rouge. Ses mains de rhumatisante ne sont pas jointes, mais posées l'une sur l'autre. Elle a encore son tablier et de la poche de ce tablier dépasse un sécateur nain. Les joues sont creuses, les lèvres n'ont plus de couleur. Mais la ressemblance reste insoutenable. Ma mère revient vers moi :

« Ta tante avait tout prévu, dit-elle. Il y a une enveloppe pour toi dans le secrétaire de la salle. Rappelle-moi de te la donner... »

Un glissement de semelles l'interrompt. Une voisine entre, qui rapidement se signe.

« Laissez-nous entre femmes, reprend ma mère. Mme Brain va m'aider à faire la toilette. »

Mariette hésite. Mais ma mère lit sur son visage :

« Allez, ma petite fille, ce serait trop pénible pour vous. »

En bas, dans la salle, cernée de ses vieux meubles disparates, mais luisants de cire, un tricot inachevé traîne sur un guéridon. Une brassée de roses-de-Noël attend d'être mise en vase. Je me souviens : ce sont ces fameuses roses-de-Noël que ma tante sélectionnait depuis des années pour en tirer une variété rouge, qui n'a jamais réussi à l'être.

« Sortons, veux-tu ? » dit Mariette.

Moi aussi, je préfère attendre dehors, où le gravier crisse sous les pas. Tio m'a pris le bras droit,

Mariette le bras gauche. Nous allons et venons, sur vingt mètres, sans rien dire. Un soleil de février, déjà bas, éclaire le dessous des branches et, en deçà des clôtures, donne du relief aux mottes, dans les champs étroits, étirés en longues bandes, soigneusement drainés. Quelques moineaux piaillent.

« Henriette s'occupait de tout, dit Tio. Je me demande ce que va devenir ta mère. »

C'est vrai. Cet exil de ma mère, loin de ma propre vie, loin de ce qui fut la sienne jusqu'à mon mariage, j'en ai pris très vite mon parti. Ces arbres, ces champs, cette maison, tout me raconte ma jeunesse, tout me dit aussi que j'en ai décroché. J'admire toujours ma mère. Mais tandis qu'elle s'enfonçait dans l'âge, en conservant ce genre auguste qui disparaît de partout, j'ai adopté le genre douillet des Guimarch. Elevé par des femmes, dans le style Aufray, j'ai été repris en main par d'autres femmes dont la manière soumet plus aisément cette génération. Je suis passé d'une famille à l'autre...

« Monsieur Abel ! »

La voisine — que je reconnais maintenant : c'est, très alourdie, la fille de l'ancien vétérinaire devenue, je crois, la femme du grainetier —, la voisine s'est avancée sur le petit perron aux marches creusées par tant de pieds. Cette façon de m'appeler par mon prénom montre qu'elle me considère encore comme du pays.

« Votre maman, reprend-elle, voudrait que vous préveniez maître Roulet, le notaire. Elle voudrait aussi que M. Charles passe à la mairie et aux Pompes funèbres, pour les formalités. »

Et, plus bas :

« La pauvre dame a reçu un coup. Elle ne pourrait pas.

— Nous y allons, dit Tio, en même temps que moi.

— Je vais rester un peu auprès d'elle », fait la voisine, tournée vers Mariette qui ne s'est pas proposée.

DE la suite, je n'allais pas être très fier. Ma tante, deux jours après sa mort, fut enterrée comme elle avait désiré l'être : portée à bras par six horticulteurs. Il n'y avait plus qu'une place au caveau de famille et ma mère, avec sa hautaine indifférence envers les pires précisions, tint elle-même à le souligner :

« C'est la fin des Aufray. Ils sont quinze là-dessous. Mais quand viendra mon tour, je ne veux pas qu'on les fasse réduire pour me caser à tout prix parmi eux. Ton père m'attend au cimetière de l'Est, à Angers. »

Puis elle me remit l'enveloppe qui contenait le testament de ma tante. Comme je le craignais (imaginant bien que ma mère avait dû plaider dans ce sens), ce testament m'instituait légataire universel sans même réserver l'usufruit et je me trouvai aussitôt dans une situation impossible que la candide bonté de la disparue et de la survivante n'avaient pas prévue. *La Rousselle* constituait tout le patrimoine. Vendre ma part, c'était

forcer ma mère — qui n'avait pas de quoi me la
racheter — à vendre la sienne ; et la mettre dehors en rompant au surplus avec la moitié de mes
racines. Ne pas vendre, c'était me condamner à
l'emprunt, aux hypothèques, pour régler des droits
de succession dont je n'avais pas le premier sou.
Liquider de la terre, à cet effet, c'était rendre
inexploitable un domaine qui, déjà, comme la plupart des entreprises de la vallée, était trop petit.
Enfin l'affermer, c'était en rendre le rapport dé-
risoire et lui enlever la moitié de sa valeur pour
la durée du bail. Restait une solution : abandonner la rue du Temple, vendre la maison et me
fixer à *La Rousselle*, d'où j'aurais pu chaque matin descendre au Palais. Mariette n'eut aucune
peine à me démontrer qu'elle était impraticable :

« Tu parles d'une navette ! Et tes clients, tu les
recevrais où ? Tu me vois faire vingt kilomètres
chaque fois que j'aurais besoin de maman ? Et
puis franchement je n'ai aucune envie de m'en-
terrer dans ce trou. »

Elle n'avait aussi aucune envie de vivre avec
ma mère et, somme toute, c'était normal. Mais
les Guimarch, alertés, mirent un acharnement
particulier à démolir « cette idée folle ».

« Pour sauver la maison de votre mère, qui ne
vous est d'aucune utilité, vous condamneriez celle
de votre père, vraiment je ne comprends plus »,
répétait Mme Guimarch.

Elle comprenait très bien. J'aurais bien voulu
garder les deux et, seuls, les beaux-parents pou-
vaient m'avancer l'argent nécessaire, à taux bé-

nin. N'osant le leur demander, j'espérais vaguement les amener à me proposer ce prêt. Mais ils n'en avaient pas la moindre intention. M. Guimarch lui-même s'en mêla, me téléphona pour me dire qu'il aimerait « me parler de choses sérieuses, entre hommes. » En fait il vint déjeuner à la maison, avec la belle-mère et tandis que Mariette, après le dessert, se retirait discrètement « pour changer Loulou », M. et Mme Guimarch se relayèrent auprès de moi. Le beau-père dit au moins trois fois de sa voix creuse :

« Vous savez, Abel, il n'y a pas que les sentiments qui comptent... »

La belle-mère dit au moins six fois :

« Croyez bien que si la chose était raisonnable, malgré les difficultés actuelles, nous ferions l'impossible... »

Puis vinrent les arguments solides :

« Ni votre mère ni vous, assura Mme Guimarch, n'entendez rien à la floriculture et, soit dit sans vous offenser, aux chiffres. Votre tante, déjà, vivotait. Gustave parti, Dieu sait ce que vous allez trouver comme personnel ! Incapable de le contrôler, pris par votre métier, je ne vous donne pas six mois avant de vous retrouver sur le sable. »

Je le savais. Les vraies préoccupations des Guimarch, pourtant, je ne les avais pas toutes devinées. Me voyant silencieux, le beau-père se déboutonna tout à fait :

« Avec les charges que vous avez et les moyens limités que vous procure le barreau, ce serait tout de même scandaleux que vous fassiez un petit héritage et que votre situation s'obère au lieu de s'améliorer ! »

C'était donc ça. Mme Guimarch, aussitôt, enrobait :

« Mon pauvre Abel, on est toujours coincé entre ses scrupules, entre ce qu'on doit à ses parents et ce qu'on doit à ses enfants. Je vous en parle savamment, j'ai eu ma mère paralysée à la maison pendant sept ans. Nous avions cinq mioches sur les bras et nos affaires n'étaient pas ce qu'elles sont... »

Ainsi, Mme Guimarch, malgré les « difficultés actuelles » s'avouait plus prospère que jadis. Ainsi, Mme Guimarch, au temps des vaches maigres, n'avait pas hésité à recueillir sa propre mère. Mais ma mère à moi n'était que celle du gendre : nos devoirs dépendent de qui les envisage.

« Voyons, reprit M. Guimarch, soyons réalistes. Votre maman, à son âge, ne peut pas rester seule, éloignée des siens, dans cette maison trop grande, sans confort. Ce qu'il lui faut, c'est un appartement à Angers...

— Et alors, enchaîna Mme Guimarch, tout devient facile. Vous avez autour de *La Rousselle* quelques bons hectares susceptibles d'intéresser vos voisins, toujours à court de terre. La maison peut être détachée, avec son jardin, pour un amateur de week-end... »

Elle s'était même renseignée sur les prix. Vingt millions pour le tout, c'était le moins que nous en puissions espérer. Vingt, dont dix, en toute justice, pour maman, c'est-à-dire un peu plus que ce qu'il lui fallait pour s'acheter un trois-pièces. Et encore ? N'était-il pas préférable qu'elle le louât, qu'elle plaçât son argent, pas en viager, non, puisqu'elle avait des héritiers, mais en bonnes valeurs ou encore chez le notaire, où le capital est moins garanti, certes, mais dont on peut espérer du dix, voire du onze pour cent ? Avec ces rentes jointes à sa demi-pension de veuve de percepteur, ma chère maman se trouverait à l'abri et je pourrais avec sérénité disposer de ma propre part pour soulager Mariette qui n'avait toujours personne pour l'aider...

« Oh ! dit Mariette, rentrant juste à point, je me débrouille ; il y en a de plus à plaindre que moi ! Mais j'avoue que j'aimerais pouvoir me servir de la pièce que la mère d'Abel s'est réservée ici. Je n'ai qu'une chambre pour les enfants.

— Et si jamais tu as une bonne, dit Mme Guimarch, je me demande où tu la coucheras.

— Il suffirait de faire mansarder le grenier, dit M. Guimarch.

— Ce n'est plus une dépense somptuaire pour vous », conclut Mme Guimarch, sans craindre le pléonasme.

Tio, puis les Eric arrivant sur ces entrefaites, pour le café, me délivrèrent de toute réponse. Jamais sans doute je n'avais mieux senti la force d'une belle-famille, une en ses intentions, pour envelopper le gendre. J'avais honte de mon silence, de mon embarras. J'avais honte de les laisser me traiter en mineur et s'occuper de mes intérêts

comme s'il s'agissait des leurs. J'avais honte de
savoir qu'au surplus ils n'avaient pas tort, que
mon sang Bretaudeau n'était même pas d'accord
avec mon sang Aufray et qu'en fin de compte mes
nostalgies ne manqueraient pas de céder à mes
nécessités. Mariette en était si persuadée qu'à deux
reprises, pendant le bridge traditionnel, elle arrêta
du regard certaines allusions. Et comme Tio, l'innocent, demandait en abattant ses cartes pour
faire le mort :

« A propos, *La Rousselle*, qu'est-ce que vous en
faites ? »

Elle répondit très vite pour couper court :

« Abel y a beaucoup réfléchi, mais il ne peut
rien décider sans sa mère. Nous ferons ce qu'elle
voudra. »

Huit jours plus tard, ma mère m'annonçait, avec
une sécheresse inhabituelle, que l'indivis lui paraissait impraticable, *à elle aussi*, qu'elle ne se sentait
ni la force ni le goût de continuer une exploitation
dont je serais de toute façon, un jour ou l'autre,
amené à me défaire.

« J'en ai parlé avec ta belle-mère, précisa-t-elle,
et *votre* point de vue me paraît juste. »

Elle n'ajouta rien. Je ne sus même pas si elle
avait rencontré la belle-mère par hasard ou si celle-ci était carrément allée la trouver. Je ne pro-
testais pas : ni auprès de ma mère pour me dis-
culper, ni auprès de Mariette pour me plaindre de

l'ingérence des siens. Quand ce qui vous navre en même temps vous arrange et que chacun le sait, mieux vaut se taire. Entre Mariette et moi je laissai se créer une zone de silence. Le ni-oui-ni-non, c'est mon vice. Pourtant si je supporte assez bien qu'on m'inspire, voire qu'on me commande, j'en veux à qui me manœuvre. Il allait prospérer, ce sentiment — pas nouveau, mais cette fois très clair — de n'être pas seulement encerclé par des bras.

La Rousselle, coupée en quatre, trouva très vite preneur, chez ses riverains. Ma mère souscrivit un appartement. Les droits — de tante à neveu — se révélèrent plus importants que nous ne pensions et cela ne laissa pas d'être, rue des Lices, un bon sujet de doléances :

« Ce n'est plus possible, madame ! Tenez, mes enfants, ils viennent d'hériter de leur tante et on ose leur réclamer le tiers. »

Tirade achevée dans un soupir :

« Enfin, ça leur fait toujours quelque chose devant eux. »

Quelque chose : formule pudique, qui permet à la fois, selon le ton, de laisser croire aux uns que la somme est coquette et de faire comprendre aux autres qu'elle n'est pas exorbitante. N'est-ce point sagesse pour décourager la dépense, l'envolée de billets qui tentait bien un peu Mariette ? Et qui me tentait bien un peu, moi. Malgré ma prudence financière, pour une fois que je le pouvais, j'aurais volontiers fait cadeau à ma femme d'un manteau de fourrure, changé de voiture et regarni ma garde-robe ; peut-être même acheté une lunette astronomique, pour l'offrir à Tio, porté sur la cosmo et qui en rêve depuis longtemps. Mais des beaux-parents, ça pense toujours qu'en cas de coup dur ils seront obligés de payer. Dix fois retiré de la panade, Eric était là pour le rappeler aux Guimarch. Ce « petit héritage » les abritait autant que nous. Ils n'allaient pas nous le laisser croquer ; pas même nous le laisser entamer. Bien avant que le notaire eût fait ses comptes, ils avaient fait les leurs, ils répétaient :

« Voyons, mes enfants, ce n'est pas du revenu qui vous tombe, c'est du capital. »

M. Guimarch calcula même avec nous le revenu que précisément nous offrait ce capital et conclut qu'il ne nous permettait pas, compte tenu des charges sociales, de prendre une bonne :

« Mais vous pouvez maintenant vous offrir une femme de ménage. »

Et le cher homme se trahit en nous conseillant des valeurs, qui lui semblaient familières (il doit en avoir un paquet) si j'en juge aux distributions gratuites, aux cours dont il fit état. Mariette se laissa convaincre. Depuis des années elle était terrorisée par le caractère aléatoire des rentrées dans ma profession, par l'absence d'un volant de sécurité. Deux fois déjà elle m'avait fait relever l'assurance-vie. L'écho des sentences maternelles assiégea mon oreille : *Evidemment, on pourrait, mais raisonnablement on ne peut pas. C'est dommage. mais c'est comme ça. Toute fantaisie est*

interdite à ceux qui ont des responsabilités à long
terme. Quand on est marié, quand on a deux
enfants, peu d'espérances, une modeste situation...

Pour dégorger plus tard au bénéfice du nid, ne
gobe pas le poisson, pélican ! Remplis ton goitre.
Epoux, compose-toi un portefeuille. Tu peux comme tout le monde — et même mieux que tout le
monde — connaître des fins de mois difficiles.
Mais tu ne peux pas comme un célibataire épar-
piller joyeusement « la fraîche » qui t'arrive. L'argent pour toi ne roule pas. Il monte la garde.

L'héritage fut donc placé : Esso, Pechiney, Kuhl-
mann, Saint-Gobain, Berre, Schneider, Française
des Pétroles, autres actions de père de famille.
La banque m'assura que le choix du beau-père
était excellent. Gilles confirma ; ma mère elle-
même approuva : elle n'y connaît rien — pas plus
que moi — mais l'austérité, sous toutes ses formes, a toujours sa sympathie. Tio, seul, crut
devoir attacher le grelot :

« J'espère que tu as fait remploi en titres nomi-
natifs. »

Je n'avais rien fait de tel.

« Enfin, mon petit, reprit-il, ta part de *La Rousselle,* c'était un bien propre ! Des actions au por-
teur, ça devient du liquide, qui tombe dans la
communauté.

— Bah ! fis-je, nous avons des enfants... »

Indifférence feinte. Je venais de faire cadeau

de la moitié de ma part à Mariette et je le savais. Avocat, en telle occasion, j'aurais conseillé à un client de prendre ses sûretés. Mais une chose est d'être avocat, une autre d'être mari. Jadis, on ne trouvait pas offensant dans les familles de voir chacun se réclamer du principe : *paterna paternis, materna maternis* et « suivre son bien » attentivement (sans songer pour autant à le garer d'un divorce). Aujourd'hui, allez donc parler de remploi à la reine de vos pensées ! Seul, le notaire le fait à l'heure du contrat et dans l'euphorie des fiançailles, il est de bon ton d'écouter peu, d'afficher l'indifférence. Je me sentais pourpre à la seule idée d'entendre le beau-père prononcer du bout des lèvres :

« Mon Dieu, Abel, si vous y tenez... »

Et la belle-mère ajouter :

« Vous savez, quand on est marié... »

Quand il est marié, n'est-ce pas, l'homme doit tout. Du patrimoine au matrimoine, le mien avec le tien ne fait aisément qu'un seul bien. Pour l'argent comme pour le reste. Pourtant j'étais sûr qu'en sens inverse on se fût montré plus réticent :

« C'est ma rente ! » dit Mariette, quand il y a discussion sur l'emploi des quelques billets que, par contrat, nous verse mensuellement le beau-père.

Elle dit de la même façon : « *Ce sont mes allocations* », quitte à déplorer ma qualité de « travailleur indépendant » qui me contraint à cotiser beaucoup pour toucher peu.

Et je ne me fais pas d'illusions : si d'aventure elle hérite, son père placera soigneusement l'argent sur sa tête. Ne faut-il pas protéger les femmes ? Ne faut-il pas les avantager, elles, qui s'échinent sans salaire, en leur permettant de survivre (ce qu'elles font si généralement) à la perte ou à la défection du nôtre ? Nouvel exemple — dirait un juriste — d'évolution dans la dévolution, de glissement vers le *paterna maternis*. Je raille, certes. Mais je ne raille qu'un peu. Les Guimarch avaient trouvé mon geste naturel. Sans mérite particulier. Ils ne m'avaient même pas remercié.

UNE année difficile, sûrement : la septième l'est souvent. Les gens ont un si huileux savoir-vivre pour nous parler de « votre charmante petite famille » que nous-mêmes, pour y penser, nous nous débarrassons malaisément de cette onction. Il faut du temps pour que la désillusion nous savonne ; pour que nous acceptions de nous apercevoir que certaines choses se sont affadies auxquelles nous tenions, que d'autres se précisent auxquelles nous espérions échapper.

Je n'ai pas un goût excessif des bilans. Je vis très bien sans m'appesantir sur la mécanique, en la laissant tourner. Mais depuis quelque temps il m'arrive de m'enfermer, de m'enfoncer dans un fauteuil, de m'interroger sur ce qui ne va pas.

Et ce qui ne va pas me semble toujours mineur, banal. Eric est un cas : il est rare d'être aussi nettement désarmé devant sa femme et devant l'existence. Reine est un cas. Moi, non. Il me suffit de regarder autour de moi pour m'en convaincre : je me retrouve tiré à des milliers d'exem-

plaires. Ce qui ne va pas se trouve intimement
lié à ce qui va ; et par là même presque invisible.
Mariette elle-même le voit-elle ? Elle est femme, le
mariage est son métier ; ses parents, ses enfants,
sa maison, tout pour elle fait écran ; elle vit et
c'est sa force. Moi je commence à me regarder
vivre et c'est ma faiblesse. Je me trouve ces
temps-ci peu porté sur la satisfaction.

Voyez, d'ailleurs : c'est moi qui me plains ici
et, en premier lieu, de quoi ? De ce que Mariette
se plaigne ou plus exactement de ce qu'elle ne
se plaigne jamais de l'ensemble et se plaigne
constamment du détail. Un nuage passe, trois
gouttes volent, elle geint :

« Quel temps ! »

La machine à laver, qu'elle oublie de huiler,
se grippe. Elle la secoue, brutalise les manettes,
s'exclame :

« Je l'ai fait réviser il y a six mois. Les ouvriers
ne sont pas sérieux. »

Est-ce une façon inconsciente de tout remettre
en cause ? Peut-être. Les tissus n'ont plus la qualité d'avant. L'eau sent le chlore. Les chiens sur
le trottoir renversent la poubelle. Les pommes de
terre sont pleines d'yeux. Mes clients ont toujours les pieds sales ; ils laissent tomber des
cendres partout. La femme de journée est en
retard. Son compte d'heures est rarement juste.
Si j'arrive quand elle plie les draps et que j'oublie
de me proposer, elle jette :

« Surtout, ne m'aide pas ! Je vais me dédoubler pour tirer par chaque bout. »

Mais si je veux ranger la vaisselle :

« De quoi je me mêle ! avec tes mains de coton... »

Une heure plus tard, elle rêvera devant Gab d'un mari qui sache bricoler. Je ne sais rien faire. Eric ne sait rien faire.

« Ils ne savent faire que des enfants », dit Gab.

Ces enfants-là sont dans leurs jambes. Ils éparpillent des bouts de papier, des cubes, de la pâte à modeler ; ils braillent, ils se roulent, ils tapent des pieds. Mais la grognite s'attendrit, s'affaiblit. Ces monstres ne font rien que n'excuse leur âge.

Il y a aussi la douane.

Je ne prétends pas que Mariette me fasse les poches. Mais elle les vide maintenant avec soin, chaque fois que je change de costume. Il paraît que, faute d'avoir pris ce soin, j'ai laissé filer mon porte-billets chez le dégraisseur.

Elle questionne également de plus en plus, s'intéresse aux battements de mes horaires, place une oreille dans l'entrebâillement de la porte quand je téléphone. Il ne s'agit pas de soupçon : je l'ai cru un moment, mais je me flattais, elle ne m'accorde pas tant de crédit, elle est sûre de moi comme d'elle-même. Il ne s'agit même pas de curiosité : le mot serait trop faible. Il s'agit d'une envahissante routine où s'associe, à un croissant droit de chevance, l'obligation qu'elle a (et qu'elle m'étend) de surveiller les enfants, donc de tout savoir d'eux, à tout moment. Ainsi de la belle-mère et du beau-père, de Gabrielle et d'Eric, de Mme Tource et de Monsieur au bénéfice du féminin. *Je suis toi, tu es moi, je sors sur tes deux jambes, tandis que sur les miennes tu restes à la maison. De toi je ne puis ignorer quoi que ce soit sans cesser un peu d'exister.* Or, je suis affairé, distrait, oublieux. N'ai-je point, tel jour dans la rue, rencontré telle personne ? Oui, je crois. Oui, à la réflexion, je l'ai croisée rue d'Alsace. Mariette s'exclame :

« Et tu ne me l'avais pas dit ! »

Il y a ces questions d'argent ! Parfois aiguës, toujours lancinantes. Certes un petit-bourgeois s'estime pauvre, parce qu'il regarde au-dessus de lui, jamais au-dessous. Mes moyens, pour d'autres, paraîtraient une aisance (jusqu'à ce qu'ils l'obtiennent). Mais il reste vrai que — sauf pour des privilégiés dont la fortune même rend le rôle insipide — un homme dans son ménage ne cessera jamais d'être (et plus encore : de se sentir) dévoré. Si Mariette n'a pas d'argent, elle s'en passe. Si elle en a, elle ajuste aussitôt la dépense et, vivement, change de palier, me dépasse. La fierté d'être seul à nourrir quatre bouches ne m'est pas étrangère. Mais l'impression que l'intendance ne suit pas prédomine. Eric, qui gagne peu, donne tout :

« C'est bien le moins ! » dit Mariette.

Et c'est bien le moins que je fasse mieux, puisque je le peux ; comme il est bien regrettable que ce mieux soit relatif, vite acculé à l'impossible — qui est pourtant le possible d'autrui. Voilà sans doute le plus décourageant : ce sentiment d'insuffisance, sans cesse entretenue par la quête de ceux qui ont des droits sur moi, mais dont la gratitude s'éteint dans l'habitude, tandis que leurs besoins montent à mesure que je les satisfais.

Il y a la solitude.

Je suis absorbé par des occupations sévères qui étonnent un peu, qui effarouchent souvent : je manie de la loi quand autour de moi se manient du linge, des mots doux, de la peau rose, des produits lactés. Je suis compétent sur des sujets étranges, étrangers, incompétent sur les domestiques. Ce qui m'intéresse ennuie ; ce qui m'ennuie intéresse. Mariette, qui cherchait à me suivre, au début, a bien d'autres chats à fouetter. La communication est mince. Sauf sur un point : ce que je fais produit de l'argent pour alimenter ce qu'elle fait.

Sans doute devrais-je prendre le quotidien à sa hauteur. Mais je n'en ai guère le temps. Ni le goût. Ni les moyens. Une Guimarch, chez elle, c'est comme une goutte d'huile dans l'eau : aussitôt elle s'étale. Moi, je suis comme une goutte d'eau dans l'huile : je m'y recroqueville, je fais perle.

Il y a l'absence de solitude.

En ceci, nulle contradiction avec ce qui précède. Solitude intérieure peut cruellement manquer de solitude extérieure. Il m'est pratiquement devenu impossible de m'isoler.

Dans mon bureau même, où les clients défilent, me poursuit un vacarme chaque jour grandissant. Et pouf, c'est Nicolas qui tombe, hi-hi qui pleure, toc qui cogne, crac qui casse, tu-tu qui fait le train. Le transistor s'en mêle : Mariette aime balayer en musique. Le mixer broie, la machine à laver clapote, l'aspirateur ronfle. Les gosses de Gab — taille au-dessus — arrivent à la rescousse, montent à l'assaut des escaliers. Mariette crie, la chère âme :

« La paix, enfin ! papa travaille, là-haut. »

La paix, nous ne l'aurons pas. Jamais. Même aux waters. Il y a toujours quelqu'un, quelqu'une, pour qui ça presse et qui vient secouer la porte. Un moment, mon refuge, c'était la salle de bain. J'aimais plonger tranquille, au petit matin, dans cette baignoire où le poil fait algue autour de moi, où le temps, le corps, les soucis perdent du poids. Mais Mariette proteste :

« Enfin, voyons, tu sors ? J'ai les petits à laver. »

Il y a cette crise d'autorité.

Les enfants font à peu près ce qu'ils veulent. Pour eux la bouche de Mariette c'est, d'abord, la ventouse à baisers.

J'essaie bien de réagir. Mais comment, le soir venu, imposer à Nicolas une discipline que, tout le jour, nul ne lui a réclamée ? On me décourage vite :

« Tu vas le faire pleurer. Ce petit est si sensible. »

Je laisse tomber. Parce qu'au fond je n'ai pas grande envie d'intervenir. Mes pouvoirs, je n'aimerais pas qu'on me les conteste (et d'ailleurs on ne les conteste pas). Mais de leur exercice je suis embarrassé. Je manque de présence et d'attention pour les riens, les applications mineures de l'autorité qui m'ennuient — et même me désobligent.

Corollairement j'admets qu'en ce qui me concerne on y pourvoit. Quand il s'agit des « petites choses » Mariette, qui commande mal ses enfants, me commande très bien. Je n'y vois pas malice. Il me suffit de penser que, pour les choses importantes, la décision m'appartiendrait. Rien de tel, on le sait, qu'un général, pour devenir à la maison deuxième classe, pour se reposer du galon en obéissant. On se dit : à chacun son secteur. Mais mon secteur se rétrécit.

Plus souvent sorti que rentré, discontinu, je ne saurais prévaloir sur la continuité de Mariette, toujours de service rue du Temple. Peu à peu, afin de courir à l'essentiel, je lui ai donné procuration

sur le C.C.P., le compte en banque, le coffre. Elle
a pour se débrouiller dans la paperasserie médi-
cale des consultations, des vaccinations, des fiches
de santé comme dans la paperasserie sociale des
mille et une cartes, déclarations, certificats de vie
(qui vous forcent à employer des heures de cette
vie à prouver votre existence), elle a une patience
féminine qui m'allège bien et m'ôte toute envie
d'y remettre le nez. M'allégeant d'un souci, elle m'a
aussi, peu à peu, allégé d'un pouvoir que je m'étais
d'abord réservé. Ai-je besoin d'ajouter que la femme de journée, le laveur de carreaux, le facteur
et les boueux, les encaisseurs, l'E.D.F., les commerçants, les assureurs, faute de me rencontrer,
ne connaissent qu'elle ? Si les enfants, vaguement
menacés de mes foudres les tiennent pour illusoi-
res, s'ils se tournent incontinent vers leur mère
pour réclamer quoi que ce soit, c'est pour la
même raison. On ne s'incline que devant
maître Bretaudeau, ès qualités. Qu'un client se
présente et, très réservée, très secrétaire, Mariette
s'efface :

« Je vais voir s'il peut vous recevoir. »

C'est même grâce à ce biais — nécessité de
relations paraprofessionnelles — que j'ai réussi,
après avoir échoué au Rotary (il y a des avocats
plus connus que moi sur la place) à faire accepter par Mariette mon entrée au *Club des 49*, qui
m'assure la liberté (relative) de mon samedi soir.
Mais pour tout le reste le ton change :

« Il fait froid. Prends ton cache-nez. Si, si,
je ne te demande pas ton avis, je ne tiens pas à

ce que tu me ramènes un rhume. A propos, après le Palais, passe chez Grolleau, rue Voltaire. Prends les disques que j'ai commandés pour l'anniversaire d'Arlette. »

Il y a ce relâchement : diurne.

Surchargée, Mariette ne peut évidemment pas, comme Reine, dont c'est la seule occupation, offrir à mon extase une gravure de mode, surmontée d'une mise en plis sculptée par un coûteux figaro. Mais je ne vois plus que du négligé. L'exemple de Gab, fille active, mais qui se nippe avec un laisser-aller méridional et tourne à la souillon, est d'autant plus regrettable qu'elle est sur ce point agressive :

« Quand on rince son linge, bougonne-t-elle, on ne peut pas rincer l'œil du Jules. »

Et même :

« L'emballage, ma foi, Eric sait ce qu'il y a dedans. »

Mariette n'en est pas à ce stade. Mais le mari, n'est-ce pas, c'est le mari : un homme qui de toute façon, bretelles aux épaules, vous voit dans le même arroi, jarretelles aux cuisses ; un homme dont l'attachement se manifeste, chaque soir, par un détachement de boutons, libérant un peu trop de ventre en face d'un peu trop de poitrine. On ne s'habille pas pour lui : on se déshabille. Le tailleur, c'est pour la crémière ; le tablier, c'est pour moi. Les magazines sur ce point la sermonnent en vain. Toujours trop sûre de moi, trop sûre d'elle, s'estimant casée, donc délivrée de la parade nuptiale, Mariette n'a plus guère souci de m'exalter.

Il y a cet autre relâchement : nocturne.

Oh ! Mariette ne me refuse rien et je tiens à me faire honneur. Mais enfin, à dix secondes près, face à face, puis dos à dos, on peut méditer sur le paradoxe : *Tu posséderas de moins en moins ce que tu possèdes de plus en plus.*

Soyons franc. Qu'une fois suffise le plus souvent et qu'elle ne soit pas quotidienne, après quatre-vingts mois de mariage, il n'y a pas lieu de s'en étonner. On dit même que la grande ressource des amours continues, c'est de s'armer de continence, pour se remettre en bel appétit. C'est un point de vue d'homme. Je ne crois pas que ce soit celui de Mariette, qui ne dit rien, mais qui remue dans son lit d'une certaine façon quand je ne l'ai pas touchée depuis trois jours. Elle préfère confusément la rente. La rassurante rente. Le rite, la preuve par la fonction. J'allais dire : le devoir. Je dis : la politesse. On serre la main des amis, on embrasse une tante, on baise sa femme. Qu'il soit plus facile d'avoir, sur commande, la bouche ouverte que le bras tendu, n'en soufflons mot : l'image est déjà détestable. Mais qu'il faille à cet effet employer l'artifice, pourquoi ne pas l'avouer ? Sur cent maris, je tiens le pari, en est-il deux qui sincèrement puissent prétendre ne s'être jamais efforcés ?

Je me crois bien constitué ; j'ai eu, j'ai, j'aurai encore — et j'espère pour longtemps — les moyens de l'espèce ; j'entretiens même sur le sujet une gaillarde métaphysique : je trouve que de tous les plaisirs c'est le plus constant, le plus gratuit, le seul qui ne se démente guère, qui ne trahisse pas ; le seul qui par nature s'associe au gentil peuple des sentiments, qui vous raccorde à vos parents, à vos enfants, à toute la vie, par lui transmise.

Mais justement, il transmet trop. On a beau s'en conter, on compte aussi ; sur des doigts qui deviennent moins frémissants. On sait ce que ça donne de se laisser aller. Et on sait ce que ça ne donne plus, ce que ça enlève à l'état de grâce de calculer son affaire : ce jour-là, quoi qu'on fasse, l'élan s'en ressent. Qui donc fait bien l'amour, *compos sui* ? Qui ne mérite pas le trait à double sens : *oleum perdidisti*. Voilà que je me réfugie dans le latin. Mais perdons la prudence...

J'avoue, chérie. Parce que je te dois ce que tu me dois, parce qu'il est d'usage d'y voir de l'ardeur, il arrive parfois que j'aie seulement envie d'avoir envie de toi. Pour me seconder, j'embauche d'abord le délicat. Oui. Son petit moyen, c'est la tendresse : une certaine tendresse, analogue à celle que nous vouons aux objets familiers dont nous nous sommes beaucoup servi, dont nous ne saurions ne plus nous servir sans nous détacher de nous-mêmes. Ce corps si lié

au mien qu'il y retrouve son odeur, ce ventre signé
par les grossesses, ce début de patte d'oie, au coin
de l'œil plissé pour moi par sept ans de sourire,
l'usure même en inspire un complément d'usage.

Malheureusement l'aide est fragile. Alors j'embauche l'indélicat. C'est lui qui soudain t'étonne,
te retourne, t'offre d'une fantaisie l'illusion virile,
parce que tu ne sais pas qu'ainsi c'est une autre
que je racole : complaisante, un peu putain,
déconjugalisée. C'est encore lui qui, par procuration... Eh bien oui, quoi ! On rêve. On substitue.
Je peux te tromper, chérie, avec toi-même. Tu
es ma fiancée d'il y a neuf ans, tu te laisses convaincre sur ce divan de la rue des Lices où tu
as failli me céder avant l'heure. Tu es Odile,
pas l'actuelle, mais l'ancienne, remise à plat dans
les jonquilles. Tu es cette petite avocate dont tout
le Palais est fou. Tu es cette petite garce de Simone, *pucelle ou pas, c'est selon, varions ce
lévirat,* pour qu'en toi, bien réelle, s'incarne une
aventure, dont, après tout, les joies sont innocentes.

Cinq avril. On se plaint de mal fonctionner et c'est à ce moment même qu'on fonctionne trop. Au temps des plaisanteries d'étudiant, un carabin de mes amis disait :

« C'est étonnant que mes confrères, si férus de statistiques, n'aient pas entrepris de savoir combien de fois un homme fait l'amour à sa femme avant de la rendre enceinte des 2,35 enfants que les Français acceptent et des 7,65 que, paraît-il, ils évitent ou refusent, sur les dix qu'en moyenne le couple pourrait avoir. Ça serait un intéressant complément d'information. A mon avis, compte non tenu des convictions, de l'ignorance, de la maladresse, qui l'aggravent, le risque chez les prudents est de l'ordre de un pour cent. Ça n'a l'air de rien. Mais la répétition... »

Un jour, trois jours, six jours de retard. La mine de Mariette s'allonge. Mme Guimarch survient, puis Gabrielle et elles ont de nouveau des airs discrets, elles tiennent de nouveau ces conciliabules au cours desquels, si je viens à passer, on me regarde de biais. A ce stade Mariette, qui, au début, m'alertait, a cessé de le faire. Il y a des méprises. Il y a des moyens, efficaces s'ils sont hâtifs (ou du moins réputés efficaces parce qu'ils sont hâtifs, parce que la nature se ravise). Je me tais, je fais le gros dos, je ne demande rien. Je cache ma satisfaction de n'avoir pas à m'en mêler, puisque Mariette ne le désire pas et ne veut avoir affaire qu'à son clan : ce clan que je trouve abusif et qui, pour une fois, me semble dans son rôle. Je me sens lâche. Je me sens tendre. J'enveloppe d'attentions une Mariette revêche, qui porte son inquiétude, qui balance entre deux sentiments, qui m'en veut de son état et s'en veut de m'en vouloir.

Quinze avril. Mariette a sans succès avalé quelques drogues. Les calculs se font moins discrets. Mme Guimarch me lance, de plein fouet, comme si j'étais dans le coup depuis le départ :

« Dix jours, c'est la limite. »

On téléphone, à des amies que j'identifie mal :

« Tu sais, je suis ennuyée. Tu n'aurais pas... »

L'amie n'a pas, mais en connaît une autre qui a. Ce qu'elle a n'a peut-être aucune vertu et des discussions feutrées, sur des exemples précis, s'éternisent. Enfin, au tardif douzième jour, une petite boîte arrive. Elle ne contient que trois ampoules au lieu des cinq dont l'effet était assuré décisif. Mme Guimarch emmène les enfants au Mail, tandis que Mariette, debout dans un coin de la cuisine, une fesse à l'air, se fait piquer par Gabrielle, qui n'hésite jamais, qui larde franchement, comme une infirmière, et remonte aussitôt le slip en grognant :

« Si j'avais eu quelqu'un pour m'en faire autant... »

Trente avril. Peine perdue. Il était trop tard ; ou le produit ne valait rien ; ou la quantité n'était pas suffisante. Mariette et sa mère viennent de rentrer de chez Lartimont où elles sont allées apprendre ce qu'elles savent. Je les entends piétiner en dessous dans la salle, en compagnie d'Arlette qui gardait les petits et de Tio, qui montre de plus en plus une passion de retraité pour venir aux nouvelles. J'expédie — lentement — une cliente : la femme d'un petit escroc aux assurances qui depuis une heure cherche à m'intéresser au cas de son mari et à repousser le versement de la provision. Enfin, elle s'en va. Je descends. Je comparais. Nicolas armé d'une de ces éternelles sucettes que sa grand-mère lui met en main, l'englue avec gratitude ; Loulou biberonne sur les genoux d'Arlette. Mariette se tasse dans un fauteuil, repliée sur l'invisible troisième. Ah ! nous sommes loin de la première annonce faite au mari lors de la bienheureuse conception de Nico !

« Vous avez gagné », dit Mme Guimarch.

De cette dame, qui fit cinq enfants — plus, je crois, deux fausses couches —, l'œil est sévère. Elle a oublié. Ou plutôt non, elle n'a pas oublié.

Elle me fait la scène qu'elle fait à Eric et qu'elle a dû faire plusieurs fois à son mari, à partir du moment où s'est trouvé dépassé « le choix de roi », le compte parfait du gamin et de la gamine. Il est entendu que, si une jeune fille a un enfant, c'est elle qui a fauté. Il est entendu que, si une jeune femme en a un de trop, c'est le mari qui est coupable. Célibataire, l'une a provoqué le tir. Mariée, l'autre le subit ; innocente et passive comme un carton, elle est toujours au stand où l'homme, ce grand concupiscent, ne cesse, pan, de lui faire mouche dans le six. On ne le dira pas, non. On le pense à peine. Mais ça flotte dans l'air, autour du gonfleur-maison. Ça flotte au sein de l'indulgence, qu'inspirent tout de même l'obstination et l'excuse du devoir accompli et la morale plus que sauve et la présence des gentils chéris qui furent mes premiers résultats.

« Que voulez-vous, dit Tio, lourd comme un homme l'est d'ordinaire en ces instants délicats, un gendre, c'est fait pour engendrer. »

Il insiste, le malheureux :

« On ne peut tout de même pas délivrer une femme sur ordonnance. Avec mode d'emploi. Et posologie... »

Personne ne rit. Et je vais être aussi sot que lui. Au lieu de céder à ma première inspiration, qui était d'aller embrasser ma femme et de la féliciter — ce que fera poliment le premier venu, — me voilà qui me trouve soudain ridicule et qui m'arrête, pour souffler :

« Qu'est-ce qu'on fait ?

— Et qu'est-ce que tu veux qu'on fasse ? » dit Mariette.

Reine, avec moins d'excuses, a donné l'exemple et je connais au moins trois adresses, à peine clandestines, où sont allés sonner, un jour ou l'autre, la moitié des ménages que nous fréquentons. Nous pouvons encore nous débrouiller. Mais le regard de Mariette, qui tâte le mien, ne me demande rien de tel. Je jurerais même qu'il s'excuse. Cet enfant, elle ne l'accepte pas d'enthousiasme Mais elle a pris son parti. Elle ne tentera rien de plus. Et sa mère, et ses sœurs, d'accord pour forcer un peu la nature, voilà quinze jours, le sont maintenant pour laisser courir. On bougonne en chœur, voilà tout.

« Ma foi, tant pis ! dit Mme Guimarch.

— Si encore j'étais sûre que ce soit une fille ! » dit Mariette.

Elle allait être comblée.

Mais après une grossesse bien plus difficile que les précédentes, avec masque, crampes, nausées, décalcification provoquant une certaine surdité à droite : une grossesse que les enfants rendirent encore plus pénible en choisissant cette période pour faire successivement la rougeole et la coqueluche. Je passe sur l'aigreur. Durant quatre mois elle ne se démentit pas. J'entendis bien cent fois la confidence, soufflée aux visiteuses :

« Mon mari n'est pas fier, vous savez ! »

Elle n'arrêtait pas, même devant les petits, même devant ses nièces, déjà grandelettes et dont les neuf, huit et sept ans tendaient de fragiles oreilles, ourlées de rose, étonnées d'entendre Gabrielle, leur mère, pourtant si mère, faire chorus et du même coup, sans s'en rendre compte, enlever de la nécessité à leur présence sur la terre. Je commençais à m'inquiéter lorsqu'un petit incident me rassura. Je m'en souviendrai longtemps. J'étais là. Nico sur les genoux, ayant

de filer à la prison voir un détenu, je sifflais
mon café. Mariette venait de rendre son déjeuner.
Elle gémissait, en me regardant de travers.

« Quand je pense qu'il me reste encore cinq
mois ! »

Soudain elle porta les deux mains à son ventre.

« T'as encore mal ? » fit Nico, sautant sur ses
pieds.

Il la regardait, campé dans sa culotte, avec ce
regard froid des petits garçons que, seuls, trahis-
sent des cils frémissants.

« Non, dit Mariette, l'enlevant d'un tour de bras,
c'est la petite sœur qui bouge. »

Elle était rouge et comme confuse. Elle n'ajouta
rien. Mais ce fut la fin de ses refus que remplacè-
rent, en moins d'une semaine, tous les courages
de l'attente : avec les mièvreries d'usage, bien
sûr, coupées de réflexions aigres-douces. Les trésors du magasin de la rue des Lices n'empêchè-
rent point les tricoteuses de se mettre en branle,
une fois de plus et Nico, qui s'en étonnait, *puisqu'il y a tout chez mémère*, s'entendit répondre
que *la mère moinette, de préférence, se tire sa
propre plume pour en faire un nid.* Pour le même
Nico, Mariette, estimant lui devoir des explica-
tions, retravailla l'image, commenta son état, par-
la de couvée, de mise au chaud près du cœur de
maman : non sans choquer la pruderie de sa mère,
qui triompha — *Voyez où ça mène, les méthodes
d'aujourd'hui !* — quand l'intéressé, peu satisfait
de ce poétique A B C d'éducation sexuelle et courant d'instinct à l'essentiel, demanda rudement :

« Et comment que tu l'as mis dedans ?

— Oh ! ça c'est le plus facile ! » dit Mariette, effarée.

J'étais là, cette fois encore, et ce fut moi qui me lançai dans une confuse parabole où la terre, qui est la mère, recevait le plant, qui vient du père. Je bafouillai sur le plantoir. Mais je m'en tirai, vaille que vaille, étonné de mon insistance à ne point paraître en l'affaire un trop nourricier Joseph, à bien prouver à mon fils que les Nico, si c'est maman qui les achève, c'est bien Papa qui les commence. Et mon bout d'homme, content d'être, parut content de moi, tandis que Mariette, haussant doucement une épaule, souriait, convaincue par le dedans de l'exorbitant privilège de son sexe :

« Si tu veux finir Marianne, dit-elle, moi je veux bien.

— Tu l'appelles Marianne ? » dit Nico.

D'un coup de menton, Mariette fit oui. C'était la première fois qu'elle imposait le prénom. Je ne sourcillai point, songeant qu'après tout me restait le patronyme. Maria (le prénom de sa grand-mère), Marie (celui de sa mère), Mariette, Marianne : ainsi se perpétuait la variante mariale, venue de chez les Meauzet. Ainsi ma fille, forcément Bréfaudeau jusqu'à son mariage mais gardant à vie son prénom, assurerait-elle cette autre filiation — de corsage en corsage — qui concurrence toujours un peu la nôtre. Mariette prenait option sur sa fille.

Mais, je l'ai dit, elle fut comblée : elle en eut deux et le berceau de Marianne fut doublé d'un berceau pour Yvonne.

A vrai dire, quand Lartimont, sûr de son sté-thoscope, eut trois mois avant terme annoncé des bessons, le coup fut dur à encaisser ; le concert des lamentations reprit. Quatre enfants en bas âge, c'était vraiment, pour des années, réjouissan-te perspective ! Ce Bretaudeau, dernier de son espèce et qu'on avait soupçonné d'impuissance, devenait aussi lapin qu'Eric. Mme Guimarch, avec regret, rapporta que la tante Meauzet avait laissé entendre qu'une fortune ne s'émiette pas aussi facilement qu'une marmaille. Ce souci me touchait peu. Un peu quand même : dès que nos charges s'alourdissent, la fierté devient légère et fait bour-geoisement flèche de la moindre espérance. Dans l'immédiat je ne voyais pas comment suffire. Dé-linquance et chicane n'avaient aucune raison, en ma paisible ville, de connaître une recrudescence propice à mon budget. Seul, Tio — qui n'aime pas me voir lâcher pied — me remonta agressive-ment le moral :

« Que veux-tu, on épouse aussi la famille ! Celle de sa femme, d'abord ; et puis celle qu'elle se met à fabriquer. Plains-toi ! Te voilà, d'un coup, avec 40 % sur la S.N.C.F. »

Et quand, mêlant à la peur le scrupule, père na-vré de l'être tant, mais aussi de ne pas l'être assez, je m'inquiétai devant lui de l'accueil un peu frais, sans doute, réservé aux jumelles, il éclata de rire :

« Penses-tu ! A partir du second, les femmes, ça râle toujours. Mais dès qu'ils sont là, leurs moufflets, elles jubilent. Nous avons le cœur sous le portefeuille, qui se dégonfle. Elles l'ont sous le sein, qui gonfle. Tu vas voir... »

Je vis.

Dès la première visite à l'accouchée, je tombai sur la tribu, complète et dans l'extase. Il n'y avait pas assez de jumelles pour contenter toutes ces bouches, avides de suçoter. Pas désirées, mes filles ? Voire. On ne désire pas toujours ce qu'on n'a pas. Mais, ce qu'on a, ne désire-t-on pas le garder ? Tout était oublié, y compris, le très sûr, le très vaste programme de soins, de frais, de veilles, de longs emmerdements. Je fus même félicité. Et dans l'instant tout chaud, tout chose, je trouvai naturel d'entendre Gabrielle murmurer, jalousement penchée :

« C'est idiot. Mais je recommencerais bien. »

1962

Sur ma table, la facture de la compagnie des Eaux. Je ne m'étonnerai pas du chiffre qui est gros.

Ce bruit fluide qui court le long des tuyaux, qui les fait frémir dans toute la maison, quand un robinet est ouvert et qui se termine par un léger coup de bélier, quand le robinet se ferme, c'est le leitmotiv ; et je n'ai pas besoin d'entendre, proche ou lointaine, franche ou assourdie, la chute de l'eau dans le faitout, la bassine, le lavabo, le bidet, la baignoire, le bac ou l'évier. Je sais. Il y a du monde dans la maison ; il est telle heure ; et tel jour dans la semaine. Le débit dit tout : l'intensité ménagère, son infini fractionnement, ses heures de pointe, ses rares repos ; et notre nombre auquel il est proportionnel ; et même notre âge, l'enfance — à petite surface de peau — se barbouillant si fort qu'elle tire plus que nous sur le compteur.

Des réalités quotidiennes, en famille, l'amour

n'est pas la mesure. Disons que c'est le nimbe : petit soleil à éclipses dans le meilleur des cas et, dans les autres, plus ou moins rond de fumée. Quant à l'argent, incessant, concret, résumant bien cette quête et cette fuite des moyens qu'exige la vie commune, il est vraiment trop décimal. Le bon étalon, c'est l'eau. Triviale et poétique. Qui rafraîchit, qui filtre, qui échaude, qui dissout, qui égoutte, qui dilue, qui trempe, qui bout, qui glace, qui asperge, qui barbote, qui dessale, qui lave, qui rince, qui arrose. L'eau qui le long du plomb invisible, comme le courant le long du fil électrique, jaillit soudain, sort du brise-jet, pure, pour mille services impurs et, vite immonde, parce que chargée de nous, retourne sous la terre par le tout-à-l'égout. L'eau de vaisselle, l'eau de lessive, l'eau de cuisson, l'eau de boisson, qui sent le chlore au robinet, mais qui sera Evian pour verre d'enfant ; l'eau de lavabo (consommée bas, consommée haut, pour le visage, pour le bas du dos) ; et après ces eaux en gros, l'eau de détail, l'eau qu'éponge la serpillière, l'eau des jus, des sauces, des infusions, des tisanes, l'eau du sirop dans les bocaux, l'eau de la chasse d'eau, l'eau bénite, l'eau de la pattemouille et ce qu'il y a d'eau dans l'eau de Javel, dans l'eau oxygénée des bobos, dans les postillons des bavardes comme dans les gros chagrins et les petites précautions...

Je plaisante. Il n'y a pas de quoi plaisanter. Toute cette eau qui passe, qui passe et qui fait du mètre-cube, toute cette eau, matière première de la femme, c'est Mariette qui l'utilise. Elle sait mieux que moi ce que ça veut dire, ce qu'elle y noie de temps et de peine, pour que le volume ait triplé...

POUR nos pères, parce qu'ils étaient distraits, augustes, enclins à n'assumer que les « responsabilités supérieures », indifférents à tous les problèmes qui se situent « à hauteur de bonne... » Pour nos pères et un peu aussi pour nous, leurs fils, qui nous souvenons de leur empire, qui le trouvons moins insupportable maintenant que nous pourrions l'exercer, il a existé (il existe encore pour quelques colons domestiques) de charmants tableaux de famille : où l'on voit un époux sérieux, calme, bien boutonné, l'air absorbé par de grandes tâches, un homme qui à l'évidence possède toutes les qualités fortes, se pencher sur une épouse d'un huitième plus petite, d'un quart plus jeune (prudence ! La beauté passe, plus vite que la vigueur) et dont nous savons par les descriptions des auteurs qu'elle a toutes les qualités faibles, pudeur, douceur, fidélité, piété, gentillesse, sans oublier la discrétion dans l'élégance, la dignité dans l'aisance et ce rien de cigale sur fond fourmi qui permet de bien recevoir, de pailleter la politesse, d'habiller à ravir, pour quatre sous, ces enfants sages, proprets, capables de dire *Bonjour madame* et au moindre bonbon *Merci madame*, comme de disparaître au premier clin d'œil, pour aller sans bruit, sans murmure, se jeter sur leurs leçons.

Vous avez le droit de rire.

Pour nos femmes, en effet, il existe un tableau plus moderne, très apprécié des magazines : où près du mari chéri, bon gagneur, bon amant, bon consort, seulement carré d'épaules, s'épanouit la jeune mère, tendrement souveraine ; libre parmi de libres enfants ; sachant quelle chance elle a comme Paola de posséder en eux ce qui manque tant à Fabiola ; saine, il va de soi, et belle aussi, car pour se défendre elle a tout ; cultivée, car elle lit tout ; efficace, car elle sait tout et peut d'un doigt posé sur les boutons qu'il faut, sans aide, comme sans fatigue, mettre en branle cette armée d'appareils qui livrent du linge blanc, du cheveu sec, du potage mouliné, du parquet luisant, du gigot en tranches, du café ou de l'information bien filtrée.

Cette fois, vous ne pourrez que sourire. N'est-ce pas le programme de la super-machine à rendre la femme heureuse qu'est devenue la « communication de masse » des fées publicitaires ? Moi-même, qui les moque humblement, je rêve de leur baguette ; j'abdiquerais volontiers (?) ce qu'il reste du maître pour le rendre faraud de cette maîtresse de maison ; et je m'étonne et je m'afflige et je m'accuse de n'avoir pas pu, de n'avoir pas su m'installer dans ce contexte, de laisser ma femme me donner un spectacle si différent.

Maintenant c'est simple : il n'y a plus de Mme Bretaudeau ou presque. C'est à peine si Mariette l'est une heure par jour, quand elle sort les enfants ; et encore, comme elle se nippe souvent à la diable, peut-on s'y tromper, la prendre pour une gouvernante de bonne maison. Si j'excepte quelques vives échappées vers les grands magasins, Mariette est devenue une de ces femmes invisibles comme en ont la moitié des Angevins, une de ces femmes bloquées dans le champ de gravitation intense de la famille, qui concentre leur espace sensible en raison directe du nombre de gosses et en raison inverse du carré de l'éloignement.

Moi-même je ne la rencontre plus guère. J'aperçois à peine, de temps à autre, la Mariette coiffée, habillée, destinée à plaire, la femme en repos faite pour le mien. Entre elle et moi, il y a toujours du tablier et autour du tablier un cercle d'ustensiles en action. Ses mains sont des outils ; ses yeux des voyants de contrôle. Mariette, d'abord, est sa propre bonne : une bonne à plein temps qui passe pour une privilégiée parce qu'elle a une femme de journée, qui l'aide quatre heures par jour, au tarif syndical, quand elle-même en fait douze gratuitement. Certes, elle abandonne aussi quelques tâches au 220.

« Toutes ces mécaniques, lui a dit tante Meau-zet, ça simplifie bien les choses.

— Oui, a répondu Mariette, avec une machine à déshabiller, une machine à cuisiner, une machine à faire le marché et quelques autres du même genre, sans oublier un œil électronique dans le dos 'pour la surveillance, ça pourrait aller.

— Tu t'ennuierais ! » s'est exclamée la tante.

Le mot a fait fortune, à la maison. Quand d'aventure Mariette s'assied un instant, pour souffler, elle ne tarde pas à rebondir de sa chaise :

« Allons ! Cessons de nous ennuyer. Je rejoue. »

Quelquefois, elle ajoute :

« Je deviens imbattable à ce jeu-là. »

Et c'est vrai. De geste en réflexe, Mariette (regardez-la, cra-cra-cra, couper les pommes de terre) parvient à des virtuosités dont elle se flatterait, si ce n'était l'usage en notre distinguée société de les considérer comme ancillaires. Elle ne déteste pas toutes ses tâches. Elle n'en déteste pas l'ensemble, même lorsqu'il lui arrive de crier :

« Ah ! J'en ai assez, je démissionne... »

Mais désormais elle est abrutie par la répétition. Elle se sent engloutie dans le servile. Elle le reconnaît, du reste. Elle le dit. Elle le répète même avec insistance, où perce un certain goût de jouer les victimes. Nul ne la complimente impunément sur son ménage. Tio survient, quand elle repasse, admire son coup de fer :

« J'étais faite pour ça, hein ! » dit Mariette.

Tio insiste, pointe le doigt vers un col de che-

mise, le compare au sien qui plisse aux pointes.
Mariette s'exclame :

« C'est qu'elle n'a pas son bac, votre repasseu-
se ! Moi, j'ai fait huit ans de lycée pour en arriver là. »

Tio d'ailleurs, pour les doléances, c'est l'oreille
favorite. Mme Guimarch ou Gab sont déjà convain-
cues et depuis longtemps résignées. Tio, lui, a le
cœur tendre des militaires qui n'ont jamais fait
turbiner que des hommes. Il n'a jamais été marié.
On peut tout lui dire, sans l'offenser, même ce qui
m'offenserait. On sait bien que, par ses soins, ça
me reviendra, bien enveloppé. Tio a droit aux belles
formules :

« Oh ! là ! là, le mariage, mon oncle ! On s'en-
gage comme âme sœur, on se retrouve sœur con-
verse. »

Il a droit à des considérations précises :

« Faire toujours la même chose, passe encore !
Ce qui me tue, c'est la série. Quand j'ai du slip à
laver — et il faut voir ce que c'est, avec Nico, qui
mériterait qu'on lui mette le nez dedans — quand
j'ai du slip à laver, forcément, c'est une demi-douzaine...

— Oui, dit Tio, glissant vite aux idées générales, le pire, c'est le coefficient. »

Ce mot-là, aussi, a fait fortune chez nous. *J'ai
mon coefficient*, fait observer Mariette quand nous
sommes tous là. Et la soupière, quand l'étranger
la considère (ce qui est rare), appelle la remarque : *C'est qu'il en faut pour mon coefficient !*
Selon le jour, le ton est très différent : gentillet,

las, orgueilleux, tendre, hargneux, indifférent.
Ce qu'elle pourrait faire dire aux chiffres, Mariette ne l'a sans doute jamais calculé. Mais moi j'y
songe quand, incessante, elle coupe tant de morceaux, elle brosse tant de manteaux... Le coefficient ! Il est lui-même redispersé par les multiples.
Si du simple quatre relèvent les bouilles à débar-
bouiller, en relèvent également les oreilles, les
mains, les pieds à laver (quatre fois deux huit), les
ongles à curer (quatre fois dix quarante) ou encore les dents, de compte imprécis à cause des dents
de lait. Si du simple six relèvent les taies d'oreillers, les mouchoirs, le coefficient rencontre un
exposant pour les chaussures (six exposant deux),
pour les assiettes (à soupe, à viande, à dessert : six
exposant trois). Et ce n'est rien à dire : un autre
aspect de la question l'aggrave. Le matin, nous
sommes encore six au petit déjeuner. Mais je
prends du thé, Mariette du chocolat, Nico du
Banania, tandis que les trois derniers en sont
encore à la blédine. Le nombre s'affole dans la
diversité.

MAIS pourquoi en remet-elle ?

Cette question, je ne la lui ai pas posée. Ce n'est pas possible : elle ne la supporterait pas ; sa mère encore moins. La mienne elle-même partagerait sur ce point l'indignation des femmes censurées dans leur zèle. Voilà une fille qui s'éreinte et j'irais, plein de gratitude, me plaindre qu'elle exagère ! J'aurais bonne mine. Il serait trop facile de prouver qu'au contraire, à son grand regret, sur certains points, Mariette loin d'en remettre se trouve obligée de laisser aller. Ce qui est vrai. Ce qui me forcerait, pour rester franc, à devenir tout à fait odieux, à dire que justement, sur ces points-là, la négligence de Mariette me navre, qu'à mon avis il valait mieux céder sur d'autres... J'entends les cris ! *Quoi ? Quels autres ?* Il faudrait préciser. Il faudrait en avoir le courage ou, plutôt, la cruauté. Si elle n'a pas choisi de céder sur ces points-là, ma femme, c'est que ce sont précisément ceux où elle en remet ; donc, qui lui tiennent à cœur ; donc, indiscutables, à moins d'ad-

mettre que je me sente lésé, que je plaide pour
mon saint, que je sois un égoïste, que le père en
moi ne vaille pas la mère en elle...

Car il s'agit des gosses. Cessons de tourner autour, avec confusion. Il s'agit des gosses. Voilà,
c'est dit. Je suis un père qui trouve que leur mère
en fait trop pour eux. Je ne dis pas qu'elle n'en
fait pas assez pour moi. Non. Encore que... Mais
passons. Ce qui m'exaspère, c'est de voir Mariette, non seulement installée dans l'esclavage,
mais incapable de s'ôter la plus petite occasion de
l'alourdir.

J'en ai fait la remarque à Tio. Il a froncé le
sourcil. Il a grogné :

« Exemple ? »

Et je me suis trouvé pris de court. Des exemples. Ils surabondent. Mais ils sont toujours très
minces. Un seul ne signifie rien. Il faudrait en ci-
ter cent. Le premier venu — mais était-ce le premier venu ? — m'a pourtant semblé péremptoire :

« Eh bien, tenez, les smocks... Elle est enragée
de smocks ! Elle bâille, elle a les paupières qui lui
tombent sur le nez, mais tous les soirs en ce moment, une fois couchée, elle brode des robes pour
les petites.

— Et tu attends ! » a dit Tio.

Oui, j'attends. De pouvoir dormir. Et l'heure
s'use, que jadis nous estimions la meilleure ; que
nous passions, parallèles, à respirer, à murmurer,

dans la même ombre ; qui maintenant me semble longue; et qui me voit endormi, sur la gauche, quand elle renonce, les yeux brûlés, pour se coucher sur la droite.

Passons. C'est sûr, il lui faut des poupées, bichonnées, avec des choux, des nœuds, des fronces, des franges, des jupettes à plis, de tendres chemisettes et de la boucle qui tombe dessus : tout ce qui demande un raffinement de l'aiguille, du fer, du peigne fin, tout ce qui réclame la brosse douce et la mousse de lavages compliqués. Déjà, je trouvais les garçons trop minets dans les petites culottes de velours, qui découvrent de la cuisse si fraîche, mais s'usent plus vite que le parquet ; je me disais qu'une salopette leur donnerait l'air plus malin, plus mâle, en modernisant la tradition rustique du sarrau gris dont nos mères, pas folles, ensachaient ces gaillards-là.

Pas question. Vive le mignon ! Avec les filles, c'est devenu du délire, de la culture de fleurs au sein de l'ouragan. Je ne nie pas qu'au passage, cueillant l'une, cueillant l'autre, j'aime frotter de la barbe aux joues de ces minaudières qui pépient :

« Papa, tu piques ! »

L'osculation est déjà toute Guimarch : appuyée, prolongée. Mais ces ventouses roses m'engluent de je ne sais quoi. Le derrière est, dans ma main, humide. Le reste est du chiffon qui grouille. Mariette survient, se récrie, s'empare du paquet, chan-

ge la robe pour une autre bien repassée, la culotte
pour une autre bien blanche, repeigne, refait le
bouquet, le hume, l'aspire, le lâche enfin dans la
nature et gronde, tournée vers moi :

« Tu te rends compte ! C'est la troisième fois
que je la change aujourd'hui. »

Et les jouets ! N'est-ce pas aussi un exemple ?
Je dis même que c'est un scandale, un gaspil-
lage organisé. En avions-nous le dixième ? Etions-
nous plus malheureux ? Nos parents, relayés par
nos parrains, étaient-ils moins chaleureux ou
moins bêtes ? Quelles sommes leur avons-nous
épargnées, nous qui aimions inventer nos simula-
cres ? Oui, je sais, depuis lors, s'est montée l'indus-
trie des loisirs et, à l'étage au-dessous, celle du
jouet. Mais ce qu'il y fond d'argent m'ahurit, autant que la sottise des donateurs, aux cadeaux toujours en avance sur l'âge des donataires. Je vois
ces meccanos dont le balai emporte les vis ; ces
ménageries dont les fauves à pattes cassées sont
censés dévorer les moutons de la ferme ; ces épi-
ceries qui se regarnissent à la cuisine de sel, de
riz, de mie de pain, vite absorbés par les rainures
du parquet ; ces grues, ces tanks à piles défuntes,
tractés par des bouts de ficelle ; ce sublime ensemble ferroviaire — avec grand huit, signaux, tunnel
et transfo — dont personne ne sait se servir, sauf
Tio ou moi, qui n'arrivons jamais à rassembler les
pièces éparses. Je vois tant d'autos miniatures, de

baigneurs, de nageurs, de poupards désossés qui
naguère fermaient les yeux, disaient maman, faisaient pipi ; et tant de pâte à modeler, éperdu-
ment créatrice, jaspée par les mélanges, en bou-
dins, en crottes, en médaillons collés au tapis ; et
proposés par tant de marques sur d'astucieux car-
tonnages, tant de découpages éparpillés, avec ce
qu'il reste des jonchets *made in Japan*, des com-
binés *made in Germany*, des cartes, des pions, des
billets de la banque du Petit-Monde ; et surtout,
partout, criant du vert, criant du jaune, criant du
rouge, cette marée de plastique : bibelots de quatre sous, bricoles indéfinies, réglettes, mini-sol-
dats de vinyle, ardemment exhumés du fond de
trente-six boîtes pour être aussitôt cassés, oubliés,
abandonnés sur le tas multicolore... Assez ! Assez ! N'en jetez plus ! Mais en voilà encore, mais
en voilà toujours. Le ciel polymérise pour les enfants du siècle. Mariette rentre. On se presse, on
poussine autour d'elle qui aime tant faire la fée,
qui, sans attendre d'en avoir besoin, décortique
des paquets de lessive en disant naïvement :

« Je les prends toujours par quatre, pour qu'ils
aient chacun leur surprise. Ça les fait tenir tranquilles cinq minutes. »

Ce que démentent aussitôt les cris d'Yvonne, qui
voulait le Pluto et qui a eu le Bambi.

Et nos menus ?
Jambon, escalope, œufs à la coque ou œufs à

plat (comme disent les petits), omelette (de partition moins aisée, contestée, à cause des pointes qui rétrécissent le morceau), nouilles (la coquillette de préférence, qui s'enfourne sans incident), purée de pommes de terre.

Et sur toute la gamme $C^{12} H^{22} O^{11}$: entremets, confitures et gâteaux.

Et la conversation conjugale ?

Comme la cuisine, la voilà simplifiée, ramenée au niveau de l'enfance. Tio lui-même en convient :

« J'imagine, dit-il, que le massacre des saints Innocents en Judée avait pour quelques années fait monter le niveau culturel ! »

Et nos sorties ?

Les voilà aussi rares que sont devenus les amis. Il en reste, du genre Tource, avec qui le dialogue (voir plus haut), de mère en mère, demeure rebondissant ; et qui ont la télé pour boucher les trous.

Mais quand nul n'est enrhumé chez les uns comme chez les autres (chance — ou plutôt malchance — calculable : 6 Bretaudeau, 6 Tource, à 10 jours de coryza par tête, en voici donc 120 — un sur trois — de fichus), quand les maris sont disponibles, quand les femmes sont disposées, quand ce n'est ni lundi (jour de fermeture des

boutiques), ni jeudi (jour réservé aux enfants), ni
dimanche (jour réservé aux parents) reste le problème majeur : la garde. Arlette est moins libre
depuis que, lasse d'attendre un mari (que cette
situation, sait-on jamais, pourra tenter) elle a repris la gérance de la succursale. Simone ne cache
plus que, des neveux, elle en a jusqu'aux yeux.
Mamoune a moins d'entrain, se laisse parfois
clouer par la sciatique. Grand-mère se couche tôt
et elle est bien austère. C'est Gab, la surchargée,
qui vient le plus souvent, laissant sa fille aînée,
Martine, précocement impérieuse, sérieuse et ménagère, caporaliser — père compris — le reste de
la smala. Enfin quelquefois, Mariette, sans enthousiasme, s'adresse à l'Aide familiale, embauche une
étudiante, qu'elle assote de recommandations :

« Surtout, s'il y a quoi que ce soit, prévenez-moi.
Appelez le 22.14. Ne donnez rien aux petits. N'ou-
vrez pas les fenêtres. Mais laissez les portes en-
trebâillées et jetez un coup d'œil tous les quarts
d'heure. Marchez doucement. Loulou a un sommeil d'oiseau. »

Longuement attardée par d'ultimes étreintes,
Mariette, enfin, s'en va, tirant le pied à chaque
pas, comme si la retenait quelque long élastique.
En arrivant, elle murmure avant de sonner :

« Pourvu que Marianne n'en profite pas pour
me faire une crise d'acétone... »

Une heure plus tard dans l'euphorie entretenue
par les confidences de Françoise Tource sur la
gastrite de son dernier, elle n'y tient plus, elle
guette du regard. Françoise comprend, lui souffle :

« Tu veux donner un coup de fil ? »

D'un bond, Mariette est au téléphone. Elle s'indigne parce que ça sonne longuement :

« Quoi, c'est insensé, cette fille dort. »

Non, elle répond. Tout va bien. Mariette se rassied, jette un œil sur le feuilleton télévisé ou consent à écouter Tource dans un numéro d'imitation de son directeur. Avec un sourire tendu, avec un doigt sur la bouche, instinctivement, quand fuse un éclat de voix. Et, très vite, elle sera sur le bord du fauteuil, presque levée, la paupière aux aguets, attendant le chocolat glacé ou l'orangeade finale, la bien-nommée « boisson longue » dont les hôtesses polies se servent pour donner le signal du départ.

Et nos réceptions, aussi rares, en tous points semblables, à ceci près que les rôles sont renversés ? Et que, ces jours-là, la pendule de la salle avance toujours de vingt minutes.

Et cette façon de juger nos visiteurs, en vertu de la chanson *j'ai apporté des bonbons ?*

La cote de Gilles, notre familier le plus tenace, est haute, parce qu'il n'oublie jamais.

Et ces inspections minutieuses de tous les orifices, cette chasse au bouton du bout des doigts glissant sur la peau de pêche, ces enveloppements dans la serviette-éponge, ces longs séchages après le bain-bain ?

Et cette débauche de gouttes, de suppositoires, de fumigations au moindre rhume ?

Et cette excuse devenue refrain quand je retrouve la salle sens dessus dessous :

« Que veux-tu ? Il faut bien qu'ils s'amusent. »

Et ces cavalcades du matin pour conduire Loulou à la maternelle et revenir au galop chercher Nico, qui commence à la même heure, qui pour aller à l'école — comme pour en revenir — ne saurait traverser la rue sans sa main ?

Et ce dévorant souci d'ubiquité qui lui fait monter, qui lui fait descendre sans arrêt l'escalier, qui la fait ricocher de pièce en pièce, alertée par le bruit comme par le silence et follement anxieuse de savoir « ce qu'ils font » ?

Je disais que Mariette en fait trop. En vérité, elle ne s'autorise plus à vivre.

A MA gauche, Tio mastique : avec ce bruit particulier que lui vaut un rhumatisme de la mâchoire ;
à ma droite ma mère, dont je me suis toujours
demandé de quoi elle vivait, grignote. C'est leur
dimanche, en principe réservé à raison d'un sur
quatre. En face de moi Mariette est encadrée par
ses filles, perchées sur leurs chaises hautes. Les
garçons sont aux bouts de table. Cette disposition
fait fi de tout protocole, mais comme Mariette se
refuse à faire manger les enfants avant nous —
ce qui ne se fait pas chez les Guimarch — il faut
bien nous plier aux nécessités du nourrissement.
A ceci près du reste il serait impossible de se
tromper sur les lieux : bavard, bon enfant, ponc-
tué de rires douillets, dépourvu de toute réserve,
le laisser-aller de la rue des Lices, qui épanouit ma
femme, ne lui donne jamais cette ankylose du cou
que la cuillerée pour Yane, puis la cuillerée pour
Vonne font virer sans le déraidir. L'allégresse de
Tio n'y peut rien : elle n'est pas de même nature :

« Ce jugement du 2, j'adore ! dit-il. Te voilà en-

tré dans les annales. Grâce à toi, on saura que
même les brouettes doivent être éclairées la nuit. »

Encore trois coups de fourchette et nous arrivons au référendum du 8. Le colonel avoue que ça
lui a coûté de voter oui, qu'il ne peut pas se faire
à l'idée que ses pairs ne boiront plus d'anisette à
Sidi-Bel-Abbès où il a tiré cinq ans. Et hop ! nous
voilà en plein ministère Pompidou. Mariette qui
brodait sur le tout de la parlote alimentaire — à
voix basse : *Encore un peu de veau ? Voyons, Nico,
ne pousse pas avec tes doigts* — dresse l'oreille.
Si elle tient beaucoup à son droit de vote, elle oublie souvent de l'exercer, l'urgence d'un scrutin
cédant à celle d'une lessive. Mais son nationalisme
local est vif :

« Deux ministres angevins, dit-elle, on n'a jamais vu ça ! Il y en a même un qui sort de Mon-
gazon, comme Abel. »

Ma mère se tait, prudente. Elle sait que le colonel a des idées de colonel, les Guimarch des idées
de boutiquier, mais que dans ce pays les luttes
entre variétés de blancs peuvent mettre une famille à mal. Inutile souci : du ministre de la Justice, Tio, redescendant la voie hiérarchique, en
arrive au juge Coulomb dont la femme vient d'accoucher de son treizième :

« C'est curieux, dit Tio, il y a vingt ans, on s'en
vantait, on avait le dard épique ! Aujourd'hui, Coulomb, c'est tout juste s'il ne se cache pas.

— Et moi qui me plains de ma kyrielle ! » dit
Mariette.

C'est un mot qu'elle affectionne : tout droit

venu du *kyrie eleison*, Seigneur, ayez pitié de
nous ! Pourtant, chaque fois qu'elle le prononce,
c'est plus fort qu'elle : son regard fait le tour et
quatre fois comblé exprime un sentiment qui n'a
rien de plaintif. *Husch*, comme disent les Anglais.
Nous en sommes au dessert et les quatre regards
des quatre regardés, eux aussi, enguirlandent leur
mère, qui, louche en main, commence par les servir :

« C'est votre fameuse crème famille ! dit ma
mère — qui attend et dont les paupières se sont
un instant bloquées.

— Oui, dit Mariette, Abel ne peut pas la souffrir, mais c'est la folie des enfants. »

Je lorgne le mélange. Ça contient un arc-en-ciel
de fruits confits hachés, ça ressemble à de la cas-
sate qui aurait fondu. Déjà, nous abandonnant la
louche, Mariette enfourne, côté Yane, raclant autour de la petite bouche, rattrapant d'un preste
bout de cuiller de délicieuses rigoles. Nico s'affaire, tout seul, lapant, claquant de la langue. Ma
mère tique.

« Voyons, Nico ! » fait Mariette, avec l'indulgence plénière que lui inspire tant d'enthousiasme.

Mais la voilà qui s'assombrit. Quoi ! Immobile,
Loulou reste figé devant son assiette.

« Je n'ai pas mis d'angélique, dit-elle. Tu vois
bien, il n'y a pas de vert. »

Peine perdue. Loulou, qui n'aime pas l'angélique, reste de bois.

« Qu'est-ce qu'il a encore, ce Hutin ? murmure
Tio.

— Je ne peux pas en faire manger trois », dit Mariette.

L'étonnant, chez ma femme, c'est qu'elle devine si vite et comprenne si peu. Car elle a mis le doigt sur la plaie. Depuis qu'il n'est plus le petit dernier, Loulou de temps en temps pique une tête dans le caprice. Traduisons. La crème et la tendresse, pour Loulou, sont une seule et même chose : le nanan, sous deux espèces. Il n'en sait rien, mais son silence le clame : *Je suis un petit garçon torturé par l'amour. Pourquoi ne me fais-tu pas manger, moi aussi, comme les filles ? Je n'en veux pas de cette saleté, qui n'est pas sucrée de toi.* L'ombre de M. Freud plane sur une scène passionnelle.

« Il va manger avec moi », dit ma mère, étendant la main.

Hélas ! S'il s'agissait de mémé Guimarch, le relais serait possible. Mais grand-mère est une dame en noir aux douceurs méconnues.

« Non ! » crie Loulou qui, floc ! d'un coup de cuiller au mitan de l'assiette éclabousse son attentive aïeule.

L'œil de ma mère se clot, résigné. Voilà bien notre part. Tio toupille sur sa chaise. Mariette laisse pendre un bout de lèvre navrée. Il faut intervenir. Je me lève. Je soulève le coupable. Je m'assieds à sa place et, le calant sur mes genoux, à l'étonnement de tous, j'enfourne une cuillerée, puis deux. Loulou avale. Trois, quatre, cinq. Loulou avale, en regardant sa mère. Dix, quinze. Il avale toujours, raide comme un entonnoir. Mariette m'observe, l'œil en dessous, la pointe des seins dardée. C'est fini. L'assiette est vide, l'ordre règne. Assuré d'un modeste prestige, je regagne ma place...

« Loulou ! » hurle Mariette.

Un hoquet. J'ai compris. Je me retourne. La crème alliée à tout ce qu'elle a suivi est de nouveau dans l'assiette : une partie du moins, car il y en a partout. Une odeur de vomi monte de ce margouillis. Mariette enserre de tous ses bras la victime, invective le bourreau :

« Tu ne vois pas qu'il est malade, non ? Idiot ! Vraiment je me demande ce que tu as dans la tête ; et de quoi tu t'occupes...

— Ma foi, dit Tio, il s'occupait de son fils. »

Ma mère se tait. Si elle a accepté de s'effacer, de se laisser mettre sur la touche, ce n'est pas pour prendre aujourd'hui parti contre sa bru. Du reste Mariette ne fait plus attention à personne. *Où a-t-il bobo, mon chéri ? Dans son venventre, en haut, ou dans son venventre, là, en bas ?* Elle palpe. Elle parle déjà d'appendicite, de médecin. Si Loulou ne connaît pas son mal, du moins l'en voilà convaincu. Il braille, il sanglote, il agonise dans le giron retrouvé. Mariette enfin l'emporte vers la cuisine où les cris font place aux gargouillements, aux reniflements, aux bruits d'eau peu à peu étouffés dans la serviette-éponge. Mais, orphelins de mère, les trois autres pouillards sont aussitôt perdus, tirent des mines et, s'échappant l'un après l'autre, trottinent pour rejoindre. Ma mère repousse sa chaise :

« Ce n'est rien, dit-elle. Tu m'as fait vingt fois le coup quand je te servais des épinards. »

Elle s'en va, elle aussi, soucieuse d'assistance et d'apaisement. Je reste seul en face de Tio. Il hésite, tord une moue, essaie de la camoufler en sourire. Puis il se décide :

« J'aime bien Mariette, dit-il, mais je commence à croire que tu n'as pas tout à fait tort. Il y a décidément des maladies spéciales aux femmes. Métrite. Salpingite. La tienne fait une inflammation de la maternité. J'appelle ça de la *maternite*. »

Bien que dans un sens elle les ait édifiés, j'aurais préféré que cette scène ne se produisît pas devant mon oncle et surtout devant ma mère dont je connais (et dont je partage) le goût pour le maintien.. Pourtant il faut bien avouer qu'entre Mariette et moi les accrochages, depuis quelque temps, se multiplient.

Pendant des années ils ont été rares : du moins de mon fait. Je crains même d'avoir été trop poli, trop enclin à ne pas élever la voix. Certes, le monsieur qui se veut dans le monde tout galant, tout exquis avec les dames et réserve sa rudesse à sa femme, est aussi odieux que fréquent. Mais la politesse refoule très bien ; elle peut être une façon de marquer la distance, de traiter la compagne en honorable étrangère, de lui manquer de véritable attention. Chez moi, il y a sans doute trop d'amidon : l'éducation m'empèse. Mais je n'ignore pas qu'il y a fuite : je n'aime pas qu'on me fasse des remarques et je déteste encore plus avoir à en faire. S'il le faut absolument, je m'y résigne, mais c'est alors d'un ton uni, qui n'impressionne pas. J'ai l'air de donner un avis, et non d'exprimer un sentiment. Avec ma mère, pour qui tout mot compte, c'était parfait. Avec Mariette, dont toute la famille met du cri dans l'opinion, c'est inefficace. Tout se passe comme si, faute d'intensité, elle ne pouvait pas m'entendre, me prendre au sérieux. Alors je me contracte pendant des jours et puis, soudain, j'explose.

Ainsi pour la soupière.

Je me suis vingt fois gendarmé en voyant les enfants jouer à la dînette avec différentes pièces d'un service de Limoges, très incomplet et pas très beau, mais qui me vient de ma grand-mère. Quand il s'agit d'avoir la paix, Mariette ne défend rien.

Un vendredi, de mon bureau, j'entends un grand bruit de casse, suivi d'une galopade effarée, puis d'une semonce à voix contenue et enfin du raclement significatif produit par un balai poussant hâtivement les morceaux dans la pelle à main. Une demi-heure plus tard, je descends déjeuner. On ne me dit rien. On n'a d'yeux que pour le saucisson. Je demande quel était ce patatras :

« Une bricole ! » dit Mariette.

Femme et enfants ont, mine de rien, l'inquiétude si voyante et en même temps si complice que je vais tout droit soulever le couvercle de la

poubelle : où gisent évidemment les débris de
ma soupière. Le procédé est inadmissible. A
l'exemple de sa mère que j'ai entendue dire, en
riant, à son mari : « Les bêtises des petites, t'en
ai-je assez caché ! » Mariette tait une foule de
menus incidents. Mais cette fois il n'y a pas seulement faiblesse ; il y a mensonge et complot.

« Oui, j'allais te le dire, c'est la vieille soupière
ébréchée ! fait Mariette, qui m'a rejoint, mimant
l'indifférence. Dans l'état où elle était, ce n'est
pas un... »

Je coupe :

« Les enfants jouaient avec, bien entendu ? »

Mariette m'observe : il paraît qu'il faut se méfier quand mes sourcils se rapprochent. Ça va partir. Et s'ils se touchent, tilt, ça part :

« Tu pensais que je ne verrais rien. Mais enfin
te rends-tu compte ? Pour leur éviter une paire
de gifles tu n'hésites pas à t'associer à eux pour
me mettre hors du coup, tu leur donnes un exemple de mauvaise foi !

— Tu vois bien que j'avais raison, piaule aussitôt Mariette. C'est plus fort que toi, il faut que
tu en fasses un drame. »

De sa connivence elle ne conviendra pas. Rien
ne peut plus empêcher ce réflexe de chatte repliée
sur sa portée. *J'exagère.* Il y a peut-être du vrai
dans ce que je dis, mais ce qu'elle en retient,
c'est que j'exagère. N'est-ce pas mon métier ?
J'ai haussé le ton, mais je continue à ranger mes
phrases, à débiter des arguments, bien articulés,
incapables de convaincre Mariette pour qui le

critère de la conviction, c'est de s'étrangler de rage.

« Plaide, plaide, dit-elle, je t'écoute, je n'ai que ça à faire de t'écouter. Les enfants attendent...

— Eh bien, ils attendront, crétine ! »

J'ai hurlé. La voilà impressionnée. Il faut être grossier avec cette race-là. Malheureusement je ne sais pas m'arrêter : Mariette, couchant la tête de biais, vient se fourrer cinq doigts dans les cheveux : un tic qu'elle a, quand elle est émue, ennuyée ou soucieuse. Il y a neuf ans que je le connais, ce tic, neuf ans que pour ne pas la désobliger je ne le lui ai jamais fait remarquer. A tort, du reste : ça lui rendrait service. Devant la télé, quand le mélo se corse ou quand l'increvable inspecteur va s'emparer du bandit qui le canarde en vain, je me demande parfois comment Mariette peut conserver du cuir chevelu. Je continue à tonner, crescendo. Je m'entends à peine. Et puis soudain je lâche le fil, je mélange les genres, je lance :

« Qu'est-ce que je suis ici ? La cinquième roue ? Comme ton père, comme ton frère. Tiens-toi pour dit que je suis la motrice. Et puis cesse de te gratter la tête comme ça : on dirait que tu as des poux. »

Touchée ! Mariette frémit de partout. Elle me poignarde d'un regard affreux. Mais c'est elle qui s'effondre sur une chaise, qui bafouille d'une voix éraillée :

« Tout t'est bon pour me vexer. Tu... Tu ne rates plus une occasion de... »

Plus de salive. Mais l'œil prend le relais de la bouche. C'est la Madeleine, c'est la fontaine, c'est ce que je redoute le plus. Elle a toujours pleuré facilement : au cinéma comme au mariage de ses amies. Mais quand elle sanglote je ne suis pas longtemps satisfait, à la pensée de lui être tout de même assez cher pour lui tirer tant de larmes. Dans toute cette eau, je me sens méchant comme un requin. Je n'y tiens plus, j'oublie tout, je ne songe qu'à tarir ce flux où se dissout ma colère...

L'ennui, c'est que nous glissons à l'habitude. Je supporte de moins en moins les longues tensions, je lâche plus tôt la soupape et sans chercher noise je refuse de m'effacer, je dispute au lieu de disparaître. De son côté, Mariette a compris. Inutile de crier deux fois plus fort pour me faire reculer, comme le fait Gab quand Eric se rebiffe. Inutile de discuter pied à pied, comme le fait sa mère, jusqu'à ce que son poussah, fatigué, abandonne. Mariette ouvre les écluses.

Mais — second ennui — se sentant abritée comme la Hollande au sein des éléments liquides — Mariette a tendance à se buter. Elle s'attarde dans la querelle comme elle s'attarde au téléphone. Si j'ai tort, elle veut des excuses. Des vraies. Pas seulement des tendresses confuses.

« Ah ! je t'en prie, tes lécheries... ! »

Si je n'ai pas tort, l'inondation continue.

Elle cherche à sauver la face (ce que, dans le cas adverse, elle ne m'accorde jamais). Elle ergote :

« Reconnais au moins que je ne l'ai pas fait exprès... »

J'admets, pour en finir. Mais est-ce fini ? Pas toujours. Dépitée, elle remue de la cendre :

« Ce n'est pas comme toi l'autre jour... »

Il arrive qu'alors mes vieux réflexes me reprennent et que je claque la porte. Il arrive qu'au retour ni elle ni moi n'ayons envie de faire la paix. Une fois, nous sommes restés deux jours sans nous parler. J'avais refusé, faute d'argent, de changer le réfrigérateur : *ce vieux machin, conçu pour deux, alors que maintenant nous sommes six.* Et de mot en mot, de pique en pique, nous en étions arrivés au grand déballage : elle, me reprochant de gagner à peine plus qu'Eric, en tout cas pas le quart des revenus de son père et ça, avec un doctorat, pourquoi faire, je vous le demande, quand, au tiers de sa carrière, on n'est même pas membre du conseil de l'Ordre ; moi, lui rappelant l'histoire des titres — rendue plus saignante par la baisse générale — et aussi son refus obstiné de me laisser quitter Angers pour accepter à Rennes une mirobolante situation de chef de contentieux. Le tout, couronné d'épithètes où *incapable* avait, je le crains, rencontré *emmerdeuse.* Et qui pis est, devant les enfants (d'ordinaire épargnés). Pour nous réconcilier, il n'avait pas moins fallu que l'intervention de madame mère :

« Mariette est allée un peu loin, mais vous êtes bien nerveux, Abel, ces temps-ci... »

Je le suis resté : malgré le don de ce Frigéavia 200 litres, monument blanc comme l'innocence et témoignant pour longtemps de ce qu'une mère, affligée d'un gendre pauvre, doit consentir au bonheur de sa fille.

Et maintenant, maître, taisez-vous un peu, laissez parler Abel.

Quand vous rentrez, quand vous sortez de votre vieille voiture, qui aurait besoin d'être changée — et dont les pneus en tout cas ne peuvent plus attendre —, une fois sur deux vous trouvez chez vous une personne maussade. Vous ne vous en apercevez pas toujours. Mais quand vous avez l'esprit assez dégagé de votre dernier procès, vous vous demandez parfois : *Enfin, qu'est-ce que je lui ai fait ?*

Dites-vous déjà que le soir, c'est la fin de la journée. Plus exactement la fin de la vôtre, car il s'en faut que ce soit la fin de la sienne : vous ne vous le répéterez jamais assez. Mais on peut vous répondre *sur le fond*, pour employer votre langue. Que lui avez-vous fait ? Vous lui avez fait des enfants. Vous ne lui avez même fait que cela qui puisse vraiment compter à ses yeux. Vous n'êtes pas au Palais si grand ténor, ni chez vous si doux ténorino. Mme Bretaudeau ne s'avouerait

pas déçue, non. De ce robin pas très doué, assez
noué, elle a fait son affaire, en prenant son parti
de ses petits moyens. Le temps où la romance peut
remplacer le confort est passé ; le temps où le
confort console de la romance, hélas ! n'est pas
venu. Alors elle fait le transfert habituel. Ça peut
se chanter : *plaisir d'amour ne dure qu'un moment, plaisir de mère dure toute la vie.* C'était
dans sa nature : aggravée par sa tradition. C'était
dans l'air aussi. Voyez comme elles se multiplient,
autour de vous, ces esclaves ambiguës, qui ne le
sont plus de nous, mais de ce qui leur est tombé
du ventre ! Voyez comment elles, grognant sans cesse,
consentant sans arrêt, elles sont ravies de se rava-
ger, de substituer aux nôtres les exigences de
l'enfant-roi ! Nous ne sommes pas tout seul, maître. Lisez les journaux, écoutez la radio, regardez
la télé : il n'y en a plus que pour leur race sublime ! La vedette veut en être ; l'ère gynécoli-
thique, où nous sommes plongés, fait briller aux
doigts de Farah les pierres de dix carats qu'elle ne
conservera que grâce au fils né de son Shah. Et
toutes ces petites filles, dont on célèbre aussi la
neuve liberté, le droit d'être couchées, demain seront aussi vite accouchées, demain viendront
grossir la sainte masse des mères, pour se réjouir
comme elles, pour se légitimer comme elles, tout
le reste de leur vie, dans l'élevage du blondin.
    La franchise a du bon, maître : elle enrage le
petit homme en nous, mais elle renseigne l'autre.
Vous êtes dans la norme ; la norme est moins
virile ; elle est presque utérine ; et croyez bien

que ça va durer longtemps. Au moins aussi longtemps que vous. Le temps va passer, passer : qui
paraît si long à vivre, qui paraît si court une fois
vécu. Le temps va passer.

Et vous l'entendrez, durant des années, le glous-
sement de la géline qui a remplacé celui de la pi-
geonne.

Vous trouverez votre femme, à dix minutes
près, tantôt geignante, tantôt épanouie, pour les
mêmes raisons, pour les mêmes charges : into-
lérables et délicieuses.

Vous serez méconnu dans vos dons : car ce
qu'on *leur* donne (*leur* : vous prenez aussi l'habitude des pronoms) puisqu'on peut le donner, ne
compte pas beaucoup ; et ce qu'on ne leur donne
pas, parce qu'on ne peut pas, ça juge le bonhomme.

Vous ferez des éclats, vite balayés, comme ceux
des assiettes. Vous serez soulagé. Puis vous éprou-
verez le sentiment confus d'avoir malgré tout
abîmé le service.

Vous vous évaderez de temps en temps : pour
aller plaider à Rennes, au Mans, à Tours. Vous
accepterez ces occasions-là, vous les racolerez
pour vous donner de l'air. Deux ou trois fois, pas
plus (l'art des approches, l'argent, le temps vous
manquent), vous en profiterez pour avoir des faiblesses envers quelques passantes ; et l'une d'elles,
au petit matin, s'étant avouée mère de famille,

vous en serez outré, vous vous direz : *la garce, si Mariette me faisait ça...*

Vous serez pourtant bien conscient que ce n'est pas du tout la même chose. Vous vous sentirez fidèle, puisque vous êtes marié ; puisque vous le restez ; puisque vous n'imaginez pas d'attenter à cette sécurité.

Vous aurez d'ailleurs les attentions qu'il faut. Vous n'avouerez jamais que vous trouvez ses pieds froids en hiver, chauds en été ; son haleine moins fraîche ; et abîmée à force d'enflures son ex-taille de guêpe. Vous serez attendri, au contraire (je ne blague pas) par ce qu'il y a, en ses premières rides, de chiffonné par vous. Point trop rarement, car il faut vous détendre, vous demanderez gentiment l'autorisation de vous rendre au *Club des 49*, dont votre femme vous a laissé prendre la carte ; mais au moindre prétexte par la même allégué, vous le sacrifierez. Point trop souvent, car il faut surprendre, vous apporterez du bouquet — dont les roses seront de nombre impair (parce qu'elles disent ainsi : je ressens toujours pour toi un peu plus que le compte). Vous aurez aussi des propos fleuris, des prudences parfumées. Le dimanche matin sans rien dire vous irez chercher le gâteau ; vous le ramènerez avec grand soin, tenu par la ficelle. Vous serez content de vous, car vous aurez choisi une tarte à six parts, une tarte à six fruits, pommes-prunes-cerises-poires-ananas-abricots, afin que chacun ait ce qu'il préfère ; et vous vous exclamerez : *suis-je bête, voyons !* en vous rappelant, devant leurs mines, qu'ils sont toujours trois à se disputer les cerises.

Dans cet esprit de modestie, vous vous garderez de dauber sur les femmes, le misogyne étant de nos jours aussi démodé que l'anticlérical ; vous sourirez quand vous entendrez dauber sur les hommes, car c'est désormais faire preuve d'ouverture d'esprit.

Ouvert, donc — comme un parapluie (c'est ce que vous êtes, dans les averses de responsabilités, d'ennuis, de factures) — vous admettrez que la famille l'emporte comme le nombre sur l'unité. Vous serez au mieux le chiffre 1. Mais vous concevrez que le 2, représentant 3, 4, 5, 6, vous soumette à son programme, préfère les nouilles aux salsifis, le cirque à l'opéra et au circuit touristique les sempiternelles vacances sur sable fin.

Ainsi, plein de mérite — mais vous méfiant d'y croire — il vous sera accordé l'estime ordinaire vouée à ceux dont on ne parle pas ; dont on sait qu'ils ne sont pas des aigles ; dont on se dit que c'est bien ainsi, les aigles d'ordinaire ayant du bec pour dévorer ce qui s'agite autour d'eux. Vous serez réputé sans histoires ; donc heureux ; avec ce que cela comporte de rapide bénédiction, de fausse considération pour un état dont le commentaire assure toujours qu'il doit être simplet.

Et vous serez en effet quelque chose comme ça. Mais oui, mais oui. Il n'y a pas de quoi vous vanter, il n'y a pas de quoi rougir. Nul n'est heureux qu'au petit bonheur, de temps en temps, sans trop le savoir ; et ces grâces émergent d'un océan de routine et d'ennui. Je compte pour rien les moments béants : dans un fauteuil qu'encense la pipe ; devant la télé ; et même au fond du lit, maître Bretaudeau près de Mme Bretaudeau, tous deux enfouis, sans dormir, sans parler, sans bouger, dans la commune chaleur du commun couvre-pieds. Je parle des moments béats.

Cé soir même, au besoin, je vous prends sur le fait. Je vous photographie à l'instant du bonsoir-à-papa, quand foncent vers vous quatre petits pyjamas.

Au bénéfice des plus longues jambes, Nicò saute le premier et tandis que vous le tenez, tandis que vous lui rappelez le trait vengeur de sa maîtresse sur son carnet de notes : *ne se distingue par son silence que pour les récitations*, il rit, il vous force à rire, il commence à défaire — c'est son privilège — votre nœud de cravate. Loulou, qui suit, qui s'avance, la braguette peu boutonnée et ses cheveux extra-fins dilués dans l'air, comme il se frotte et s'enfonce ! Yane, qui ne suce pas son pouce, mais son index, et le tient toujours en l'air, humide et rose, pour ne pas le salir, le renfourne aussitôt comme pour rebiberonner le lait de vos tendresses. Et Vonne, enfin soulevée, bat l'air de ses pieds nus. Allons, maître, allons ! c'est toujours ça de pris.

Et toujours, et toujours l'éternel problème, trois cent soixante-cinq fois nocturnes : l'amour à faire.

A faire régulièrement comme on fait la cuisine, comme on fait le ménage, comme on fait le lit où justement il se fera. L'amour, petit a, complément de l'Amour, grand A, dont nous sommes censés vivre, dont nul ne doute, ni ne veut douter qu'il ne soit, même défraîchi comme les rideaux, comme les papiers de la maison, finalement comme elle aussi resté en place. L'amour, preuve que l'Amour c'est toujours comme ça. Mais preuve par deux, oh ! la ! la, désormais montée à six. L'amour qui, dans la grève du rêve, reste un cauchemar pour le calendrier.

Attention ! dit une voix dans l'ombre, où nous semble levé quelque doigt menaçant — ce doigt que, peut-être, si vous n'êtes pas sage, vêtira de caoutchouc le doigtier du médecin. Attention ! Mariette, la dernière fois, a déjà eu des histoires avec son calcium. Un enfant de plus et elle peut devenir sourde.

Attention ! murmure une autre voix. La santé, le plaisir, l'entente par en bas, ça compte, ça vous fait l'haleine et l'humeur fraîches. Et d'ailleurs on est marié pour ça. Et sans ça on ne l'est plus, on fournit l'occasion de soulager ailleurs la vilaine nature. Se servir de ce qu'on a, accommoder les restes et d'amour comme de pain nourrir la bouche ouverte, c'est vertu ménagère. On n'y peut pas manquer... Arrangez-vous. La suite, également ménagère, doit être prévue dans la petite armoire de pharmacie.

Ouais, je suis un délicat. La bête à deux dos, ce qui peut la rendre libre, en ses meilleurs ébats aussitôt la transforme en sujet de l'hygiène. Ce qui sauve les fins perd les commencements. L'amour, déjà, ne ressemble que trop au miracle du paon : qu'il faut voir du bon côté, car de l'autre ce flamboyant chef-d'œuvre s'irradie autour du point noir du croupion. C'est désolant, mais sûr ; le mariage fait le tour. Comment l'éviter au cours de ces pointages, de ces discussions préalables, hérissant en moi l'être à fonctionnement sec ? C'est désolant, mais indispensable. La lune, au firmament, tourne, mélancolique ; et la peur l'accompagne jusqu'au dernier quartier, jusqu'au moment où l'on dit : ouf ! On n'en sort plus. On n'en dort plus. Au prix de tant de layette, le plaisir, qui ne coûtait rien, coûte vraiment trop cher.

« Ce truc ! dit Gab, qui ne mâche pas ses mots. On y vient se régaler et c'est fait comme un piège. »

Mme Tource, Mme Dubreuil, Mme Garnier, Mme Danoret, Mme Jalbert, pour être plus discrètes, ne murmurent rien d'autre. Tout se sait. C'est même étonnant comme en ce domaine on apprend ce qu'on n'a aucune envie de savoir. Les affres des bonnes amies, chacune les confiant à chacune, dans un cercle recoupé par beaucoup d'autres, nul mari, assez confident de sa femme, ne les peut ignorer ; et sans avoir jamais soulevé ces files de jupes, il est comme assailli par ce qui passe en dessous. Françoise Tource elle-même, si pieuse, est — dit-on — au martyre de choisir tour à tour, en son chef de bureau, l'époux navré de s'abstenir, l'époux navré de se retenir.

Gab en est au pessaire : la pose, la dépose alimentent une chronique qui se transmet à voix tout à fait basse. Mariette compta sur moi, longtemps. Dans la paix du cœur. Qui fait ce qu'il doit, il doit le faire comme il faut, jusqu'au bout ; et de ce qu'il faut lui seul est averti, lui seul est responsable. Il y a là, je l'avoue, moins de prophylaxie, mais une confiance qui passe nos moyens. Mariette en est revenue. Et la double phobie qui torture son âge (Vais-je prendre du poids ? Vais-je prendre de l'enfant ?) la pousse vers les balances et vers les précautions. Angevine pourtant, donc inquiète de tout, du légal, du

moral, du médical et pour tout dire de la nécessité de s'intégrer au normal, elle a commencé par
retoucher sa métaphysique :

« Enfin, qu'est-ce qu'ils attendent ? Jadis, la
moitié des enfants mouraient en bas âge. Maintenant ils vivent. On doit se limiter. »

Pour arriver à la bonne conscience, elle est devenue agressive :

« Ils me font rire avec le droit de vote ! Et avec
la liberté sexuelle, donc ! Du vent ! Quand la fille
est devenue femme, sa libération suppose celle
de ses charges : en premier lieu, le droit d'en refuser d'autres... »

Le génie venant aux femmes quand il est question d'elles, Mariette m'a même servi des formules étonnantes dans une bouche habituée à tous
les consentements :

« Ce n'est pas vivable de vivre au péril d'une
autre vie ! Mais ils pensent que sans ça nous de-
viendrions trop fortes : la fin de notre peur fait
peur. »

Ainsi jugeant les attardés (« Ils », les légistes :
caveant consules !), Mariette s'est répandue parmi
ces livres qu'une forte publicité annonce « discrètement livrés à domicile » et où « un médecin révèle comment avoir les enfants que vous
souhaitez », c'est-à-dire dans le langage de la sainte
hypocrisie, comment ne pas avoir les enfants que
vous ne souhaitez pas. Mais l'oracle technique —
respectueux des lois de 1920 — ne fournissant pas
de détails, nous nous sommes rabattus sur ceci
ou cela, par celle-ci ou celle-là longuement éprou-

vés. L'exemple de Gab n'a pas été suivi : je ne sais plus quelle cousine, dans les mêmes conditions, aurait fait une tumeur. Nous avons eu des boîtes. Nous avons eu des tubes. Comme c'est bon, la spontanéité ! Vite, vite, chérie, cours à la petite armoire. Je tiens. Je suis vaillant, jusqu'aux introductions. Mais quoi ? Un enfant crie ? Va voir, mon amour. Ce doit être Loulou. Il a mangé trop de pêches, ce soir. Va. J'attendrai. Et même en attendant, à la lueur douce de la veilleuse, je lirai sur le tube, pour mon instruction, la formule de la *Jelly* dont l'inventeur affirme que parmi ses *active ingredients* elle contient : *Ricinoléic acid*, 0,70 % ; *Boric acid*, 3 % ; *Diisobutylphenoxypolyethoxyethal*, 1 %...

Hélas ! on ne devrait pas s'informer de trop près. Quand tu reviendras, chérie, je crains que tu ne sois toute protégée de moi.

1964

ENCORE une année comme les autres ; encore des vacances comme les autres. ·

Voilà un bout de temps que, sur la pression de leurs filles — citadines en qui, seul, le balnéaire Armor fait remuer le sang breton — les beaux-parents ont vendu leur baraque de Montjean pour acheter à Quiberon, route de Port-Issol, la villa *Domisiladoré*. Le nom leur en a paru peu celtique. Ils l'ont débaptisée pour l'appeler d'abord *Ker Guimarch*. Mais ces Bretons de l'Anjou, exilés de leur langue, ayant fini par apprendre que le malheureux Ker, mis à tant de sauces, n'a jamais signifié maison et regrettant ce qu'il y avait dans le premier nom de si typiquement accordé à leur enthousiasme, ont rectifié le tir. Sur le tronc du cyprès qui signale la maison — ultra blanche à parements de granit — est désormais cloué cet écriteau :

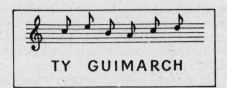

TY GUIMARCH

Eric loue le sous-sol ; moi, le premier ; la belle-mère se conserve le rez-de-chaussée, où se trouve la pièce commune, forcément meublée de breton-neries à rosaces et décorée d'assiettes de Quimper où rutilent du coq, du saint Yves, du saint Gué-nolé, du plouc en folklorique costume. Des cal-culs judicieux, basés sur le principe d'une part par adulte et d'une demi-part par enfant, ont abouti aux résultats suivants :

Les Guimarch senior 4 a $\qquad$ $= 4\ p$
Les Guimarch junior 2 a + 4 e = 4 p
Les Bretaudeau $\qquad$ 2 a + 4 e = 4 p

Comme en l'absence des hommes, on aboutit également à 3-3-3, nous payons donc chacun le tiers des frais de ravitaillement, le coefficient d'appétit qui avantage le boulimique beau-père ayant été tenu pour nul et se trouvant d'ailleurs largement compensé par la modicité de la location dont le « rapport », selon la belle-mère, est loin de couvrir l'entretien de la maison. Compromis entre la prudence et la générosité, Ty Guimarch assure avant tout le grand regroupement annuel dans l'iode armoricain. On y voit même Reine qui descend à l'hôtel voisin (deux étoiles B) pour ne pas avoir à faire la queue devant la salle de bain.

On y voit aussi des cousins, de diverses branches, qui viennent camper dans le jardin. Il n'est pas rare que deux douzaines de Guimarch ou d'alliés s'élancent chaque matin, armés d'épuisettes et de crochets à crabes.

Vers ce haut-lieu, le premier juillet, chacun conduisant les siens bourrés de Nautamine, monte une caravane de trois voitures qui, après le déjeuner à La Roche-Bernard, après les arrêts-nausée, les arrêts-pipi, les arrêts-essence parvient vers les six heures à Saint-Jusant.

Mais Eric ne prend ses congés payés que le premier août, date à laquelle le beau-père, chargé de tenir la bonneterie avec l'aide d'une vendeuse, peut décemment baisser le rideau. Moi-même, j'ai des affaires à suivre jusqu'au 15 juillet et je profite en général de la fin du mois pour mettre ma paperasserie en ordre. Après avoir aidé à déballer, nous faisons demi-tour. Eric laisse sa guimbarde sur place, pour les courses de ces dames, et rentre avec son père dans la 220 SE qui fait le récent orgueil de la tribu et que les enfants surnomment la *Mémèrcédès*. Moi, je reviens seul.

Elles avaient eu d'abord cette idée incroyable : organiser l'intérim. Mme Guimarch nous voyait très bien prendre pension rue des Lices. Elle serait même allée jusqu'à nous prêter sa bonne. Nos femmes, qui se harcèlent mais ne peuvent se passer les unes des autres, ignorent que leurs hommes, qui s'épargnent volontiers, ne sont pas grégaires. M. Guimarch a coupé court :

« Une bonne pour trois, quand vous êtes la douzaine, non, Mamoune, tu as besoin d'elle. »

Il tient trop à pouvoir déserter. Un jour sur deux, pendant le veuvage, il pêche en Sarthe ; il s'offre des ventrées de friture. En fin de semaine, Eric l'accompagne : ce corniaud n'a pas son pareil pour choisir les esches, pour glisser le bouchon dans la bonne coulée. Ce sont les seuls jours où le père Guimarch se retrouve un fils digne de lui. Je ne les vois jamais. A chacun sa paix.

La mienne est totale. La femme de journée, une Vendéenne, est elle-même en congé, elle a rejoint son bourg natal, près des Sables-d'Olonne, d'où elle m'a envoyé une carte postale, avec la Sablaise de rigueur prête à s'envoler tant elle a de coiffe. Je me débrouille. J'ai décidé une fois pour toutes que je préférais être un seigneur mal servi que mon propre valet. Retourner le matelas, refaire le lit chaque matin m'a toujours semblé un rite plus qu'une nécessité ; il suffit de tirer les draps. Le coup de balai n'est pas non plus d'une utilité quotidienne. On a beau être seul et glisser comme une ombre, meubles et parquet deviennent gris : l'air, dirait-on, est lui-même parti en vacances, là où les gens vont le chercher, et la poussière, qui n'a pas suivi, dépose. Vous pouvez jouer du plumeau, cet objet ridicule qui ressemble à un croupion de volaille, une semaine plus tard vous en trouverez autant. Alors pourquoi s'acharner ? En août, je serai moi aussi maritime et il en retombera assez pour qu'il soit impossible de savoir si la couche date d'un ou de deux mois. Au surplus, quoi que je fasse, Mariette en rentrant s'exclamera toujours :

« La belle écurie ! »

Je ferme tout. Chambre à coucher et bureau me suffisent.

Au début, par acquit de conscience, je vidais les placards et le frigo. Il y a toujours là de quoi durer une semaine. Puis j'allais acheter des œufs en gelée, des cassoulets, des salades de museau dans de petits cartons, des biftecks. Mais le seul bifteck force à salir, donc à laver au moins une poêle et une assiette, sans compter les couverts. La scie à pain fait des miettes partout. Le beurre, dont je consomme une noix, est vite rance. Le boucher m'intimide ; je ne sais pas évoluer sur sa sciure ni préciser dans quoi il doit me couper ma viande. Tous comptes faits, il est plus expéditif et moins coûteux d'aller au Libre-service de la rue de la Gare. C'est la solution que depuis longtemps l'oncle a adoptée. Deux fois par jour, il quitte le studio rempli de coloniales dépouilles qu'il habite au coin du boulevard Foch et de la rue d'Alsace, dans l'étonnant immeuble style 1928, qu'un mosaïste nimba d'or et de bleu. Assurant du même coup son footing, il vient se garnir un plateau. Il s'installe, il m'aperçoit :

« Pstt ! » fait-il pour m'attirer à sa table.

Et dès que je suis assis :

« Le célibat a du bon, hein ? dit-il. Tu vois, tu peux manger des tripes. »

Une autre solution, c'est de jouer les pique-assiette. Mais les amis sont dans mon cas, pour la plupart. La méthode a d'ailleurs des inconvé-nients : je m'étale mal chez autrui et le bouquet de rigueur coûte plus cher que la gargote. Alors je fais ce dont Françoise Tource, en ses colères, menace publiquement son mari (d'une voix si puérile qu'on l'imagine pommant de nouveau dans le chou) : je retourne chez ma mère. Juillet, c'est mon mois Bretaudeau où je fais retraite pour affronter le suivant qui sera terriblement Gui-march. Je redeviens fils. Ma mère m'accueille comme si j'étais parti de la veille, comme si je n'avais jamais abusé du souci qu'elle a de préser-ver l'autonomie de mon ménage. Elle dit simple-ment :

« Tiens, voilà mon *garçon*... »

Tant que je suis là, en effet, je suis son garçon. Puisque je viens me faire soigner, elle me soigne. Affection, bœuf en daube, avis, bouton à recou-dre, ceci et cela se mélange dans la rude bon-homie qui lui est propre. Nous déjeunons. S'il y a des haricots verts, que je déteste, tant pis ! Il y a des haricots verts. Dès le second quignon, elle m'arrête :

« Ne mange pas tant de pain, Abel. A ton âge ça ne fait plus grandir. »

Mariette dirait : *ça te fait grossir* (les kilos que je prends rendent les siens moins lourds).

Le style indirect, habillant l'exigence, c'est la spécialité de maman. Ce que valent ma carrière, mon intimité, ce qui continue à se détériorer dans ma vie, elle n'en ignore rien. Mais elle se couperait la langue plutôt que de lâcher un mot contre ma femme. Je suis le chef de famille. Le responsable. Par-devant moi-même. Comme elle l'a été par-devant elle-même. Je lis dans ses yeux l'humilité que je lui inspire. Elle demande :

« Ce Danoret, qui vient d'entrer au conseil de l'Ordre, c'est bien celui que tu m'amenais, quand vous étiez étudiants ? »

J'incline la tête.

« Il va, celui-là, il va ! » murmure-t-elle.

Au dessert nous parlons de papa. « Ta mère a vécu dans l'ombre de ton père, dit Tio. C'était le genre de l'époque. Mais je peux t'assurer qu'elle y a vécu comme un arbre à l'ombre d'un oiseau. » L'évocation rituelle est là-dessus fort discrète. Elle se trahit seulement par voie comparative, en rappelant sa bonté :

« Ce que tu peux lui ressembler ! Quand je te vois faire avec Nicolas, je le retrouve : lui non plus n'a jamais osé te donner une gifle. Heureusement que j'étais là. »

Elle était là et je lui en sais gré. Nul ne m'a fourni mieux qu'elle le sentiment de la justice, nécessaire à l'enfance comme le toit et le pain. Ses blâmes, ses compliments, tout était mesuré, ajusté, indépendant de l'humeur. Une fois, m'ayant puni à tort, elle a eu le courage de m'en demander pardon, m'inspirant du même coup un respect merveilleux. Un temps fut où j'étais si féru de son oracle qu'avant d'ouvrir la bouche, pour répondre à un tiers, je la consultais de l'œil. Mais je sais aujourd'hui que son battement de cils, qui signifiait *tu peux* ou *c'est bien*, lui était délicieux ; qu'elle meurt d'ennui pour avoir abdiqué. Et elle sait que je le sais. Elle se reprend :

« Une fois veuve, j'ai même été un peu trop là », dit-elle.

Et la voilà enfin qui rapidement se lâche :

« Le pouvoir des femmes ! Je ne l'ai pas détesté. Mais seul il ne vaut pas mieux que celui des hommes. Trop de père, on se révolte ; trop de mère, on s'amollit. »

C'est assez. C'est peut-être trop. Je me suis trop longtemps reposé sur elle, sans doute. Mais est-ce suffisant pour expliquer que je sois, si aisément, si complètement passé d'un matrimoine à l'autre ? Ma mère ouvre, puis referme un sourire :

« Vous, au moins, vous êtes deux ! » dit-elle, en guise d'espoir.

Et la quinzaine passée, ceci se vérifiera. Ma liberté garde de la corde. Je suis allé au concert, avec Gilles. Je me suis fait tailler chez Thierry un costume dont la coupe, le tissu, la couleur et le prix n'auront été contrôlés par personne. J'ai déjeuné chez Coquereau avec cette petite collègue, parfaitement innocente de l'usage que je fais d'elle, quand la chair est triste, au bénéfice de Mariette : son appétit, comblé par un lapin chasseur, m'a durant une heure donné l'impression de traiter ma maîtresse.

Mais dans la maison désaffectée, chaque soir, le silence s'épaissit : la rigidité des objets augmente, les photos des enfants me vrillent de regards insistants. Je relis avec attention les lettres bi-hebdomadaires, invariablement kilométriques (*nous sommes allés jusqu'à Damgan*), barométriques (*il pleuvait hier. Nous espérons qu'il fera beau demain, pour les vives eaux*) et pharmaceutiques (*tous leurs trucs, pour les coups de soleil, ça ne vaut pas le blanc d'œuf*). Je dénombre les signatures de la page finale, entrelacées de dessins laborieux, de fleurs collées, au milieu de quoi se détache un *Maman*, fortement souligné (une fois, entraînée par l'habitude, Mariette a signé ainsi le carnet de recommandés). J'écris, moi-même : à chacun, chacune, pour qu'ils aient tous leur lettre de papa, même ceux qui ne peuvent pas la lire (épreuve douce, mais épreuve ! La niaiserie des enfants n'a d'égale que la nôtre, quand nous resuçons du Bic en cherchant quoi leur dire). Gilles part pour La Trinité où il a un bateau. Tio, invité par Mamoune, s'est jeté dans le train de Vannes. Quiberon m'effraie moins. Le beau-père bouclera le 31. Mais Eric étant libre le 29, nous ne l'attendrons pas.

ERIC a déjà oublié la panne, la bielle coulée, la poussette sur le bas-côté, le remorquage jusqu'à Auray, les regrets du garagiste qui n'avait pas la pièce, qui a demandé trois jours pour réparer, le transbordement des bagages jusqu'au train. Il m'a peu aidé, il a pesté tout le temps, mais du moment qu'il est arrivé, il est content : ses grognes qui se dissipent au fur et à mesure ont vraiment un grand avantage sur mes rognes qui sont longues à se décontracter. De la gare à Ty Guimarch, malgré ses valises, il n'a cessé de courir. J'avais peine à le suivre. J'étais en nage, je crevais de soif et l'arrivée devant une maison fermée ne m'a pas détendu. Si nul ne vous attend, à quoi sert de télégraphier ?

« A cette heure-ci, tu penses, ils sont tous à la plage », dit Eric, laissant tomber son barda.

Il repart, empruntant la traverse, bordée de cyprès tordus vers l'est, qui rejoint le front de mer. Il a enlevé ses chaussures et, la cravate desserrée, le gilet ouvert, il piète dans le sable brûlant où résistent quelques panicauts :

« Une nouvelle ! Il y en a chaque année », fait-il, pointant le doigt vers une construction neuve.

Ses parents sont toujours venus ici. Il se retrouve à chaque pas, cet homme-enfant qui n'est vraiment lui-même qu'en vacances et les attend toute l'année dans l'ombre de la banque. Nous débouchons sur le boulevard, à la hauteur du mât de la météo dont le drapeau, forcément vert, pendouille. Inutile de tendre l'oreille : les bouées sonores, qui au moindre souffle mugissent de l'Oceano Nox, sont absolument muettes. Azur dessus, azur dessous : l'un fond dans l'autre et cette huile miroitante, au loin, fait frire Belle-Ile. Au plus près c'est le spectacle ordinaire : de la raie blanche du jusant au rempart de toile allongé par les tentes, le nu grouille mollement sous la canicule. Eric fait un effort d'imagination :

« Quelle rockerie ! » dit-il, accoudé au parapet.

Rockerie est le mot juste. Les manchots de la Terre Adélie, les otaries aux îles Pribilov, les saumons sur les gravières ont de ces rendez-vous massifs, chaque année. Nous descendons. En principe Mariette, dédaignant les vertes et rouges comme les jaunes et noires des agences rivales, loue une tente coq de roche de l'agence du Manoir : pas trop loin de l'escalier central, donc du passage ; pas trop loin du club Mickey et de la baraque du crêpier ; pas trop près de la colonie ; pas trop près de l'affleurement rocheux où la couche de sable est trop mince. Bref, elle loue « son » 78 et Gabrielle le 79, au même tarif ; savoir six mille francs par mois ou dix mille pour

les deux, plus le transat, dont la rentabilité paraît
encore plus remarquable.

« Tu les vois ? » fait Eric.

Non, je ne vois personne : ni les siens ni les
miens. Nous sommes pourtant dans le secteur.
Nous allons, nous enjambons les premiers corps
gluants d'ambre solaire. Parmi tout ce strip, étalé
pour la sieste, c'est nous qui sommes scandaleux,
qui faisons virer des prunelles lentes et naître
des sourires goguenards.

« Ils n'ont pas eu leurs emplacements : il y a
quelqu'un d'autre ! » s'exclame le beau-frère.

Au beau milieu de la 78, entre les tendeurs
de l'auvent, gît une mémère en maillot violet,
béant devant sur le néant, flottant de tous côtés
sur un second maillot de rides que l'os perce
à son aise. Son regard indulgent dégouline sur
une espèce de schtroumpf blondasse, qui armé
d'une pelle de plastique s'occupe activement à
l'enfouir avant l'heure. Au 79, bien à plat sur
le dos, dort un poussah que sa respiration gonfle
et dégonfle, en faisant frissonner la soie blanchâ-
tre qui embroussaille le lard de son poitrail. Nous
poussons plus loin, par-dessus des cuisses. Enfin
à la hauteur du 104, de l'intérieur d'une tente
surgit le colonel, plus menu encore que d'habitude
dans un slip grenat. Il étend un bras grêle :

« Stop, les enfants ! C'est ici, la yourte.

— Salut, l'oncle ! dit Eric. On vient chercher les
clefs. »

Appeler les gens par leur grade familial, même
quand on n'est pas de leur famille, est un tour

populaire qu'affectionnent les Guimarch. De la même façon, en parlant de maman, ils me demandent : *Et comment va la grand-mère ?* Mais la vocation avunculaire de Tio est telle qu'il l'étend volontiers. Très à l'aise en son simple appareil, il nous tend une main à chacun et secoue, en expliquant :

« Moi, je suis de garde. Ce sont les femmes qui ont les clefs. Elles ne vont pas tarder, elles sont aux niniches. »

Niniche, sorte de sucre d'orge, spécialité du cru. Tio me regarde en haussant une épaule. Il n'y peut rien. Il n'a pas d'autorité, céans. Eric jette sa veste au fond de la tente où s'entasse déjà le magma habituel : serviettes mouillées, appareil photo, caleçons roulés en boule, ballon, bouée-canard, journal du jour, Thermos, panier à tartines, souliers, fripes de toutes tailles, le tout fortement sablé. Moi, je tiens à mes griefs, je murmure :

« Nous pensions trouver Mariette et Gab à la gare.

— Ton télégramme ne donnait pas d'heure », dit Tio.

Il dodeline du chef et reprend :

« Toi, mon gentil, tu comptes un peu trop sur ce qui t'est dû. Evidemment vos femmes auraient pu se pointer à chaque train, mais à Quiberon comme à Angers elles ont toujours chacune quatre enfants dans les jambes. »

Bien qu'il ait la vivacité du lézard pour s'enfiler dans les failles, ce qu'il y a de bien avec Tio, c'est que grâce à sa voix, à sa taille, l'une et l'autre discrètes, l'importance de ce qu'il dit se trouve très allégée. Je me tais. Mais Eric prend le relais :

« Ça, dit-il, j'ai vingt fois proposé d'expédier mes filles, ne serait-ce qu'un mois, en colonie. Gab a refusé.

— Elle s'ennuierait, dit Tio.

— Faudrait savoir ! proteste Eric. Qui s'ennuie de ses tracas perd le droit de s'en plaindre. »

Tio l'observe un instant d'une curieuse façon : l'abhomme — comme il l'appelle — ferait-il enfin une petite révolte ? Hôte de ces dames pourtant, il préfère changer de sujet. Il promène un regard circulaire, d'un bleu pervenche, sur la cohue, où les enfants, presque seuls debout, bourdonnent comme des mouches autour des viandes maternelles.

« Ça devient très prix Cognacq, dit-il. Le beau bikini émigre. Même quand on n'est plus d'âge comme moi, ni en situation comme vous, de s'intéresser, l'œil s'attriste. »

Coin de mer pour mères, en effet. Si vers la Côte sauvage, vers la pointe du Conguel, l'halieutique fait rage, si les lancers lourds, griffant l'air, débobinant des décamètres de nylon de cinquante centièmes, vont faire floc dans l'éternel brisant où se ferrent les grands bars, la péninsule, célèbre pour ses colères, rassemble en ce lieu ses douceurs. Tout est là : une grève fine comme le talc, nette de franges, s'enfonçant insensiblement dans l'eau ; un cadre de granit, peu glissant, creusé

de conques à lochettes, crevettes, crabillons ; et
à gogo des petits bateaux, des pédalos, des tobog-
gans, des concours de châteaux, un minigolf, un
poste de secours à bobos, cinq ânes, dix vendeurs
de glaces, de bonbons, d'orangeade... O paradis
des méragosses ! L'incessant coup de prunelle au
canard qui barbote les dénonce très vite. Trico-
tant, lisant, bavardant, étendues sur relax, tapis
de plage, sorties-de-bain, couchées sur le dos, sur
le ventre, sur le côté, elles dominent sans conteste
et il faut bien avouer que pour une brune gazelle
il y a dix poulinières en ce haras de fessiers.

« Voilà Mme Guimarch », dit Tio.

Je cligne des yeux, car moi je ne suis pas pres-
byte. Un tourbillon s'avance, autour d'un bras dis-
tribuant de la niniche. Mais déjà il se désagrège,
se résout en arc-en-ciel de petits maillots. Dans un
deux-pièces vert pomme, qui boudine de partout,
Mamoune roule vers nous. Je connais le spectacle :
pour être annuel, il n'est pas moins coquet. Imaginer ma mère en pareil équipage me semblerait
sacrilège. Cependant les enfants, qui nous ont
aperçus, foncent en criant. Aline, douze ans, bat
Martine, treize ans, qui a déjà quelque poitrine et
du poil sous les bras. Nico arrive troisième ; puis
Julien, puis Catherine, puis Loulou et enfin les
jumelles, grassouillettes et passées au broux de
noix. Nous n'avons pas fini d'accoler tout ce
monde que Mamoune, parvenue à vingt mètres,
nous crie :

« Vous avez vu mes négrillons ? Un kilo de
mieux chacun ! Ça se dore, ça dévore, et ça dort. »

Si près du plus grand marchand de sable le contraire serait scandaleux. Pris d'assaut par mes quatre, qui tour à tour me bisent et relèchent du sucre d'orge, une jumelle à chaque bras, un fils à chaque jambe, le père en moi exulte. Mais soudain le voilà qui laisse tout tomber, qui se frotte les yeux comme s'il allait en tomber des écailles. Une seconde vague arrive et la grâce me foudroie...

La grâce inverse ! Elles sont cinq, en deux groupes. En première ligne avancent nonchalamment Arlette, Gab et Simone : les deux premières étant ce qu'elles sont, la troisième profitant de ces repoussoirs pour accaparer l'attention du soleil. Suivent Mariette et... *Qui donc ? Je connais. J'ai déjà vu. Je cherche.* En tout cas, la nymphe est admirable, auprès de qui ma femme, hélas ! joue le même rôle.

« C'est Annick, me confie la belle-mère. Vous savez bien : la gamine qui était venue au baptême de Nico. Elle campe dans le jardin avec Roger, son frère. Dame ! On ne la reconnaît plus. Elle a vingt ans maintenant. Son père quitte Béziers ; il vient d'être nommé receveur à Angers. Simone est ravie. Sa cousine est de son âge... »

Tio me pousse du coude et ne dit rien. Eric non plus ne souffle mot. Pour une fois il a le menton serré et dans sa bouille ronde un peu de l'œil du loup. De lui à moi pourraient sauter les répliques : *Ce que ta femme a séché ! Ce que la tienne a grossi !* Dix ans plus tôt sur cette même plage, ce sont elles qui débouchaient, jeunettes, vives, élastiques, sans rien de trop, sans rien de moins, le maillot tendu, de la suture des jambes à l'épanouissement des ombons. *Telle, j'avais pris ta sœur*. Si ma fidélité n'a pas été parfaite, à qui la faute ? Les femmes, pourquoi ne commencent-elles pas par rester fidèles à elles-mêmes ? Celle-ci qui vient, bourrelant du ventre, lâchant trop de chair dans l'air, on peut me soutenir que je l'avais choisie. Au jour le jour c'est vrai, je laisse aller, j'accepte. Mais voici que ce soir je ne la reconnais plus. Parce que la vraie, c'est l'autre ; parce que cette petite, qui lui ressemble étrangement, c'est elle que j'avais épousée.

Les Anglais ont un mot ravissant : *holidays*, c'est-à-dire « les jours de paradis ». Au *Club des 49*, mon dada, c'est l'étymologie et je faisais remarquer dans un articulet de notre mince revue (pompeusement baptisée *Revue de la Loire*) qu'en disant vacances nous employons un pluriel qui, par glissement de sens, s'est fort éloigné de son singulier. *Vacances, vacant, vacuité :* il s'agit bien de s'absenter du quotidien.

Hélas ! si c'est facile pour les enfants qui quittent vraiment tout : la maison, les habitudes, l'école, ce l'est moins pour les parents qui, sauf séparation, auront toujours à s'occuper de ces enfants-là et dont la conjugalité va forcément redoubler. Je rêve toute l'année d'une détente, où je pourrais déposer la toge et ses soucis. Mais je sais ce qui m'attend : durant cette période que Mariette, aussi rassembleuse que sa mère, n'accepterait jamais de passer seule, nous ne serons jamais en vacances l'un de l'autre. Au contraire. Nous qui, sauf en fin de semaine, ne vivons ensemble qu'une heure le matin, une heure à midi et deux ou trois heures le soir, nous allons avoir à passer quelque chose comme trente dimanches à la file, à supporter vingt-quatre heures sur vingt-quatre une vie totalement commune, cent pour cent familiale, dans ce ghetto Guimarch dont le niveau s'aligne sur celui de l'enfance-reine.

Car l'article de foi demeure : *les enfants d'abord* ; et à cet égard il n'y aura point de relâche. Ces chers petits, qui ont les yeux bouffis de sommeil quand il s'agit d'aller à l'école, à Quiberon sautent du lit aux aurores. Leurs huit voix, leurs huit trots ne laissent plus aucune chance à personne de dormir. Ne faut-il pas habiller les plus menus, d'ailleurs ? Pour ce qu'ils ont sur le dos, ils pourraient le faire eux-mêmes. Un short à ceinture élastique, un polo, une paire d'espadrilles, un enfant de quatre ans les enfile tout seul et les ines sont assez grandes maintenant pour les aider. Mais Mariette se croirait déshonorée.

« De toute façon, dit-elle, il faut aussi leur préparer à déjeuner. »

Autre prétexte : Martine, Aline se débrouillent très bien. Françoise Tource, qui loue à Carnac, a institué le système du plateau, préparé la veille. J'ai proposé de l'imiter. On m'a répondu :

« Un petit déjeuner froid, tu sais, c'est un pis-aller. Françoise, on comprend, elle est seule... »

C'est moi qui ne comprends plus. Puisqu'elles

ne sont pas seules, elles pourraient se relayer.
Mais non, elles se lèvent toutes, ces mères, qui
ont besoin de repos, laissant vituler Simone et
Arlette et, dans sa tente, Annick. Ce frais tohu-
bohu du matin, cette cavalcade, cette bousculade
de gosses, à toi, à moi, qui cherchent du savon,
une serviette, une place aux W.C., qui ont la peau
humide, le pyjama ouvert, les pieds nus, les cheveux hirsutes, qui chahutent, qui se chamaillent,
qui se drapent à la romaine avec un dessus-de-lit,
qui se font une barbe avec le postiche gris de Mamoune, qui s'aiguisent les dents sur quatre pains,
qui liquident je ne sais combien de berlingots de
lait... vraiment, ça ne peut pas se manquer.

Comme on ne pourra pas manquer le reste. A
la maison les mères ne sont-elles pas sans cesse
sur le qui-vive ? En territoire aubain, où rôdent
les dangers, trous d'eau, vilains amis, cailloux
pointus, ajoncs, choses à ne pas regarder, une
attention redoublée s'impose. Et puis savent-ils
jamais quoi faire, ces petits ? Ils le sauraient,
vous me direz, si on les priait fermement de le
savoir, s'ils avaient eu moins de jouets, moins de
séances de télé pour leur couper l'imagination.
Jusqu'à l'heure du club, aux distractions organi-
sées, nos mères animatrices y pourvoiront ; et
c'est miracle de voir filles et garçons abandonner, qui sa *Barbie* à dix costumes, qui son tank
téléguidé à canons tournants, pour revenir d'enthousiasme aux archaïques jeux de société : *nain
jaune* ou *portraits*. Spécialité de Mme Guimarch,
le *nœud gordien* soulève des contestations. Faire

en une minute un nœud, le plus compliqué possible, le passer au voisin, qui vous passe le sien
et gagnera s'il a dénoué plus vite le vôtre, cela
suppose pour la justice que les bouts de ficelle
soient identiques, mais aussi que les ongles aient
les mêmes pouvoirs. Les jumelles protestent. On
passe à *Je-ne-dis-ni-oui-ni-non.* Mais un mouvement
de tête de Julien, perfidement questionné, fait
hurler Catherine :

« T'as dit non !

— C'est pas vrai, crie Julien, je m'ai tourné
vers Mamoune. »

Bonne occasion pour rectifier : *Voyons, Julien,
on dit : je me suis tourné.* » Mais nos animatrices,
imperturbablement penchées sur ce que l'illusoire
peut entraîner de chicane, ont déjà trop à faire
pour apaiser le contentieux, sans cesse renaissant.
L'heure tourne. Vient celle du club Mickey, qui
les libère un peu, leur donne le temps de préparer
le déjeuner. Mais à midi cinq elles n'y tiennent
plus. Une délégation va rechercher les anges, qu'on
trouve attardés autour d'une méduse. Vous voyez !
Une méduse, cette horreur qui n'est pas seulement dégoûtante, mais urticante. La plaque de
boutons sur le bras de Loulou, si ça se trouve,
ce n'était pas l'excès de salade de crabe, c'était
ça.

« Y a pas à dire, on ne peut pas les laisser ! »
chante Gab, pour la centième fois.

L'après-midi sera plus sûr. On ferme (en mettant
la clef, pour les dissidents, sous une dalle dis-
jointe). Les femmes descendent en force et nul

ne sortira du sable pour aller dans l'eau avant décision du chrono de Mamoune (qui rajoute au temps légal un bon quart d'heure de sécurité). En maillot toujours, pour virer à ce brun cuir que les brides rayeront de blanc, Gab et Mariette se trempent peu. Elles veillent. La profondeur à quoi ont droit les quatre ans, les six ans, s'estime au niveau de l'eau atteint par les adultes voisins. On peut entendre Gab, dont l'accent, le vocabulaire refleurissent au soleil, s'écrier soudain :

« Té ! Ils vont trop loin ! La bringue d'à côté, tu la vois ? Elle en a jusqu'au sentiment. »

Et au retour de la marmaille dégoulinante, vite enveloppée, vite dirigée, les garçons sur une tente, les filles sur l'autre, l'équipe entre en action. Mariette éponge, Gab frotte, Mamoune prêche :

« Si, si, mets ton lainage. »

C'est le seul moment où le colonel (s'il ne partage pas les joies de l'équipe mâle, Guimarch père, fils et cousin, épinglant le pironneau sur les quais de Port-Maria) se mette à bougonner :

« A l'équateur, je te dis, elles craindraient que la mer soit froide ! »

Moi, je le suis : faisant ce que je peux pour ne pas le laisser voir. Mais ça se voit. On m'excuse :

« Quand Abel a du temps libre, dit Mariette, il ne sait jamais à quoi l'occuper. »

Comme les gosses, en somme ! A vrai dire mon
bonheur serait volontiers ambulatoire, du moins
amateur de changement, de dépaysement. Je n'ai
aucune vocation pour celui de Mariette, du genre
jeu de cubes : les vacances assurant le resserre-
ment du couple, encastré parmi ses enfants, puis
au sein de la tribu, elle-même emboîtée dans la
foule de ses pareilles. Mon temps libre, je saurais
l'occuper, si je pouvais. Mais il n'est vraiment
question que de savoir l'occuper à quelque chose
qui, me convenant (et encore ce n'est pas obli-
gatoire), puisse convenir à ma femme, à mes com-
mensaux et surtout aux enfants « si désireux de
profiter enfin de leur papa ». L'avocat seul est
en congé. Pas moi. Il ne viendrait pas à l'idée
d'une Guimarch que dans une famille on puisse
avoir besoin de se reposer les uns des autres.
Le cœur s'arrête-t-il de battre, le poumon de respirer ? Est-il un spectacle plus sain que de voir
un père, encore un peu trop blanc, mais vigou-
reusement poilu, s'acharner à creuser un sable
semi-liquide qui sans cesse redescend dans le fossé
à l'abri de quoi s'élève, sur le modèle en étoile
inventé par Vauban, ce fort dont l'expérience enseigne qu'avec des fascines de goémon et un pare-
ment de galets il peut tenir un bon quart d'heure
contre le flux ?

Hélas ! Je suis plein de respect humain. Je me
force cinq minutes, pendant lesquelles j'en fais
trop. Puis j'abandonne au moment même où la
lame arrive, où il faudrait participer à l'émotion
générale :

« La tour ! piaille Julien. Vite, tonton, tu répares. »

Tonton est remonté vers les tentes, devant lesquelles soudain il crochète, pour assister à cette partie de hand-ball qui rassemble ce que la plage a de plus réussi. C'est plein de nombrils sur ventre plat, de pectoraux purs, de balconnets. S'y trouve souvent la troisième équipe : Simone, Annick, leurs amis ou amies qu'elles seules connaissent et quelquefois Arlette, transfuge du groupe des tricots, ou Roger, transfuge du groupe des gaules. S'il manque du monde, il arrive qu'on m'invite : de mon passé sportif, il me reste encore quelque détente. Je m'aime assez, rabattant sec, vers Annick qui saute, les seins dardés, et crie :

« Terrible ! »

Mais j'en ai vite assez. Je ne sais pas m'amuser, je ne sais que m'intéresser : c'est un état d'esprit qui ne donne pas aisément l'occasion de s'agréger. Je fuis un gros avoué qui m'a repéré tout de suite, qui ferait de moi ses délices, mais qui semble toujours raccroché au fil du téléphone et n'a de conversation qu'autour de ses affaires. Pourtant je lui ressemble. En slip, je marche dignement, une invisible toge déployée autour de moi. Comme lui, j'attends de rentrer. Je tourne. Je vire, je *glandouille*.

Un jour j'accompagne Eric et le beau-père qui triturent des vers, des escargots décortiqués, des tripes de merlus et embecquent avec soin ces horreurs, de leurs gros doigts gluants. Ils reviennent, la bourriche pleine, et dans le grand plat où se côtoient leurs prises, aux yeux bouillis, chacun montre du doigt un tout petit poisson :

« Ça, dit le beau-père, c'est l'éperlan d'Abel. »

Parfois j'arrive à embarquer les filles dans cette voiture enfin récupérée, dont l'âge les fait sourire et je pousse une pointe jusqu'à Sarzeau, Sainte-Anne ou Port-Louis.

Parfois j'essaie de la solitude. Je vais, je longe, dans les anses de la pointe qui ne sont pas nettoyées, ces franges indistinctes où mer et terre se rejoignent, s'offrent réciproquement leurs détritus, l'une donnant l'écume, l'os de seiche, les coquilles brisées, le bois flotté, l'algue glaireuse, l'autre fournissant le gravier, le chat crevé, le bloc couché qui aurait pu faire un si beau menhir, le papier gras, le bidon d'huile, la boîte de sardines à couvercle roulé, la peau d'orange et moi-même. Je ramasse un galet où s'entrecroisent de blanches nervures ; puis un rose, trop léger, facétie de la mer à base de brique roulée ; puis un morceau d'ardoise. Maître Bretaudeau se retourne. Il est seul. Il se baisse, il tire, il obtient trois maigres ricochets.

« Minable ! » s'exclame Tio, qui me cherchait, qui surgit de derrière un rocher, me harponne et me ramène.

Je retrouve les femmes, assidûment assises et dont les doigts, les bouches maillent de la laine et du potin. Quelquefois je tombe pile, sur une très belle histoire :

« Son premier mari est mort », dit Mamoune, d'une curieuse façon.

Qui ? C'est sans importance. La belle-mère continue :

« Figure-toi que sa femme avait laissé tomber son alliance dans l'eau. Elle criait : *Va la chercher, Jérôme. Perdre son alliance, ça porte malheur.* Lui hésitait ; il savait nager, remarquez, mais il y avait trois mètres de fond. Il paraît qu'il lui a répété pendant un quart d'heure : *Je t'en achèterai une autre.* Mais elle se désolait : *Une autre, tu n'y penses pas ! C'est comme si je me remariais.* Ça l'a touché. Il a plongé, il a fouillé, il a retrouvé l'alliance, il a eu même le temps de la lancer sur la berge. Et puis il a coulé, foudroyé par une congestion. »

Quelquefois, au contraire, j'arrive comme un bourdon dans la gaze. Dans le brouhaha général, nos six mètres carrés font silence.

« Vous nous restez, Abel ? demande Mme Guimarch.

— Très volontiers, ma mère. »

Je m'étale. Mamoune, d'un coup de langue, s'humecte la lèvre ; puis tournée vers Mariette, qui ne me regarde pas, clôt le débat interrompu sur de prudentes considérations générales :

« Que veux-tu, les mots le disent bien : c'est le mari qui fait le mariage ; mais c'est la femme, heureusement, qui fait la famille. »

A propos de qui, là encore, mystère. Peut-être moins épais. La langue, en tout cas, a d'étonnants hasards. Si le mariage est de notre invention, il

l'est comme la démocratie conçue — à leur usage — par les bourgeois de 93 et qui, aujourd'hui,
les dévore. Un nouveau silence assure la transition.
On m'oublie. On recommence à bavarder : sans
discuter vraiment, sans disputer, comme le fe-
raient des hommes. J'écoute. Voilà donc ce qu'elles
se disent, à longueur d'année, quand je ne suis pas
là. La présence me montre à quel point je peux, de
leurs idées, de leurs préoccupations, m'être ab-
senté. L'essentiel, c'est du faire-part : naissances,
morts ou mariages. Mariages, surtout. C'est fou ce
que l'institution, dont elles se plaignent, peut les
tenir en haleine ! Mariages faits, mariages défaits,
mariages à faire. Toute la plage y passe. La bouche
troussée en as de cœur, elles s'interrogent sur des
couples ; sur une jeune femme qui n'a jamais été
vue, même en week-end, avec son mari ; sur les
intentions du garçon de la 65, qui serre de près la
fille du 47. Un instant le propos dérive. Que fait
donc Gilles ? On n'a pas vu Gilles. Il est pourtant
tout près, Gilles, avec son bateau.

« Il ne se marie toujours pas », dit Mamoune.

Nous y revoilà. Elle reprend :

« Tout de même, il serait temps. Il a au
moins... »

Le chiffre ne passe pas.

« Deux ans de moins qu'Abel, dit Mariette.

— Six ans de plus qu'Arlette », dit Gabrielle.

Mme Guimarch se rembrunit. Le mariage d'Arlette est son cruel souci, depuis longtemps. Mais
pour des raisons différentes celui de Simone, désormais, ne la hante pas moins. Simone n'a pas

seulement le goût de l'indépendance, elle en a les moyens ! Modéliste, elle gagne sa vie, paie pension comme une grande et, au moindre froncement de sourcil, menace de monter à Paris. La voilà qui passe devant nous, Simone, flanquée de je ne sais qui ; elle a déjà parlé d'un Henri, d'un Armand, d'un Germain, comme à Angers, où le téléphone ne sonne plus que pour elle. Mme Guimarch la suit des yeux, déroutée. Ne parlons pas, je vous en prie, de glissement de mœurs. Simone, comme Annick, qui n'est ni moins entourée ni moins libre, peut bien rentrer à des heures indues, parler de ses flirts avec désinvolture et même montrer de l'allergie au mariage. Ça signifie quoi ? Qu'elle n'a pas trouvé. Rien n'empêche et même, puisqu'il y a défilé, tout commande de croire qu'elle cherche, par les voies modernes, qui sont comparatives...

Acharnées à vouloir en faire d'autres, les mères papotent toujours, mais je n'écoute plus. Simone repasse, avec Annick flanquée d'un éphèbe blond assez agaçant. Mes yeux font le travelling.

« Tout de même, Abel, devant moi, regarde-la un peu moins », dit soudain Mariette.

Il y a de l'amusement dans sa voix plutôt que du reproche. Mais il y aura de l'humeur dans la mienne :

« Si je ne peux plus regarder ce que mille personnes ont le droit de voir, autant me crever les yeux ! »

Et autant détruire sur les places publiques ces œuvres d'art qui nous montrent des déesses très nues, allaitant en plein vent, sous l'œil attendri de leurs divins époux, pourvus de grands articles en bronze ! Une Annick, dans ce paysage de cellulite, voilà qui soulage, qui réconcilie avec les valeurs humaines ; et qui, encore une fois, ne rallume les maris qu'au bénéfice de leurs femmes. Je suis soûl de parlotes, de ridicule. J'attends quelques secondes par décence. Puis je me relève. Je fais un détour par-derrière les tentes. On me perd de vue. Alors rentrant soigneusement le ventre, je trotte et au bout de la plage je rattrape ce que le mariage même, après tout, m'a donné comme sœur et comme cousine.

Avant-dernier jour. En short et polo blancs, Gilles, qui ne sent plus son pied-bot dès qu'il est dans sa voiture ou sur le Miclou, son bateau, s'est amarré à Port-Haliguen. Quel succès ! La fièvre de l'aventure, soudain, s'est mise à souffler sur Ty Guimarch. Tout le monde a voulu en tâter, sauf Mariette qu'une expédition à Groix, lorsqu'elle était petite fille, a une fois pour toutes dégoûtée de mettre un pied sur ce qui flotte. Elle a été chargée de garder les enfants et Tio s'est dévoué pour lui tenir compagnie, tandis que la Mercedes, cahotant à travers les dunes, nous transportait au Conguel.

« Un petit tour seulement », a dit Mamoune, montant à bord avec son époux.

Lesté de leurs quintaux, le Miclou n'a fait, côté baie, qu'une très modeste boucle. Les beaux-parents en ressortent fiers comme Christophe Colomb, laissant la place aux Eric pour qui Gilles, actif à l'écoute, cingle un peu plus au large. Arlette et Simone suivent qui seront chahutées : virant sec, couchant de la voile, Gilles leur offre des sen-

sations, leur tire des cris, les ramène aspergées.
J'embarque dans l'ultime fournée avec Annick par
hasard à mon sort associée :

« Vous, dit Gilles, vous n'y coupez pas. Je vais
jusqu'au phare de la Teignouse. »

Va ! Le souffle de marée, qui commence à bro-
der de la houle, nous emporte gentiment au ras de
l'îlot de la pointe. Mais Gilles appréciant mal la
force du jusant, resserré dans le passage qui ali-
mente la baie, s'en inquiète un peu tard : pris de
vitesse et raclant longuement un banc providentiel, le Miclou s'engrave.

« Merde ! dit Gilles, menacé dans son prestige.

— On allège ? » fait Annick, qui sans attendre
la réponse pique une tête.

Je me retrouve dans l'eau. Le banc, sortant de
la mer à quarante mètres de là, devient plagette
entre deux rochers. La petite va, grenouillant de
la brasse, crachotant, se retournant pour me voir,
dans son sillage, battre un aimable, mais non fou-
droyant crawl. Très vite nous avons pied, nous
arrivons au sec. Gilles serre la toile, pour éviter de
donner de la prise au vent. La mer monte, qui va
redonner du fond. Il n'y a qu'à attendre. Un îlot
vide et dessus, acclamée par les mouettes, cette
sirène ruisselante, au deux-pièces collé sur de per-
çantes pointes, sur des hanches hardies, en vérité
le malheur est mince ! l'inexpérience de Gilles ne
mérite pas de reproches. Nous nous regardons,
nous éclatons de rire.

« Qu'est-ce qu'il y a dans cette île ? » demande
la naufragée.

Voyons, voyons. L'exploration me hante. Il y a
des rochers et encore des rochers dont le chaos,
propice à l'escalade, permet d'offrir la main. Il
y a de l'autre côté, en contrebas, pour nous rendre
invisibles, d'étroites terrasses semées de touffes
d'armerias. Annick se penche pour en cueillir. Voilà un mois que je respire plus court, près d'elle.
Dans ce décor sauvage je me sens tout primitif.
De ma vie je n'ai eu plus forte envie de plaquer
une fille à terre, de l'y accointer, bon gré mal gré,
au bénéfice du poids. Une occasion pareille, dans
cette tenue, sous ce soleil, est-ce que ça se représente ? En moi le robin, qui sait le viol plutôt cher
en assises, retient faiblement le robinson. Annick
se relève, sautille plus avant, s'arrête, met un doigt
sur la bouche. A quelques mètres, grise et blanche,
une mouette couve à même le sol. J'approche. Me
voici derrière la petite cousine, ami, ami, observant
la nature, les mains posées sur deux épaules qui
sont rondes, qui sont lisses et sur quoi les doigts
glissent comme ça, machinalement, faisant lever
un frissonnant grain de peau :

« Hé, dis donc, toi ! » souffle la gosse.

La voix est molle. Le sein est dur, dont ma main
droite prend la mesure, tandis que l'autre, déjà
plus bas... Ronsard a très bien dit la chose. Sois
bénie la bretonne appétence qu'éveille si vite le
bel art du toucher !

« Tu n'y penses pas ? Tu es... »

Fou, chérie, fou de toi. Bouche gobée, le petit
visage bascule, qui plus que jamais ressemble à
celui de Mariette, pucelle. Plus beau, plus net que

le sien, le buste suit, prolongé par ces longues
jambes qui se dessoudent. Maître, rassurez-vous :
vos collègues n'auront pas à plaider les circons-
tances atténuantes. Cette enfant, la voilà déjà qui
le chante, son consentement, qui étire la plus jolie
plainte du monde. Elle dit bien mieux que oui,
cette foudroyante ardeur, à bien peu de filles donnée, qui arque celle-ci au mieux de la flèche, qui
la fait haleter, secouer la tête, les yeux mi-clos, les
cheveux mêlés à l'herbe et les bras en étau.

« A-bel ! An-nick ! »

Sur deux tons le pilote nous rappelle. J'achève
moins bien ce qui fut mieux commencé. Il faut
quitter Cythère. Annick se redresse :

« Ça, alors ! »

Elle a de la gratitude dans l'œil, mais aussi de
l'étonnement, peut-être de l'inquiétude. Si douée
qu'elle soit pour cette sorte de surprise (ce qui
reste à prouver), elle doit comme moi soudain se
ressouvenir de ce que nous avons un instant oublié : je suis le gendre de son hôte, le mari de sa
cousine, le père de quatre enfants et en commen-
çant tôt j'aurais, à la rigueur, pu être aussi le sien.
Ça, alors ! répète-t-elle, tandis que, dernière pri-
vauté, je l'aide à relacer son slip dont le cordon a
souffert. Il y a quinze ans, en pareil cas, Mariette
aurait certainement murmuré : *que vas-tu penser
de moi ?* Mais cette génération a le ventre innocent. Gilles crie toujours :

« A-bel ! An-nick !

— Allons-y, dit la petite, Gilles se ferait des
idées. »

Retâtant un peu tout, vite, en propriétaire, je l'embrasse profond. Sans les échos qui de roc en roc ressassent nos prénoms, je la doublerais sûrement. Mais elle me repousse, se relève et se met à courir. Du haut de la falaise nous revoyons le Miclou, qui bouchonne plus loin et se garde d'approcher. Gilles fait de grands gestes impatients. Annick plonge :

« Cent mètres, nage libre ! »

Nul ne battra l'autre. A mi-chemin, braquant vers moi une tête aux cheveux collés, Annick dit rapidement :

« Ecoute, Abel, je ne veux surtout pas d'histoires avec Mariette. »

J'entre dans un rouleau. J'en sors. Je murmure :

« Quand seras-tu à Angers ? »

Mais elle ne répond pas. Nous sommes trop près. Gilles, qui jette de la corde, me regarde d'un drôle d'air.

Nous irons virer au phare, et sages, nous rentrerons ; et sages nous resterons, tout le soir, dans la gentillesse générale, plus irritante que rassurante. Pour délivrer mes yeux, qui ne savent où se poser, j'irai me coucher tôt.

Mais quand Mariette aura sur le dos de la chaise rangé ses petites affaires, quand elle se sera endormie, je me relèverai doucement pour aller me regarder dans la glace du cabinet de toilette. Je ne suis plus un minet. Mais je me tiens. Du gar-

çon il reste bien plus dans l'homme que de la fille
il ne reste en sa femme. Et me voilà dans la chambre en train de guetter le sommeil de la mienne.
Emu. Divisé. Exalté par la chose. Effrayé par la
suite. Le rein plus joyeux que le cœur. Tu sais,
chérie, je ne sais pas ce qui m'a pris : cet après-
midi je me suis envoyé ta cousine. Et je ne sais pas
ce qui lui a pris : elle ne s'est pas défendue. Est-
ce un accident ? Est-ce un miracle ? Je n'y comprends rien. Pour le ménage à trois, je ne suis pas
partant. Dans l'envie que j'avais d'elle, dans l'envie
que je garde d'elle, tu n'es pas étrangère. Est-ce
bien toi, là, qui dors ? Est-ce *encore* toi ? C'est affolant, cette impression de ne pas t'avoir trompée,
mais doublée, de perdre ce que j'y gagne en te
voyant respirer. C'est affolant d'être en même
temps exaspéré par ta chaleur, par ton odeur, par
la quiétude imbécile de toute cette maison, par
l'obligation où je suis d'être ici, en pyjama et non
en bas, sous la tente, avec une petite fille nue,
pour qui je me sens prêt à tout foutre en l'air, à
tout recommencer.

1965

DIEU merci, les femmes ont la paupière lourde. Telle croit encore aux candeurs de sa fille, depuis longtemps rodée ; et toutes, fort trompées (les sociologues assurent que c'est à 60 pour 100), l'ignorent le plus souvent.

Le témoin gênant, c'est moi. Je supporte mal la confiance que je ne mérite pas. Je ne supporte pas mieux l'idée d'être seul en faute. Je me cherche des raisons. J'en trouve. Si je me suis donné de l'air, c'est parce que j'étouffais. Il y a de ça, du reste : tromper la femme dont on se sent prisonnier, c'est une ressource pour se prouver qu'on est libre ; libre au moins de la braguette ! Des remords par bouffées, j'en ai. Mais comme ils sont récents, les griefs, plus anciens, les excusent, les noient.

La situation n'a pas changé. Au contraire, elle s'aggrave. Elle ne peut que s'aggraver. En ce moment, il faudrait... *Ah ! c'est facile à dire !* Il faudrait qu'elle m'assaille, ma femme, de gentillesse : je ne pourrais pas tenir et trouver, comme je le fais, dans le quotidien, un prétexte morose. Mais pourquoi Mariette ferait-elle un effort ? Elle s'aperçoit de peu de chose. Je m'absente de plus en plus ; je plane ou je suis cassant ; je dois être aigri par l'insuccès, les charges, la jeunesse qui s'en va. Je suis un homme, quoi ! Gloussant ferme, chaque jour davantage, elle s'enfonce dans le nid de poule.

Moi, je bous, en silence. J'en ai assez. J'en ai assez. Je suis en pleine révolte, mais aussi en pleine confusion. Jusqu'ici ma vie, elle était ce qu'elle était ; elle avait quand même une certaine unité. La voici divisée. Je m'en veux, et comme dans cet état j'en veux à tout le monde, je dois être assez odieux.

Je dois même l'être tout à fait. Mariette dit je ne sais quoi. Je songe, je ne réponds pas. Elle s'énerve :

« Mais enfin tu m'écoutes ? »

C'est vrai, je n'écoutais pas. Nous n'avons pas, nous n'aurons pas d'explication. A force de ne pas m'entendre avec elle, la dispute elle-même est dépassée.

Mariette, je ne l'entends plus.

Je ne la vois plus. Elle passe. J'oublie de tenir la porte.

Je ne la sens plus. Les baisers mécaniques repoussent comme la barbe. Sur le tout je passe le blaireau. On se rase tous les jours.

Je me tais, mais je griffonne : sur mon carnet de notes que cette fois j'ai mis sous clef :

Il n'est pas nécessaire d'espérer pour entrepren-dre ni de réussir pour persévérer. Mais le mariage, vous êtes censé l'avoir entrepris dans l'espérance ; c'est anormal, s'il ne réussit pas, d'être requis de persévérer.

Ou encore, en juriste :

Seuls les vices antérieurs au consentement sont pris en considération pour un jugement de nullité. Et pourtant le plus grand vice du consentement, c'est le temps, qui en détruit les motifs. Ce oui passé, dépassé, où le mort tient le vif, où celui que je fus s'est engagé pour celui que je suis, voilà qu'il devient ouais !

Et même :

Elles crient : mon tout ! Elles pensent : mon tou-tou.

Il advient que je me trahisse. Quand la hargne s'amuse, elle donne ainsi le change. Bête à tuer, méchante, laide, boiteuse de surcroît, la vieille guenon du procureur lui inspire des pitiés.

« Une femme dans cet état, dit Tio, ne se recase pas. Il faut bien qu'il la garde. »

Je m'exclame :

« Merde ! Le mariage n'est pas un hospice. »

On reparle d'Arlette. On lui aurait déniché quelqu'un. Je murmure :

« Sainte Agamie ! Priez pour lui. »

Je pousse un peu, mais pas tellement. Chacun
de nous pour soi-même est, sans le vouloir, bien
plus cruel que l'autre. Comme les maths à Cen-
trale, la niaiserie à la maison triomphe, cucu-
lise tout. La négligence augmente. L'indulgence
faiblit. C'est Mariette qui maintenant dit de Simone :

« Tout de même elle exagère ! »

Gab approuve, qui jadis fut gonflée avant l'heure. Les femmes ne sont indulgentes que très jeunes, quand elles espèrent tout, ou très vieilles,
quand elles ont tout eu.

Mais à part mince morale étroite.

L'attention ne l'est pas moins, du reste. Mariette
pointe le doigt vers ma pomme d'Adam :

« Tu as vu ? »

J'ai vu. Fripure du cou, patte d'oie, quand appro-
chent les quarante, nous datent sans rémission.
Mais moi, au moins, j'ai une cravate.

Je n'en dirai rien : un homme supporte ces sortes de remarques ; une femme jamais, même si
elle les provoque. Et quand changeant de direc-
tion son doigt pointera vers mes chaussettes (c'est
sa façon de me chanter l'air du roi de Danemark)
je ne lui dirai pas non plus qu'en fait d'effluves,

trop souvent, les siens sont justiciables d'un autre lied :

> *Quand vous toussez, ma mie,*
> *Quand vous ouvrez la bouche*
> *Faut avoir vu les mouches*
> *Tomber sur le tapis !*

Soyons bon : ce n'est pas de sa faute si elle a mal à l'estomac.

Etroite, étroite en tout, je vous dis. L'univers vient à elle, pour sa distraction : ça s'appelle la télé, c'est en forme de boîte. Mariette est devant, le chat sur les genoux (ce chat récemment offert par Gilles et qui partage avec elle une relécheuse propreté, une bonhomie de velours servant d'étui à griffe, un empire de cent mètres carrés).

Mais nous n'allons point éclater sur le monde. Au contraire. Rien de tel que la boîte pour nous resserrer, pour nous bloquer autour. Le cinéma, le théâtre, le concert, le stade obligent à se déplacer, font rupture. La boîte, non ; elle s'apparente à toutes les autres dont Mariette tire légumes secs ou produits ménagers. L'image est aussi un produit familier. Quand de Caunes apparaît avec son chien, il paraît que le chat s'inquiète. C'est une jolie coïncidence que Pimprenelle ait pour frère un petit garçon qui s'appelle aussi Nicolas. Seuls ceux qui manquent d'imagination s'étonneraient de voir le nôtre, extasié devant son double, sous l'apparence de Thierry la Fronde, que son frère, harnaché en Zorro, ne songe pas pour l'instant à provoquer. Le général d'ailleurs va passer, le général passe, qui s'adresse personnellement à Mariette — là, dans la pièce — et la remercie d'avoir voté pour lui, comme toute la ville (au premier tour un peu accrochée par les dents de M. Lecanuet). Et maintenant, *circenses !* Le cirque est tout petit : c'est le rond de famille. Mariette est au milieu et, selon le jour, regarde des Ricains étriper du Vietcong, des provos casser des vitrines, des serpents déglutir des gerboises, des gangsters rafler des lingots et le pape, *urbi et orbi*, bénir la planète où se succèdent raz de marée, incendies, éruptions, viols, assassinats, chutes d'avion, déraillements, que nos « envoyés spéciaux » ont filmés pour meubler, *tricoti-tricota*, la petite séance du soir. La seule terreur, c'est le carré blanc. Oh ! là ! là, au lit, les enfants ! Voir tant de gens couchés morts, passe ! Mais une dame bien vivante couchée près d'un monsieur qui ne serait pas son mari...

Puisqu'il est question d'eux, parlons-en, des enfants ! Et soyons francs : j'en ai le menton qui tremble. La force de Mariette est là ; et ma faiblesse. Je le sais : plus je manque, plus elle les tire à elle. Ce ne sont plus des bébés, mais il lui faut conserver des mignons. Ma mère me disait lorsque j'avais sept ans :

« La véritable enfance tombe avec la première dent de lait. »

D'après Mariette j'ai mal entendu : c'est avec la dernière. De sept à douze ans, ça fait une différence ! Je proteste. Sur le sujet je peux être très agressif. L'éducation Guimarch, si je n'y mettais bon ordre, ferait de mes fils des Eric et de mes filles des Reine. Voilà des enfants qui n'ont jamais faim à dîner : parce que Mariette les laisse pignocher dans les placards. Qui ont tendance à faire les intéressants : parce qu'on admire leurs numéros. Qui ont du retard à l'école : parce qu'on a tellement bêtifié en leur parlant la langue dada qu'ils ont du mal à parler français. Qui n'ont pas d'amis : parce que Mariette les trouve tous impossibles (Henry, voyons, le dernier de la classe ! Marco, un petit mulâtre ! Solange, la fille d'un garçon boucher !). Qui sautent sur le blanc de poulet, le quignon du pain : parce qu'ils choisissent d'abord. Qui ne font rien à la maison, même pas leur lit, parce que Mariette met un point d'honneur à les traiter en princes. Qui acceptent seulement de faire des commissions : parce qu'elle les laisse prélever sur la monnaie de quoi s'acheter bonbons et surprises. Qui la tyrannisent à tout propos, ne savent pas la laisser un instant tranquille : parce qu'elle les habitue à abuser d'elle. Qui sont peureux, timides, pleurards : parce qu'enjupés, privés des bonnes bosses et des bons bleus, de la petite expérience du risque indispen-

sable à la croissance mentale... Seigneur ! Il paraît que les hommes n'y entendent rien et particulièrement les Bretaudeau, race jusqu'alors peu
prolifique, donc sans expérience. Les très nombreux Guimarch, forcément, ont cette expérience :
un peu moins que la poule, sans doute, qui doit
la posséder pleinement, puisqu'elle pond deux
cents œufs par an. Je veux bien. Mais je constate
que tout le temps, chez moi comme chez Eric, les
femmes se font avoir.

Au déjeuner dominical, juste après le dessert,
Yvonne prend le hoquet.

« Compte cinquante sans respirer », dit Gab.

Mamoune allonge le bras, glisse une pièce de
cent francs dans le dos de la patiente, qui s'écrie :

« Hkk ! c'est froid. »

Mais ne perd pas le nord et bloque la pièce à
la sortie.

« Merci, Mamoune... Hkk ! »

On essaie de l'eau glacée bue d'une traite, de la
goutte de vinaigre sur un morceau de sucre. Peine
perdue. Hkk, Hkk ! La famille se désole. On ne
peut pas dans cet état emmener la petite chez la
tante Meauzet. On la laisse à Arlette. Qu'elle ne
se tracasse pas ! Dès que nous aurons tourné les
talons pour filer chez la tante — terreur d'Yvonne
— le hoquet aura disparu.

De la même façon les jours de composition, fleurit le mal de tête : méthode préventive qui réussit bien, quand je ne m'en mêle pas. L'autre, la
méthode corrective, par retouche du carnet a été
pratiquée ! Mais la fessée reçue par Loulou — de

mon chef, bien sûr — a si fort déchiré les entrailles de sa mère que maintenant elle épluche
les notes avant moi. Au besoin elle gratte et réta-
blit le bon chiffre. Emportée par l'élan, elle a
même transformé en 2 un 12 très sincère, mais
étonnant, obtenu par Nico en orthographe.

Pour elle, décidément, comme disait Gombro-
wicz, *tout est cousu d'enfants*. Du ton possessif,
j'ai l'oreille qui glougloute. On mignote à l'heure
du cartable :
« Ma Vonne à moi qui allait oublier d'embrasser sa maman ! »
A l'aller, au retour, ça se passe quatre fois par
jour. Avec le lever et le coucher, voilà six séances
sur huit joues. C'est un autre aspect — voir plus
haut — du coefficient.
On aura remarqué, par ailleurs, le tour particulier : parlant d'elle-même, Mariette s'appelle
maman.
« Non, laisse, Maman va le faire. »
C'est la troisième personne : de service. Quant
au prénom, même entre nous, il succombe. Elle
me lance :
« Tu descends déjeuner, papa ? »
Moi aussi, je n'ai plus que l'anonymat de la
fonction : la seconde pourtant, conséquence de
la fonction première qui n'a jamais incité Mariette à me crier :
« Tu descends déjeuner, mari ? »

Ainsi dévorée, dévorante, vivant d'impérative sollicitude, et dans chaque fond de casserole, s'astiquant l'auréole, irréprochable... *irréprochable, hélas !* en face de moi qui ne suis pas innocent, indispensable aussi et le sachant et faisant tout pour l'être, Mariette sans le savoir se défend. Comment pourrais-je le méconnaître, ce sacrifice impitoyable ?

Je me prépare à sortir. Une boule monte, descend, me remonte dans l'œsophage. Mais retiens-moi donc, Mariette ! Je ne te déteste pas. Fais quelque chose. Maigris un peu. Va chez le coiffeur. Remets du rouge, du noir. Redemande à l'arc-en-ciel, sept jours, sept robes, de te rendre un peu diverse. Laisse tomber le tablier qui te désendimanche à perpétuité. Ah ! si au moins te retrouvant...

Mais non. Je l'aperçois dans la cuisine. Elle est en petite tenue. Echevelée. Ensachée. Grattant de la carotte. J'enfile lentement mon imperméable. Tu ne sais pas où je vais, bouffie ? Il pleut. Angers est une ville où il pleut l'hiver, où il n'y a pas souvent de blanche neige pour suivre pas à pas les époux infidèles.

C'est de la folie, je le sais : Angers, comme toutes les villes de province, est fait d'une place — la place du Ralliement, ce qui dit tout —, de deux boulevards, de quatre ou cinq rues essentielles où tout le monde se croise, avant d'aller dormir dans le reste, à jamais suburbain. Si vous n'êtes pas dentiste ou médecin — corporations favorisées qui ont de bons prétextes pour recevoir quiconque — il faut bien sortir ; et rencontrer régulièrement une fille sans que personne ne le sache représente un tour de force. La raison pour laquelle l'Angevin reste fidèle à sa femme dans un rayon de dix kilomètres vous apparaît très vite. Impossibles les hôtels, groupés aux points sensibles : autant publier des bans. Impossibles les meublés, les studios clandestins : ils se déclarent, même pour le percepteur et couper à ces fiches ne vous épargne pas la plus vigilante de toutes, qui est l'œil innombrable. Reste l'hôtel à Segré, à Saumur et la campagne aux accueillantes haies où, quand il fait beau, quand le paysan ne herse

ni ne bine dans le coin, vous pourrez faire ce que
l'oiseau, le lapin, le chien errant font librement
dans le même cadre. Transport avant transports.
La voiture, on ne dira jamais assez combien elle
simplifie les mœurs. Mais attention ! Ne chargez
pas la fille dans le centre et surtout pas chaque
fois au même endroit : ça se remarquerait vite.
Allez loin : la banlieue s'étale, les gens sont fous
de leurs bicoques du dimanche. Ayez donc du
temps ; et priez Dieu que vos heures creuses coïn-
cident avec celles de votre amie, à qui, pour le
savoir vous téléphonerez prudemment.

Il pleut. Je me suis garé devant le 5, rue des
Saintes, dans la Doutre. J'attends Annick. Ça lui
fait tout de même une trotte pour venir jusque-
là. Sous la pluie. Viendra-t-elle ? Cet endroit, nous
en avons convenu la dernière fois, il y a dix jours.
Je n'ai pas pu confirmer. Ma voix est trop connue
chez son père ; sa voix est trop connue chez moi.
Le fait d'être voisins, d'être cousins, quand distance et absence de liens seraient cent fois pré-
férables, nous enlève plutôt des moyens de nous
joindre. C'est elle qui de préférence m'appelle au
vestiaire du Palais. Elle n'a pas appelé.

Cinq minutes de retard. Par ce temps, c'est normal. Elle n'est jamais à l'heure. Elle vient une
fois sur deux et ce n'est pas sa faute. Depuis
qu'elle est à Angers — et ça ne fait que quatre
mois — depuis que je l'ai reprise — et ça n'en

fait que deux —, elle fait son droit (j'aime bien,
c'est une autre parenté), elle va aux cours (j'aime
moins, c'est plein de jeunes de son âge), elle sort
énormément (je n'aime plus du tout). Il pleut.
Viendra-t-elle ? Chaque fois je me pose la même
question ; après tout, pourquoi ? Ce vendredi où,
lassé de l'apercevoir entre deux portes familiales,
devant témoins, exaspéré de ne rien pouvoir lui
dire, de ne pas crocheter son regard, je l'ai har-
ponnée à l'entrée de la Fac, ce vendredi où elle
s'est écriée pour que nul parmi ses camarades ne
puisse s'y tromper : « Tiens, mon cousin ! »... je
me suis cru bien peu de chances de la redéshabil-
ler. Elle paraissait gênée ; et surtout étonnée. Une
surprise de vacances... non, elle ne l'a pas dit.
Elle a murmuré seulement :

« Je n'ai qu'une seconde, Abel. Mon cours... »
Elle a tout de même accepté de faire trois pas
avec moi dans la rue. En marchant, elle regardait
ses pieds, nichés dans de tout petits souliers qui
piquaient sur l'asphalte des talons hésitants. Je
le jurerais : pour elle c'était classé. Mais je le
jurerais aussi : toute libre qu'elle soit, elle avait
un peu honte, elle ne se sentait pas le courage
de me dire : « C'était bien bon, Abel, mais ça ne
se fait qu'une fois. » Autant dire : « Tu sais, je
suis facile. » Et puis maître Bretaudeau, ma foi,
se surpassait, disait, disait, disait des choses, et
notamment qu'il n'en pouvait plus, qu'il n'en dor-
mait plus, qu'il ne savait absolument pas où ça
le mènerait, à rien, tant pis ! à tout, tant mieux !
et qu'en tout cas, plutôt que de la perdre, sa

gosse, il était fort capable, ménage, famille, Palais, de tout faire sauter gaiement.

« Tout de même ! » disait Annick, avec cette pointe d'ail, acquise à Béziers et attendrissante chez une Bretonne.

Elle souriait, inquiète, flattée, émue peut-être. Annick n'a pas beaucoup de conversation. Elle est belle ; elle est bonne ; elle a horreur de faire des dégâts. Quand on a mis le feu, on éteint l'incendie. Mais à ce détour de l'âme l'attendait mon démon. Quand on est faible d'où elle l'est, éteindre le feu chez l'autre, c'est le rallumer chez soi. Je connais mes pouvoirs : les petits jeunes sont brefs, ils ne s'occupent guère de ce qui se passe dessous ; ils n'ont pas d'attentions, de phrases ; ils ont trop de partenaires. Ma voiture était là, justement : la nouvelle, une DS à dossiers renversables (qui a fait dire « Enfin ! » à ma pauvre Mariette). Annick, séchant son cours, s'est laissée pousser dedans. Du petit hôtel du moulin de Mirvault, près de l'eau lente, j'ai décommandé mes rendez-vous.

Il pleut. Un agent à pèlerine ruisselante s'approche. Je suis du mauvais côté. Il faut changer de trottoir, me ranger devant le 24, où je risque de manquer la petite. Elle a une demi-heure de retard. Vais-je être obligé de filer ? Vais-je être obligé de la relancer ? La dernière fois, elle a paru offusquée parce que je voulais lui offrir une broche, un rien, une bricole sans valeur, quelque chose qu'elle puisse porter sans alerter l'œil de quiconque, quelque chose pourtant qui la signe. Elle

a très bien compris. Elle ne veut rien de tel. Elle
ne veut rien du tout. Elle ne prend pas, elle ne
donne pas, elle fait l'amour, elle le fera tant qu'elle
en aura envie, avec une gratuité farouche et la
ferme intention de ne pas m'appartenir. Je me
garderais bien maintenant de ce réflexe d'épou-
seur. Je me garderais bien de lui redire que pour
elle au besoin je casserais tout. Elle fronce les
sourcils. Annick est sérieuse : à sa façon. Elle
n'a rien contre le mariage qui se situe pour elle
à cent lieues du plaisir. Elle dit tranquillement :

« Plus tard, il faudra bien. Mais alors tant qu'à
faire autant que ce soit quelqu'un. »

Je ne suis pas quelqu'un et, même si je l'étais,
je ne ferais pas l'affaire. Ma famille, c'est la sienne : elle n'y touchera jamais ; elle est bien assez
tracassée par l'idée d'y avoir un amant, de risquer
l'histoire sévère, côté Mariette si elle me garde,
côté Abel si elle ne le garde pas. Quant à mon
nom, quant à ma situation, qu'un divorce rédui-
rait à néant (un tiers de mes clients vient des
Guimarch, un autre est chatouilleusement catholique), elle n'y a pas songé une seconde. Ça lui
paraîtrait délirant. Ses gentillesses, ses émotions
de peau douce sont celles d'une autre race, d'une
autre époque : sur qui je n'ai de prise que celle
du bilboquet. Je prolonge du provisoire ; et c'est
ce qui m'enrage et c'est ce qui m'excite...

« Excuse-moi, Abel. Je n'ai que deux heures. »

Elle est là, enfin, trempée, ravissante, repliant
son parapluie. Elle a, tout de suite, ce merveilleux
coup de langue qui frétille dans le baiser. Ado-

rable petite pute ! Pourquoi faut-il qu'avec toi le
monde me paraisse ouvert, quand près de Mariette il me paraît clos ? Ah ! si je pouvais de l'une
et de l'autre n'en faire qu'une, garder de Mariette
ce que tu me refuses et de toi ce qui la ressus-
citerait !

Point tôt, jeune femme il faut prendre pour
l'avoir toujours en son beau, disaient les sages.
Allons ! Contentons-nous de ce qui nous est donné. Cessons de confondre les genres.

« L'hôtel d'Avrillé ? » propose-t-elle.

L'impatience me prend. Je fonce. Userai-je ceci
qui, chaque fois, se pointe au calendrier comme
jour de fête ? Annick le croit. Dans cinq minutes
elle le souhaitera moins. Je suis petit prince, mais
bon pistolero.

DANS l'agressif état d'esprit où je me trouve, le matrimoine, je le vois partout.

Ce matin, j'entre chez les garçons et je trouve Nicolas, perplexe, un doigt dans son nez. Il regarde cette mappemonde lumineuse, usée, cabossée, qui fut mienne. Jusqu'ici ce qui l'intéressait, c'était de « gagariner » autour, tchu, tchu, à cheval sur une fusée, faite d'un tube nickelé emprunté à l'aspirateur. Mais depuis qu'il sait lire, la géographie ruine le mythe. Il considère, d'un œil vague, cette petite France et ses ex-possessions que, pour les mieux distinguer du rouge russe, du vert anglais, du jaune espagnol, les cartographes de papa représentaient en violet. Je m'approche, imaginant que la réduction au quatre millionième l'embarrasse. Mais il dit, tout à trac :

« Bretaudeau, papa, c'est masculin ? »

Il n'en semble pas sûr ; et sans s'expliquer, il enchaîne :

« T'as vu, l'Europe, c'est tout des dames. »

Et me voilà l'index sur le globe dont grince
l'axe faussé. L'Europe, il a raison, ne comprend
que des femmes : la France, l'Angleterre, l'Alle-
magne, la Russie, la Pologne, l'Italie, la Bulgarie,
l'Autriche, l'Espagne, la Roumanie, la Suède, la
Norvège, la Finlande... Et l'exception confirme la
règle : le Portugal, le Danemark, le Luxembourg,
Monaco, sont tous de faible taille.

Le globe tourne... Les cinq parties du monde
sont aussi féminines. Et pour le tout, on dit la
terre. Et ce qui n'est pas la terre est la mer...
Pardi ! la mer, la mère, toujours recommencées.

La chose me trottera dans la tête, toute la journée : si bien qu'au Palais, entre deux plaidoiries,
je griffonnerai un articulet vengeur pour les huit
cents lecteurs de la *Revue de la Loire,* où je me
produis maintenant à la rubrique « Pointes »,
signée de mes seules initiales. Bien sûr, je sais de
qui nous tenons ce vocabulaire où le féminin tire
à soi des mots qui devraient appartenir au neu-
tre, genre perdu et, même en latin, déjà très in-
fidèle. Mais dire que nous parlons une langue
courtoise, féminisée par ses *e* muets, c'est trop
peu.

*Cette langue, dit A. B., est absolument complice
du sexe opposé. Nous sommes floués, nous, les
hommes, par le lexique. Que la terre, la mer, comme la plaine, soient du féminin, on veut bien : ce
sont, à l'horizontale, de grandes fécondes, au-dessus de quoi l'air, le feu, l'arbre, l'oiseau, qui se*

dégagent à la verticale, sont correctement masculins.

Mais le reste, hélas ! Devrait-on parler de mère-patrie, quand ce sont les hommes qui se font tuer ? Pourquoi l'amour est-il masculin au singulier (où il est ambigu), féminin au pluriel (où il est noble) ? Pourquoi la passion, l'émotion, la sensibilité sont-elles féminines, tandis que nous sont laissés le rut, le sexe, ces grands sales ? Pourquoi la vertu en face du vice ? L'humilité, la charité en face de l'orgueil et de l'égoïsme ? Creusez la question et bientôt vous verrez se dégager une règle : le masculin dégrade. A la nation s'oppose l'Etat, réalité plus rude (quelque chose comme son mari). C'est baisser dans l'ordre des valeurs que passer de la fortune à l'argent ; de la contribution à l'impôt, de la puissance au pouvoir, de la vocation au métier, de la volonté à l'entêtement, de la justice au droit, de la destinée au sort. Vive la République ! A bas le Gouvernement ! Sublime est la parole, mince le propos, vulgaire le bagout...

Tio, qui lira le factum avant l'envoi, commencera par hocher la tête :

« Ce que tu as l'esprit tordu en ce moment ! Enfin ça te défoule. »

Puis, dans un petit rire :

« Je te signale tout de même un oubli, singulier de leur part : elles nous ont laissé *le* bonheur. »

Pardi ! Ce n'est qu'un mythe. Je penserai à *la* joie que donnent si bien les Annick.

TOUT se gâte.

Trouver sur mon bureau, dans mon courrier, une lettre décachetée, c'était impardonnable. L'avocat est tenu au secret professionnel. Si sa femme le viole, où allons-nous ? Circonstance aggravante : la lettre, parfumée, était d'une belle écriture de cliente. Je me suis vu devant le soupçon. Je me suis vu devant le danger : en cas d'urgence, Annick pouvait m'écrire. De toute façon il fallait marquer le coup. Je suis redescendu comme une furie, hurlant :

« Tu ouvres mon courrier, maintenant ! Et du courrier professionnel encore ! Ma parole, mais il va falloir que je change de crèche. »

Mariette balbutiait déjà des excuses, mais la dernière phrase, mal interprétée, l'a rendue blême. Je la menaçais seulement de prendre un bureau dehors (j'y pense vraiment : pour plusieurs raisons). Elle est aussitôt montée sur ses grands chevaux :

« Eh bien, divorce, mon ami, divorce !

— C'est toi qui me dis ça ? »

Outré, j'ai saisi un vase qui est allé se fra-
casser dans la glace. J'ai vu Mariette reculer,
sans un mot, vers la porte qui s'est refermée
sans bruit.

« Tu as tort », a dit une voix.

Gilles était là ; et Loulou retenu à la maison par
un rhume. Gilles, déjà, c'était ennuyeux. Dès le
départ, dès l'histoire du bateau, il a compris. Il
n'a ni preuve ni confidence ; il ne cherche pas à
en avoir ; il est discret, mais il sait ; et la chaude
amitié qu'il a depuis quinze ans pour Mariette,
cette affection d'infirme, tenace, fraternelle, payée
de retour, appuyée de part et d'autre de gros baisers sur les joues, ne fait pas de lui le témoin
idéal d'une scène de ménage.

« Tu as tort, répétait-il. J'étais là quand elle l'a
ouverte. Elle a dit : « Zut, c'est pour Abel. Il va
« crier » et elle l'a remise dans l'enveloppe. Elle
croyait avoir ouvert la lettre de Reine, arrivée en
même temps et où justement elle annonce qu'elle
divorce.

— Reine divorce ?

— Tu restes, dit soudain Loulou, tu restes ? »
Je le pris dans mes bras : il flageolait. Des quatre, Loulou est le plus fragile. Il croit tout ce qu'il
entend. Si pour crever les silences certains éclats
sont bons, devant lui c'est toujours un désastre.
Il y a deux ans, horripilé par les remarques de
Mariette qui m'interdisait le pain (maintenant,
soucieux de ma ligne, je me l'interdis moi-même),
je m'étais écrié à table :

« Qu'est-ce que tu veux ? Me faire mourir de faim ? »

Pendant huit jours sur mon bureau, j'ai trouvé des quignons et des bouts de chocolat (la moitié du bâton, moins les coups de dents de la tentation). Une autre fois plaidant vivement pour lui — qui venait de faire sans le vouloir une bêtise —, je me suis fait contrer (Mariette déteste que je lui chipe son rôle). Le ton montant, je l'ai vu se recroqueviller, mon gosse, coupable d'exister, incapable de supporter l'idée d'être entre nous un objet de discorde.

Cette fois, c'était plus grave. Il semblait épouvanté. Comme un tremblement de terre la fend en deux, l'ouvre sous vos pieds, imposant l'incroyable : la division de ce qui par essence est un, voilà que menaçait de se séparer le bloc papamaman, fondement de l'univers. Puissance de la faiblesse ! Je le gardais dans mes bras, je n'osais plus le lâcher. Quand Annick le rencontre chez Eric, chez Mamoune (elle ne vient jamais chez moi), il marque un faible pour elle, elle marque un faible pour lui. Elle a cette pétulance, cette grâce, cette gentillesse — directe et pas frotteuse — que les enfants adorent. Pourtant d'Annick, maîtresse, mon tout petit garçon se montrait, sans le savoir, l'ennemi numéro un. Rien ne le détournera de croire, *puisqu'il existe*, que ce dont il est né doive exister encore. Rien n'a plus de force sur moi, quand cette foi lui manque, que de le sentir soudain coupé de sa racine.

Tout se gâte.

Je réfléchis. A l'hôtel d'Avrillé, qu'elle a trouvé tout de suite, l'autre jour, Annick avait l'air de connaître. Pourquoi. Comment ? Je ne peux même pas poser la question. Sur le sujet, farouche, elle pourrait trouver là prétexte à rupture. Elle le répète assez :

« Je suis libre. Tu es libre. »

Pour celui-là même qui s'en réclame la liberté rêve d'étranges voies, où l'autre ne puisse bifurquer. Mais j'ai plus vif sujet d'inquiétude. Annick répète aussi :

« Nous deux, forcément, ça cassera. »

Et ce n'est pas ce qu'elle dit qui me fait peur, mais la façon dont elle le dit : respiration coupée. Telle que je la connais, mouiller de l'œil, pour elle voilà l'inadmissible : c'est une délicatesse que d'arrêter aux délices ce qui deviendrait coupable dans un mouvement du cœur.

Tout se gâte.

Mariette n'a pas de soupçons, mais cherche des raisons. Je rencontre plus souvent ce regard, cet étonnement lourd de fermière qui voit le bélier donner de la tête aux murs de la bergerie. Les Guimarch ont aussi l'œil rond. La série noire, d'ailleurs, semble frapper la tribu. Le beau-père a dû se faire faire un cardiogramme. Clam, son chien, s'est fait écraser. L'acné ravage Arlette. On m'a transmis pour consultation une copie du dossier de Reine : il n'est pas bon ; ses trente-quatre ans dont l'éclat baisse n'ont pas résisté à la preuve par le neuf, que lui apportait la conquête d'un play-boy ; elle s'est fait prendre en flagrant délit ; et Georges, son vieux mari, aux affaires compromises par un krach immobilier, ne semble pas lui laisser de chances de toucher un fifrelin dans sa liquidation.

Enfin, la tante Meauzet est morte subitement. L'enterrement n'a pas été triste. Le retour, après le passage chez le notaire, n'a pas été joyeux : l'ingrate laisse tout aux Meauzet ; pas un sou aux Guimarch.

Tio, torturant sa boutonnière où saigne le ruban rouge, m'attendait au vestiaire et j'ai compris tout de suite qu'il y avait du grabuge : il ne vient au Palais que pour me dire ce que Mariette ne saurait entendre. Pour achever de m'alerter il pointe un menton colonel, il a toute la raideur de qui, redressant le dos, cherche à redresser la situation :

« Fils, dit-il, ce sont les Pompes funèbres. »

Exorde bien à lui. L'humour est son vieil uniforme sous quoi lui bat le cœur, disant fils pour neveu, surtout quand ça ne va pas.

« L'office est déplaisant, reprend-il. Annick, sous le sceau du secret, vient de me téléphoner. Elle repart pour Béziers, chez sa mère qui, comme tu sais, vit séparée de son père. »

Et aussitôt :

« Joli morceau, mon petit, je te fais mes compliments, bien qu'en famille ça ressemble à du cannibalisme. Allons, viens ! Le coup est dur : j'aime mieux te l'expliquer dans les allées du Mail. »

Nous marchons en silence. Nous traversons la place vers les portillons qui rebattent leur ferraille sous la main des nourrices et des petits enfants. Beau symbole ! Ça n'aura pas duré, ça ne pouvait pas durer, je m'y attendais. Je viens de passer le dimanche, tout un dimanche, chasseur censé chasser près de Gien, où je ne plumais que ma caille : une caille trop chose, trop douce, inexplicablement en veine de confidences et qui disait, je ne sais plus à propos de quoi, dans l'auto :

« Tu sais, je n'ai pas tellement couru. Un étudiant, pendant deux ans. Puis six autres à la file, pour oublier le premier. Puis toi. »

Et qui disait dans le salon de thé où nous avons goûté :

« Quand j'étais petite, les babas, je m'en suis mis une bonne fois jusque-là. »

Et qui disait dans le lit après s'en être mis jusqu'ici :

« Dis, Abel, tu ne trouves pas idiot que l'amour, ce soit la situation qui le rende moche ? Ça t'arrangerait, hein ! que Mariette reste en place, tout en glissant dans ma peau. »

Proposition inversable : elle ne se l'est pas pardonnée.

Le derrière tombé sur le banc, sur le même banc

où, quand je l'ai revue, était assise Odile, qui maintenant vend du tuyau, du tuyau de plomb, je reste stupéfait :

« Elle vous a téléphoné !

— Oui, dit Tio, continuant sur le seul ton qui puisse le mettre à l'aise, cette enfant a bon cœur. Estimant que les Guimarch, mis au fait, pourraient ne pas te porter le secours nécessaire ni observer la discrétion souhaitable, elle a pensé à moi pour soutenir tes pas. Je t'avoue : j'ai été soufflé. Par la chose d'abord : personne n'y a vu que du feu... et l'expression, dans le cas, est idiote, car personne n'a vu ce feu qui, Dieu merci, aura été de paille. Mais le ton surtout m'a épaté. Il faut avoir un sacré toupet... »

Tio s'arrête, reprend :

« Non, ce n'est pas le mot, il faut avoir, chapeau ! une espèce de courage pour annoncer froidement la couleur, en avouant que c'était trop bon pour résister, mais trop con pour persister. Pas folle d'en haut, seulement d'en bas, cette petite ! Que ça dure, que ça se sache et, par sa faute, famille, enfants, situation, ça risquait, patatras, de faire beaucoup de décombres. Pour rien. Vingt et un sous trente-huit ce n'est pas rédhibitoire... La preuve ! Mais on a l'âge et le poids de ses charges. Elle t'aurait vite trouvé quadragénaire et comme elle a le matou câlin, tu vois d'ici. »

Il se lève, tire sa montre — un oignon d'or, à l'ancienne —, la consulte et conclut :

« Bon ! Fils, je ne suis pas capucin, rentrons le prêche, puisque tout rentre dans l'ordre. »

Je me lève à mon tour. Je demande :

« Elle n'a rien ajouté pour moi ?

— Si, dit Tio, qu'elle regrettait de ne pouvoir te dire adieu. On la comprend. Tu serais venu, les yeux, la bouche, les mains et le reste en avant ! Dans votre situation la meilleure scène est la plus courte et la plus courte est celle qu'on ne fait pas... C'est bien à cinq heures que tu plaides ? Je te laisse. »

Il fait trois pas, mais ce n'est qu'un faux départ. Il se retourne :

« Un mot, encore. Pour ne rien te cacher, il était temps. Rue des Lices, on commence à penser. Ton beau-père me disait hier : « Je me de- « mande ce qu'a mon gendre. » J'ai plaidé le sur- menage ; mais il n'a pas semblé convaincu. J'ai ajouté que sa fille aurait peut-être intérêt à faire un effort de conjugalité mais, là, il n'a pas sem- blé comprendre. Pourtant ça crève les yeux, tu n'as pas tous les torts. Je tâcherai de coincer Ma- riette, un de ces jours, de lui parler sérieusement. Sois tranquille, je ne lui raconterai rien ; elle au- rait pour toujours ce squelette dans le placard ! Mais je lui sonnerai les cloches : elle ne se tient plus, elle ne s'habille plus, elle tourne à la don- don qui ne vit que pour le lardon. Ces bonnes femmes ! Ça croit toujours que leur lit de noces sera le même que leur lit de mort. Elles sont montées une fois pour toutes dans le train et ne se doutent plus qu'en face il y a du paysage. Tu n'as pas sauté. Mais tu te penchais. *E pericoloso sporgersi !* »

Le voilà qui démarre, ajoutant sans se retourner :

« A propos de ta femme, évidemment, le plus difficile, ce sera que tu lui pardonnes de l'avoir trompée ! Et que tu veuilles bien l'aider : à quoi bon faire un effort pour rester séduisante, si personne ne vous regarde ? »

Il s'en va. Son pas sec disperse du gravier.

Vous l'auriez vu, les premiers jours ! Il passait au greffe ; il montait chez le juge d'instruction ; il déposait une requête ; il débitait ses arguments au tribunal civil, il travaillait du bras pour secouer cette salade ; il disait bonjour, il disait bonsoir avec la gravité qui convient aux salles des pas perdus ; il grattait Abel ; il lui allumait une cigarette ; il le menait aux lieux ; il le déshabillait à onze heures ; bref, à l'humeur près, aussi morose que l'appétit, il se conduisait bien, maître Bretaudeau.

Mais dessous il était moins joli. Il avait la cervelle pleine d'images scabreuses. Ce slip arachnéen qui tenait au creux de la main ! Cet écusson noir, blason dont tout le nu semblait n'être qu'un portant ! Le regret donne du dépit, le dépit de la colère, la colère du mépris : c'est une ressource. Il insultait l'objet, il cognait dans sa tête des mots contre des mots. Une fille trop bien tournée pour ne pas tourner mal, rencontrant un adulte ne craignant pas l'adultère, qu'est-ce que cela peut donner ? Ce que, apparemment, cela avait donné, ce que dit le rébus qu'on n'explique pas aux dames :

Son T L Son.

Eh bien, non, mes amis, ce n'était qu'un prologue ! La pucelle, la mamma ne sont pas seules à mériter la bienveillance des cieux. Il y a de saintes salopes qui au sein du péché vous montrent d'un doigt pur le chemin du devoir.

La semaine passée, je m'étonnai un peu de mes réactions. Cette façon de raisonner comme un tambour, pour une rage de baguette, montrait assez où le mal se situait. Quand le cœur y va, il bat d'autres chamades. L'oncle militaire, prudent célibataire, donc plutôt déserteur des choses du foyer, ne cessait de s'en faire l'ange.

Il téléphonait :

« Ça va ? Pas de jaunisse ? Bon, tu sais, plus j'y repense, plus je trouve que la chère disparue te rend un fichu service. Son départ fait jaser. Un quidam, l'ayant vue dans ta blanche DS, l'a rapporté rue des Lices. Ne crains rien. Ils ont haussé l'épaule. La seule chose que les bourgeois aient retenu de l'Écriture, c'est qu'il faut éviter que le scandale arrive. Surtout après coup ! Dors tranquille. »

Je cessai de dormir, évidemment. Quand une disgrâce nous hante, rien pour nous en distraire ne vaut la menace d'une plus grande. Cette homéopathie, vieille comme le monde, me redon-

nait du goût pour ce que j'avais négligé. Mariette
savait-elle ? Que lui avait-on dit ? Elle me semblait
différente, plus chiche de regards, plus riche de
silences et comme cherchant à disparaître dans
l'affairement ménager. Je réfléchissais. Dans un
sens, oui, le vrai désastre m'avait été épargné. Et
quelque chose de plus : si les commencements de
l'aventure sont ce qu'elle a de plus délicieux, sa
fin et surtout les commencements de cette fin
sont ce qu'elle offre de pire. Ce corps à corps
parfait, ce retour en jeunesse (si rare, expliquant
tout de mon acharnement), il aurait aussi fini
dans l'habitude. Rien ne sauve la féerie de la série. Ne savais-je pas, depuis douze ans de mariage, ce que devient l'instinct dans cette institution ? Malgré tout ce qu'elle rassemble pour retenir le bonhomme, malgré ce que l'amour —
quand il joue dans la pièce — peut lui donner de
sacré. Cher Abel ! ne crois pas qu'avec A, ce serait
toujours resté du dessert ; ce serait, comme avec
M, devenu de la soupe. Plus de dessert, voilà le
châtiment. Il aurait pu être pire. Au lieu de te
larguer, elle pouvait t'entraîner, tirant sur ton
propre harpon, si gaiement enfoncé en elle ? Tu
suivais. Se refaire comme un serpent change de
peau, changer de vie, de ville, d'amis, d'habitudes,
ça se fait ; il y en a qui osent ; il y faut de la vita-
lité, celle-là même qu'on a, toute fraîche, à vingt-
cinq ans. L'avais-tu ? Au lit, oui. Mais debout ?
C'est debout, qu'il faut avoir les reins solides, pour
nourrir deux ménages : l'ancien, dont les cinq bouches sur cinq pensions seraient restées grandes

ouvertes et le nouveau, par qui ta race peut-être
en une autre Guimarch (remarque-le bien ! Guimarch, aussi) se serait, toujours à tes frais, encore multipliée. Non, vraiment. Annick était pleine de bon sens.

Au bout de quinze jours, Mariette se taisait toujours. Je promenais sur des souliers cirés (bien
cirés : notons ce renouveau) un homme à l'air si
calme, si proche des siens, que nul soupçon (sauf
preuve ! mais la preuve était loin) n'en pouvait
plus entamer l'apparence. Tio suivait de près les
choses. Il vint me retrouver au Palais :

« Je ne sais pas ce que complotent les Guimarch. Ils ont tenu ce matin, chez eux, une sorte
de conférence. C'est Mariette qui me l'a dit. Mais
pour autant que je sache, leurs conseils se re-
croisent avec les miens. Oui, moi, je l'ai enquiqui-
née tout l'après-midi. L'exemple de Reine, celui
d'Eric ont du poids. Je ne serais pas étonné, mon
salaud, de te voir bénéficier d'une frousse bienveillante ! »

J'allais surtout bénéficier de la mienne. Ce même jour, comme je rentrais à pied, faute de voiture — ma DS était au garage, pour vidange —
je tombai rue d'Alsace sur Darlieu, un camarade
de licence, tout à fait oublié. Il me reconnut le
premier, ce qui me flatta : je n'avais donc pas
changé. Puis j'éprouvai, accrue, la même gêne que
devant Odile : lui, il était méconnaissable, devenu

quelque chose comme son propre père. J'acceptai mollement son apéritif, en refusant durant une heure de tenir pour mon contemporain ce roquentin aux yeux en cloque, au menton piqué noir comme un croupion de poulet et qui bavait des confidences. Il était marié avec la fille des Biscuiteries de Chantenay. *Tu sais les petits sablés. Moi, je lui en ai fait six. C'est trop. Comme je dis toujours, même pour un fabricant ce n'est pas du gâteau !* Agent général chez son beau-père, il s'occupait des ventes secteur ouest. *Ma licence je l'ai mise dans ma poche avec mon mouchoir pardessus.* Il venait de s'acheter une Lancia. *Un peu pour les clients, surtout pour les clientes, tu me comprends. J'ai en ce moment une petite Malouine... L'ennui, c'est que de Saint-Malo à Nantes, ça fait une trotte.* Il tenait à passer la fin de la semaine chez lui. *J'aime bien ma femme, remarque. Les gosses aussi. Ce n'est jamais folichon, mais deux jours sur sept ça va, je me résigne aux pantoufles.* Un minable ! Sa femme je m'en fichais, je ne la connaissais pas ; je n'éprouvais pas l'embarras que nous inspire, à défaut de morale, le dérangement du puzzle où nous nous insérons. Mais il était vraiment trop satisfait de lui, en restant insatisfait de tout. Il me dégoûtait. Je lui laissai l'addition sans remords.

Mais au bout de la rue, soudain, dans une vitrine, je le revis. Il avait changé de costume. Il marchait sur mes semelles. Je pressai le pas. N'étais-je pas encore plus minable que lui ? Je me sentais le derrière fragile et comme offert aux

coups de pied indignés des passants. J'avais beau
me répéter : Abel, tu es absurde, je fonçais vers
la maison comme un lapin au trou.

Je trouvai Mariette assise dans la salle. Il n'y
avait rien de changé. Les jouets traînaient partout, parmi des restes de découpages, des papiers
de bonbons, sur un parquet longuement rayé par
les glissades. Un rideau était à demi décroché. La
meute chassait à courre dans l'escalier.

« Ils sont impossibles, ce soir ! » dit Mariette.

Et j'eus soudain envie de la prendre dans mes
bras : une envie lâche, sentant le rabibochage. Je
n'y cédai pas. Je m'assis en face d'elle, bête et
gourd, les mains pendantes, le dos rond. Sans
passer au Palais pour un orateur, j'ai tellement
l'habitude d'y parler d'abondance que chez moi je
n'ai plus de mots. Expliquer devant un tribunal
quelles sont les excuses, voire même les raisons
qu'avait Mme Untel pour se conduire comme elle
l'a fait, c'est facile. M'expliquer, non. Mais qui me
demandait une explication ? On s'engueule, on
s'embrasse, on s'explique rarement dans les ménages. Là encore, la bonne scène est celle qu'on
ne fait pas.

Ce qui se dit en moi suffit. Elle coud, penchant
le cou, à petits points serrés : un ourlet de torchon.

Le torchon ne brûle pas. Moi non plus : pour tout dire, je me sens même très éteint. Tu sais, Mariette, l'inverse, je l'aurais très mal pris, sûrement. Ecart de femme rend toujours un peu moins légitimes ses enfants. Mais ce sont justement chez les femmes très mères, ces enfants qui nous protègent, qui leur ôtent l'envie, comme le temps : ta *maternite*, qui me rend parfois jaloux, m'épargne au moins de l'être de toi. Fidélité de ventouse, excuse-moi, mais c'est vrai ! Pour nous, c'est différent. Notre fidélité n'est souvent qu'une paresse des sens. La Bible — livre sacré — est pleine de galipettes de patriarches ; l'histoire de celles des rois. A mon échelon, c'est moins décoratif. Mais on dira tout ce qu'on voudra, là-dessus — et notamment que le prétexte nous sert bien — nous sommes faits comme ça : assez chiens, tirant sur le collier. Tout ceci est d'une banalité navrante (et d'autant plus que sur le coup, je te jure, ça ne me navrait pas !). Maintenant que me voici froid ou plutôt refroidi, douché, je cherche, tu vois, d'assez plates excuses. Soyons francs. L'œil louchon, certes. Je l'aurai encore. Et peut-être... Mais dans l'instant je me sens végétarien. Je me dis que le petit sein d'Annick, un jour, sur ses soupirs se vautrera. Je me dis que tant de complications, d'attente pour ce que ça met en cause, vraiment, devraient pouvoir s'éviter ; qu'il est heureux, qu'il est affreux de constater à quel point la paillardise, chez nous — tenue pour virilité — et l'illusion chez vous — tenue pour romance — vous empêchent de savoir combien les hommes

sont peu doués pour le mariage, tout en restant
cernés par l'honnêteté honteuse des engagements,
le qu'en dira-t-on, le souci de conserver celle que
leur mère appelle ma fille et leurs enfants maman.

Que dire encore ? Qu'elle te ressemblait. Que
ceci a compté. Excuse encore, je le crains. Bien
que. N'insistons pas. Toi seule peux retrouver la
fille, la femme d'il y a quinze ans. Encore une
fois, si tu voulais bien t'occuper de toi, c'est-à-
dire de moi...

Mais quoi ? je n'avais pas remarqué : tu sors
de chez le coiffeur ! Voilà longtemps que je n'avais
vu sortir des cheveux cette petite oreille gauche,
étonnamment nette, jeunette, provocante. L'oreille ne change jamais. Je me lève, j'approche. Brusquement je me penche, je plaque un baiser qui
claque en plein cornet. On proteste :

« Abel, voyons ! Avec l'autre qui ne marche
pas, me voilà complètement sourde. »

Et puis il y eut cet accident.

J'étais chez Samoyon, le nouveau bâtonnier — mon cadet de deux ans, entre parenthèses — quand le téléphone sonna. Il décrocha, fronça le sourcil et soudain, conservant l'écouteur :

« C'est pour toi, dit-il. On te cherche partout. Ta femme a eu un accrochage, rue de la Gare. »

Une seconde, je l'avoue, je pensai à ma DS neuve, prêtée à Mariette pour la journée. Mais Samoyon ne me quittait pas des yeux :

« Je crois que Mariette est un peu touchée », ajouta-t-il.

Et cette fois il me tendit l'appareil, que je lui arrachai des mains, en rougissant. Joli réflexe de penser d'abord à mes tôles ! Au bout du fil la belle-mère, affolée, m'affolait :

« Mariette s'est fait emboutir par un camion, à vingt mètres de la succursale. On l'a transportée à Saint-Louis pour la radiographier. Ce doit être sérieux. J'y cours. Gab ramassera les enfants à la sortie de l'école. »

Les Guimarch, en cas de coup dur, dramatisent, mais s'organisent. Je sautai dans un taxi, appelé en hâte, en songeant que sur ce point ils étaient bien précieux. J'étais, moi, comme je suis toujours dans ces cas-là : sonné, coupable, envisageant le pire, déjà seul et voyant se serrer quatre mioches autour de moi. Je pressai le chauffeur. Devant la clinique je lui jetai un billet de mille sans attendre la monnaie. La tourière m'expliqua où je trouverai la blessée. Je me trompai de pavillon... Tout ça pour découvrir finalement Mariette rose, calme, bien vivante, affichant cette étonnante aisance qu'ont dans les lits de clinique les femmes habituées à y perdre leurs entrailles. La belle-mère était là, tirant la couverture, avec soin.

« Dieu merci, il n'y a pas de casse, dit-elle. Seulement une foulure. »

Je crus qu'on me rassurait, je voulus voir, je rabattis les draps, cherchant le pied tordu, déjà emmailloté. Mamoune, Mariette me regardaient faire, avec étonnement. J'allais dire : avec satisfaction :

« Allons, tu n'es pas veuf ! » dit ma femme, me crochant du bras, me tirant à elle pour un petit bouche à bouche.

Quand je me relevai, j'aperçus le coup d'œil — alarmé — qu'elle lançait à sa mère. Elle se mordit la lèvre avant d'avouer :

« Tu sais, je suis désolée, la voiture est en piteux état et le pire, c'est que j'étais dans mon tort. »

Je lui tapotai la main, magnanime. Dans son tort, Mariette ? Je n'aurais pas su dire pourquoi j'étais soulagé qu'elle le fût.

1967

La dernière conférence, au club, nous a été donnée par un doux nationaliste local, qui parlait des gloires de l'Anjou. Nous avons eu le roi René ; nous avons eu Proust, pas le bon, pas Marcel, mais Louis : un des fondateurs de l'analyse par voie humide, le premier à isoler le glucose. Nous avons eu David et Ménage et Chevreul et Falloux et Bodin. Nous avons eu trois maisons capétiennes, allant ceindre couronne en Angleterre, en Provence, en Sicile, en Hongrie... Sur nos places publiques tout cela fait du bronze que les passants, *molles Andegavi*, ne remarquent même pas.

J'en suis un : vivant comme eux un petit présent, soumis à la pendule. Les jours font des semaines, les semaines font des mois, les mois des années : cette absurde évidence a besoin de rabâchage, car c'est nous qui nous y rabâchons. Quand il n'y a plus de dates dans la vie d'un homme, y a-t-il un homme dans la suite des dates ?

Je suis rentré en quarantaine ; et le mot a deux sens. Je suis dans ce qu'on appelle la force de l'âge. Quelle force ? La seule que je me reconnaisse, parce qu'elle me crève les yeux, c'est de savoir supporter mes faiblesses. Ce genre de qualité me paraît répandue.

Cherchons pourtant. Cherchons sur ces deux ans de routine quelques satisfactions. Il y en a.

Justement, j'ai été élu vice-président du club.

J'ai aussi été élu au conseil de l'Ordre. En province on finit toujours par avoir le bâton : ça viendra. Tout arrive : Arlette a bien fini par décrocher un fiancé. Certes ma gloire a été sonnée par très peu de buccin :

« Enfin ! » a dit Mariette.

Et sans transition :

« Tu as vu ton pantalon. Les petits suffisent ! Si tu t'amuses aussi à piétiner les flaques... »

C'est l'habitude de Mariette de louer modérément les grandes choses, de déplorer beaucoup les petites et de ne pas trop s'écorcher la langue à dire bravo, à dire merci, de peur de me voir gonfler. Mais au fond elle était très contente. Vieux réflexe : elle a téléphoné sur-le-champ la nouvelle à sa mère.

Signalons d'ailleurs une nette remontée de notre courbe matrimoniale. D'après l'oncle, l'inventeur du graphique, l'appétit conjugal part toujours d'un maximum, fléchit peu à peu vers un minimum, pour remonter à une valeur variable qui ensuite fait palier. Quelque chose comme ceci :

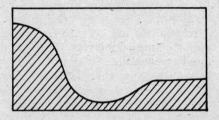

« L'important, dit Tio, est de ne pas rester dans la cuvette. Toi, tu en es sorti. »

Et je crois que c'est vrai.

RENTRONS un peu les ongles, mettons la paume à plat : c'est la seule façon d'avoir quelque chance de rejouer à la main chaude.

Regardons, écoutons. J'ai manqué d'attention.

La voici, en culotte et soutien-gorge, qui se hisse sur la pointe des pieds, lève les bras, les étire et à bout de doigt touche la suspension. Elle redescend sur les talons, souffle, recommence. Nul, même sa mère, ne saurait interrompre ce matinal exercice. Si j'ai besoin d'elle, j'entends chaque fois :

« Attends, je finis de cueillir les pommes. »

D'ordinaire, suivent les abdominaux : collée au parquet elle fait tourner le ventre. avec une conscience de houri. Suivent aussi les sauts, le trot sur place, l'adossement à la cloison pour envoyer le pied, à bout de jambe, toucher dans l'espace un point théoriquement placé à hauteur de nez. Enfin, renfilant sa robe de chambre elle descend croquer une biscotte et boire un jus de citron, non sans loucher du côté des brioches que les enfants trempent dans leur chocolat :

« Un petit bout ? dit Vonne, tentatrice.

— Non », dit Nicolas, très ferme.

Mariette, voilà dix-huit mois, a commencé par les méthodes qu'une escroquerie publicitaire propose aux dodues anxieuses de maigrir, *sans peine*, *sans privations, sans dépense excessive...* comme sans résultat. Elle ne s'est pas découragée. Elle a tout essayé : l'auto-oxydation, les algues, le savon de minceur, les comprimés de fucus crispus, le masseur à boules, le vibreur, les sudisettes — en boléro pour le haut, en pantalon pour le bas — et, finalement, le sauna où elle va se faire cuire, pétrir et, sous le nom de *cupping*, réduire la face arrière par de bonnes fessées.

Si les grignotements de gâteau chez Mamoune — qu'il s'agit pourtant de ne pas réincarner — en réduisent l'efficace, Mariette a tout de même perdu sept livres ; elle se bat pour la huitième.

Mais plus importante encore est l'intention. De cet effort me sentir la cause, comme de l'effet me sentir le prix, voici qui me déleste, moi, d'un de mes plus lourds griefs.

D'autres restent : il faudra vivre avec. Je sais tout ce qui traîne en moi de préjugés, d'interdits, d'idées toutes faites ; je sais à quel point mon

métier me spécialise, me renferme. Comment reprocher à ma femme les contraintes, les séquel-
les d'un emploi qui la bloque au niveau de la
vaisselle, l'infantilise à longueur de jour ? Je ne
peux que me demander ce que j'ai fait pour en-
rayer ce glissement, cette régression d'une bachelière, dont les études sont comme gommées
et qui se trouve aujourd'hui presque de plain-
pied avec sa femme de ménage. Une tête s'entretient ; Mariette n'a entretenu que ma maison. Si
j'en juge à ce qu'elle dit, par moments, il n'y a
plus dans cette tête qu'un magma de notions sco-
laires (rafraîchies par la serinette des leçons), de
rêves publicitaires, d'informations tronquées, de
clichés, d'émotions entretenues par cette presse,
cette radio qui travaillent dans le cœur, comme
d'autres dans la tomate. Mais à d'autres moments,
ce n'est pas vrai, la jugeote lui revient qui, d'un
trait vif, se plante au point sensible, précise comme une épingle. Qui est-elle donc ? Si je lui suis
aliéné, elle l'est bien plus que moi : à tout. Est-ce
sa faute si sa liberté est une molle religion, une
espèce de sainte qu'elle invoque, sans vœux précis,
dans l'esclavage tiède dont il lui faut s'accommoder ?

Oui, maintenant, avec plus d'attention, je la
regarde, je l'écoute, j'ai l'impression de la découvrir vraiment, je me dis : comme elle est, ma
femme, typique de ce monde féminin, pour qui le
droit des mâles a cessé d'avoir cours, qui reven-
dique, obtient, mais ne sait quoi faire de ses
conquêtes, parce qu'il s'empêtre dans l'héritage

de niaiseries, de méfiances, d'ignorances qui vient
de si loin, qui offre à tout moment l'occasion de
se redorer une chaîne ! Qu'Eric, au déjeuner dominical, parle de la *journée continue*, qu'il souhaite, voilà Mariette qui devient virulente :

« Et la journée *continuelle !* Impayée. Sans
congés. Sans retraite. Tu sais ce que c'est ? Demande à Gab. »

Bien. Mais qu'il soit question de Simone — envolée vers Paris, point seule, point mariée — et
déjà le jugement semble d'une autre :

« Si parce qu'elles s'appartiennent, aujourd'hui,
les filles se donnent à n'importe qui, je vois bien
ce qu'elles y perdent, je ne vois pas ce qu'elles y
gagnent. C'est seulement tout bénéfice pour les
garçons. »

Datent encore plus ses vues sociales. Le spectacle des inégalités l'irrite : ce qui est trop au-
dessus, comme ce qui est trop au-dessous. Il y a
une moyenne qui est la nôtre : moyenne qu'elle
me prie vivement de dépasser, que je remonte
sans cesse depuis dix ans, mais qui est restée
moyenne, Mariette emmenant avec elle, comme
toutes les petites-bourgeoises, la notion d'équité.

Et je ne parle pas de ses vues politiques. Très
chatouilleuse du bulletin, Mariette en ce domaine
n'est que contradictions. Elle serait plutôt pour
l'Europe, pour l'O.N.U., cette sorte de S.P.A. à
l'usage des Hommes. Elle pense que les fusées,
quand manquent écoles, hôpitaux et logements,
ça pourrait attendre (Vive Valentina, tout de même !). Elle est contre la bombache. Elle ne manque

jamais d'accabler Tource chef de bureau jusque dans ses pantoufles :

« Ah ! celui-là, c'est le pouvoir personnel ! »

Mais voilà le Général, qui passe, qui parle, maître du verbe, père de la nation et, tout de suite fifille, Mariette dit oui.

De plus en plus c'est dans sa spécialité — et là seulement — qu'il faut lui demander de la compétence. Mais il faut reconnaître que sur ce plan elle est devenue imbattable. Sa vie est un recueil d'astuces et de tours de main.

Nettoyant la cheminée, elle mouille les cendres avant de les ramasser.

Elle enfile le fil noir sur linge blanc et vice versa.

Pour changer l'élastique de culotte, avant de tirer le vieux, elle y attache le neuf, du même coup mis en place.

Le crayon bille bloqué, elle le rénove : en le frottant sous sa semelle.

Tous ses torchons ont deux accrochettes : quand le bas est sale, on retourne pour se servir du haut.

A l'amidon, pour qu'un col brille, elle ajoute un soupçon de borax.

Pour réchauffer de la volaille cuite, elle l'enveloppe de papier d'alu, qui empêche de sécher.

Pour délustrer une jupe, elle trempe la patte-mouille dans une infusion de marc de café.

Le thermostat peut être en panne, qu'importe ! Le plus banal papier d'écolier — qui reste blanc à four doux, devient jaune à four moyen, brun à four chaud — lui donnera la température.

Elle jette son eau de vaisselle à travers son tamis, pour ne pas boucher le conduit.

Et les restes de veau froid la montrent psychologue ! Nul ne les aime. Ils risquent d'être perdus. Alors elle les coupe en dés, dépose une rondelle de cornichons sur chacun, y plante ces piquoirs de plastique multicolore qui servent à manger les olives, compose un excitant buisson : les enfants vident l'assiette en un rien de temps.

Cette psychologie, bien sûr, elle a ses pannes, auprès des mêmes enfants. Méragosse, Mariette le sera toujours. Intensément. J'ai pu éviter Quiberon aux dernières vacances, mais pour ricocher à Pornichet : ce qui m'a coûté le double. L'empire du jouet, du bonbon, du coton, de la chère faiblesse reste intact.

Il y a pourtant, quand Nicolas, bousculant ses tendresses, s'échappe dans la rue, un flottement chez Mariette. J'ai cru un moment qu'à mon sujet Mariette avait eu peur. J'en suis moins sûr. Mariette a bien eu peur, mais d'autre chose. Le départ de Simone, abandonnant Mamoune sans sourciller, lui a fichu un coup. La hardiesse des aînées de Gab, lycéennes aux yeux peints, qui déjà s'affranchissent, semble aussi l'avoir frappée.

Dernièrement, Louise, une de ses amies, a dû marier très vite sa fille unique, qui n'a pas dix-sept ans. Mariette affectait de rire :

« Mais qu'est-ce qui souffle ? Ça s'envole comme graine de pissenlit. »

Son regard, posé sur moi, avouait ses réflexions. Les enfants partent, les maris restent et ce sera pour longtemps. Tout finit comme tout commence. Je l'ai vue feuilleter l'album d'Arlette, songeuse, penchée sur le toi-et-moi jauni de nos premières photos.

BIEN sûr, nous avons, nous aurons encore des ennuis : de toute nature.

*Il y a toujours un os dans le pot-au-feu. Mais
c'est si bon, la moelle !* braillent méchamment les
carabins. Même en battant votre coulpe, même
en reconnaissant que c'est faire baver le crapaud,
l'exaspération vous le fait répéter.

Depuis sept ans — l'âge des petites — nous
étions tranquilles : les précautions et, depuis peu,
une certaine continence — qui, espaçant, ranime
— nous avaient évité l'allongement de la kyrielle.
Mais il suffit d'une si petite erreur... Bref, en mai,
Mariette se retrouva enceinte. J'étais chez Lartimont quand lui tomba des lèvres la formule consa-
crée :

« Mes compliments ! Ce sera pour fin décembre.

— Ça non, fis-je aussitôt, il n'en est pas question.

— Sûrement pas », dit Mariette.
Lartimont prit cet air offensé qu'inspire à ses

pareils le serment d'Hippocrate, doublé d'une
mince envie de raréfier la cliente. J'avais pourtant
une solide raison :

« Vous savez bien qu'elle peut devenir sourde.
La dernière fois elle a déjà perdu 40 p. 100 à
droite. »

En face de moi je ne trouvai qu'une moue :

« Je sais, dit Lartimont, mais nous n'y pouvons
rien. Il n'y a pas de risque majeur. »

Je le quittai fraîchement, furieux contre moi-
même, mais assez satisfait de ma femme. Cette
fois elle ne m'accablait pas, elle s'accusait de
s'être trompée sur ses dates. Elle évitait de se
plaindre et, la main sur mon bras, le serrait de
temps en temps.

« Ne t'inquiète donc pas, fit-elle, une fois rentrée. J'ai une très bonne adresse. L'ennui, c'est
que ça coûte cher. »

Pour ne pas avoir d'enfant, il en coûte le prix
de dix. Mais là n'était pas la question. Je n'avais
qu'à vendre des titres de ma tante, bien heureux
d'avoir ainsi l'argent quand d'autres ne l'ont pas.
J'hésitais cependant. Tio, consulté, hésita plus encore :

« Félicitons-nous que ce soit ruineux ! dit-il. Je
ne dis pas ça pour toi, remarque, Mariette a un
motif sérieux et, déjà, beaucoup de gosses. Ce qui
me chiffonne, c'est de penser au salaud qui va en
profiter. »

Pour masquer le coup, il lâcha même une
joyeuse énormité :

« L'Etat devrait en garder le monopole ! Après

tout, il gagne déjà des sommes fabuleuses sur l'alcool et les jeux. »

De leur côté, les Guimarch ne dirent pas non, ne dirent pas oui, regrettèrent l'éloignement du Japon, s'inquiétèrent de savoir si la Suisse était possible. J'hésitais encore. Mariette aussi. Sifflait sûrement en elle la tentation berceuse, un jour avouée par Gab : *je recommencerais bien*. Mais le risque était sûr et se doublait d'un autre, moins précis : celui de recommencer, justement, de céder à l'éleveuse, de rogner sur la part des quatre et sur la mienne. Oui, *sur la mienne* : cela comptait pour elle, j'en suis certain ; j'étais dans la balance. N'avait-elle pas crié :

« Et puis non, zut ! je ne peux tout de même pas mettre toute ma vie le nez dans les couches comme toi dans tes dossiers. »

J'hésitai huit jours. On a beau dire que la nature, abonnée aux fléaux régulateurs, n'avait prévu ni les vaccins ni les antibiotiques pour fixer notre taux de fertilité et que, si ça continue, il va se passer pour nous ce qui se passerait dans une mer où deviendraient poissons tous les œufs du hareng ; on a beau se dire que toutes les fins premières sont révisées par l'homme ; que la religion, si sourcilleuse sur le germe de chrétien, a depuis deux mille ans — sans compter ceux qu'elle a rôtis elle-même — laissé se massacrer des milliards de fidèles ; on a beau se dire que la réprobation « unanime », dont parlent les moralistes, paraît être avant tout celle de l'hypocrisie, puisque, aux taux de 500 000 et sur trente ans — durée

de fertilité —, ça fait quinze millions d'anges évi-
tés par environ 25 millions de femmes, c'est-à-dire
par bien plus de la moitié d'entre elles ; on a
beau se dire que le risque d'anéantir un génie est
mince et qu'en tout état de cause, lorsqu'elle est
menacée, si peu soit-ce, la mère bien vivante prime
l'enfant, qui ne l'est guère et ne saura jamais
qu'il a failli le devenir ; on a beau se dire qu'en
effet dans chaque perdreau, chaque bœuf, chaque
agneau tué, il y a une vie, autrement nette, cons-
ciente d'exister, anxieuse de continuer et pourtant sans émoi sacrifiée à la nôtre... On a beau
se dire tout ce qu'on veut : la loi — qui sévit
peu — n'est pas seule à nous inquiéter. Pour certains faire avorter la petite amie, qu'un oui de
couchette a mis dans l'embarras, c'est presque
un devoir de galant homme. Pour la plupart faire
avorter la femme qu'un oui d'église et de mairie
prédestinait à ce qui arrive, c'est différent : il
y a refus d'assumer l'engagement général. Sait-on
jamais ? De ce presque rien, qui ne sera rien, un
jour peut-être manquera la présence... Je haus-
sais les épaules. Je ne me décidais pas. Je refis
passer Mariette chez l'oto-rhino qui lui soignait
l'oreille. Sa spécialité lui permettait plus de franchise :

« Très ennuyeux, dit-il. Dans votre cas, madame, il devrait être normal de ligaturer les trom-
pes. »

Le surlendemain, nantie d'une liasse et an-
noncée par le discret coup de fil d'une amie de
Reine — nièce de magistrat —, Mariette trouvait

dans une banale salle d'attente deux autres filles s'efforçant de lire des illustrés avec l'air innocent de qui vient se faire arracher une dent. Quand vint son tour, une jeune femme la fit passer dans une chambre garnie du plus classique mobilier de clinique, l'allongea, recompta les billets, puis lui fit une piqûre. Quand Mariette se réveilla un peu plus tard, tout était aussi net qu'à son arrivée. La jeune femme reparut, s'assura que tout allait bien, la reconduisit jusqu'à la porte. Mariette descendit seule l'escalier, gagna la rue, remonta dans la voiture où j'attendais, plus mort que vif.

« Ce n'est rien du tout », dit-elle.

Son teint disait le contraire. L'héroïsme du ventre, chez une femme, m'a toujours stupéfait. Je me secouai. Depuis deux heures je voyais revenir Mariette, exsangue, sur une civière. J'imaginais que, dans leur sommeil, le sauveur tenait ses patientes à merci et qu'un homme, capable de faire ce métier, pouvait l'être d'abuser de certaines avant de les délivrer. Même imbécile, ce doute m'horrifiait, m'apprenait des choses sombres, aux franges lumineuses : que vivre nous avilit, qu'on y consent bien vite, mais que dans l'avilissement se glisse une grâce impure qui permet de reconnaître enfin — dans ce qui nous tord — ce qui compte au plus creux de nous.

« Je suis tout de même un peu molle », dit Mariette, plus bas.

Tandis que je regagnais la maison, elle s'assoupit sur mon épaule.

Dix jours plus tard, le 28 mai — ironie du hasard — tombait la Fête des Mères, que la loi de
1950 a rendue fête légale (celle des Pères ne l'est
pas) et qui est depuis longtemps chez les Guimarch la réplique de Noël, fête des enfants. D'ordinaire elle a lieu rue des Lices où Mamoune,
mère des mères, se célébrant ainsi, célèbre aussi
les autres, après avoir relancé les maris, les enfants et au besoin financé les cadeaux — le sien,
notamment, et celui de la « grand-mère ». La
fleur est abondante, le menu important, les surprises acclamées autant qu'attendues. Le rite veut
que les enfants servent et que pour une fois les
mères restent assises : ce qui ne va pas sans casse
et reste théorique, malgré les minutieuses préparations de Mme Guimarch qui a tout cuit la veille
et disposé sur la desserte la vaisselle nécessaire
qu'elle surveille du coin de l'œil. L'après-midi on
invite d'autres mères, promises aux petits fours
et au mousseux de Saumur : Françoise Tource
vient toujours, Emilie Danoret souvent, les autres
changent.

Je dois dire que ce 28 mai fut curieux. La lourde
gentillesse de la tribu ressemble à celle des pi-
voines : qui s'effeuillent aisément, qui n'ont pas
d'épines, mais ploient vite sur leur tige quand le
vent les secoue.

Le départ de Simone, partie rejoindre Reine qui,
depuis son divorce, exerce dans je ne sais quel

institut de beauté, le très récent « accident » de Mariette incitaient à certaines réflexions.

Elles vinrent après le café, quand, nantie de billets pour *L'Espion Patte de Velours*, la marmaille fut partie sous la houlette d'Arlette, point mère, mais prochaine candidate à l'emploi. Françoise Tource, arrivée dans le même battement de porte, accrocha le grelot :

« Ça va ? » demanda-t-elle en se tournant — un peu raide — vers Mariette.

Ni ma femme ni moi n'avions fourni le moindre détail à quiconque. Mamoune elle-même était censée ne rien savoir, mais il allait de soi que tout le monde fût au courant.

« Enfin, reprit Françoise sans chercher de liaison, nous serons bientôt tranquilles. C'est à peu près certain : nous aurons la pilule. »

Cette fois elle s'associait : grande audace pour Angers, avant l'avis de Rome qui coiffe celui de Paris. Ma mère souriait. La belle-mère tiquait : elle n'est pas contre, mais les jeunes femmes d'aujourd'hui, vraiment, dans un salon parlent de sujets trop intimes. Le beau-père branlait du chef, sans qu'on pût en déduire une opinion. La Fête des Mères devenait un congrès sur ce que les Anglaises appellent la *cinquième liberté*. Emilie Danoret, se glissant dans le débat, se montra réticente. Elle avait lu un article, signé par un psychiatre, affirmant que ça donnait de l'anxiété aux femmes, responsables de tout maintenant ; et un autre papier, d'un dermatologue, où il était dit que des Américaines avaient eu des boutons, que

d'autres avaient grossi, que le risque d'enlaidir...
Gab soudain éclata :

« Mais c'est se foutre du monde ! Vraiment,
c'est le problème ! Je suis si mignonne, si fraîche,
après une file de couches ! Et puis, n'est-ce pas ?
je ne suis jamais anxieuse que vingt-cinq jours
sur trente. Moi, je demande : qui trinque ? Et
comme c'est moi, vivement que je sois responsable de tout ! »

Emilie Danoret changea de cap :

« Pour les femmes, je ne dis pas, c'est à chacune
de voir. Mais pour les jeunes filles, avouez que
c'est excellent qu'elles aient un peu la frousse.

— Je n'en suis pas si sûre ! » dit ma mère, posé-
ment.

Elle détourna les yeux, se souvenant peut-être
que Gabrielle ne l'avait pas eue, la frousse ; et
pour la même raison, sans doute, personne n'osa
remarquer qu'il y avait des chances pour que
diminue la fréquence du bâtard, comme du mariage forcé. Les considérations dérivèrent. Je son-
geais : faire l'amour dans la seconde du désir,
dans son élan, le faire pour le faire, seulement,
sans cuisine, sans précautions viles comme des
soins, au sein d'une sécurité si simple, si peu
voyante qu'on ne s'en doutera même pas... Ça
change tout dans le mariage, c'est la fin d'un long
empoisonnement. Les mères parlaient maintenant
des Assurances sociales, qui ne rembourseraient
pas la chose, des Allocations, en passe d'être aug-
mentées :

« Ceci paiera cela, bougonna Emilie.

— C'est un peu tard pour nous, dit Mariette.
Les jeunes ménages ont de la chance.

— A propos, fit aussitôt Mme Guimarch, sautant sur l'occasion de sortir du sujet, connaissez-
vous mon futur gendre ? »

De Gontran Rabault, le fiancé (trente-neuf ans)
agent commercial (ne disons pas : représentant)
chez Desplat Frères, fut entamé le los ; et dit
que ce jeune homme (voir plus haut : à ce compte-
là, je pourrais l'être), gentil et tout, bon connais-
seur en laines, forcément, se proposait déjà
d'agrandir la succursale (dot sérieuse : Arlette
a trente-deux ans). Mariette, dans un fauteuil voisin, somnolait. Moi aussi sur le mien. Il faisait
gris dehors. Comme il arrive parfois quand on
s'éloigne ainsi et que l'on considère, d'un œil qui
cille, sa place parmi les autres, je m'étonnais
d'être là. Il faisait gris dedans. Je ne me sentais
ni morne ni joyeux, ni content ni insatisfait, mais
comment dire ? Je me sentais à ma place. Absorbé,
mais accordé. Regrettant à peine de l'être, le trouvant mérité, fatigué d'un vieux refus, sauvé de je
ne sais quoi. J'étais bien, enfoncé dans la paix
des murmures et de la digestion. Je m'endormis.
Je dus même dormir longtemps. Je me réveillai
parmi les rires. La horde était revenue. Les petits
parlaient du fameux chat. Les grandes, aux mini-
jupes relevées sur leurs Mitoufles, étaient couchées par terre autour de l'électrophone d'où
fusait de l'Adamo. Loulou était assis sur un bras
de mon fauteuil, Yane sur l'autre. C'étaient eux
qui riaient, penchés sur moi, et me soufflaient au

nez une haleine tiède sentant la grenadine. Jetant sur eux la griffe en même temps je les culbutai sur mon gilet.

« Tu ronflais ! » dit ma mère, glissant de mon côté.

Devant moi, Arlette et Gontran, entre-temps survenus, se laissaient congratuler. Mariette me regardait, paupières à demi baissées, en écoutant Mamoune qui disait :

« C'est bien le 26 juin qu'on les marie, juste avant de partir en vacances. »

UNE fois de plus l'institution triomphe. *Madame Toussaint Guimarch et Madame Julien Rabault recevront le vingt-six juin, de 16 à 20 heures, dans les salons de l'hôtel du Roi-René, à l'occasion du mariage de leurs enfants.* Le carton a remué du monde. Arlette et Gontran, après avoir eu droit au laïus d'un adjoint, centré sur les vertus du négoce local, puis aux tapis de saint Maurice, au suisse tapant de la hallebarde, à l'excitation des vitraux si traversés de soleil qu'un chatoiement de couleurs illuminait les dalles, Arlette et Gontran, alignés avec les parents à l'entrée des salons, ont serré des mains, des mains. On serre des mains dans les mariages comme dans les enterrements, à peu près au même rythme et ce sont celles des mêmes gens, pliant poliment le dos de la même façon. Il y a aussi des fleurs, les mêmes fleurs, mais disposées en long au lieu de l'être en rond. C'est bien la fin d'une vie, d'ailleurs : d'une certaine vie. Dans la presse, de temps en temps, je les ai aperçus qui plongeaient. Lui est assez nabot et déjà dégarni. Arlette, elle, n'est plus ni bien ni mal : c'est l'avantage des filles laides, quand elles se marient tard, d'avoir à ce moment-là presque effacé le coup, de ressembler à ce que sont devenues les autres, flétries, éreintées par leurs charges. Dans dix ans, on pourra croire qu'Arlette a été belle ; et sans avoir à se regretter elle vivra sereinement la seconde moitié de sa vie.

Je jette un coup d'œil à ma montre-bracelet : il est sept heures et demie. Politesse rendue, amis et relations commencent à se défiler. Il ne reste plus guère que la famille — ce qui fait encore du monde — et l'apparat s'en ressent. Les cravates se desserrent. L'organdi se chiffonne sur les menues épaules de mes nièces et de mes filles qui, toutes cinq en long et toutes cinq en rose, ont été ce matin l'élément de choc pour l'œil. Rien à dire : cette angélique cohorte, Mamoune en a rêvé, choisi, payé les vaporeux. Tout est d'elle : le tri des invités, la composition du buffet, le pantalon rayé des hommes et jusqu'aux nœuds de gaze blanche aux antennes des voitures. Il fait horriblement chaud. Le beau-père a le gilet ouvert. Il a beaucoup bu, il déborde :

« A quand votre tour ? jette-t-il à Gilles, qui passe.

— Merci, fait Gilles. Plus je vois mes amis, plus le mariage me fiche la panique.

— Pardi ! fait mon Toussaint, on le sait : la société serait idéale si toutes les femmes étaient mariées et tous les hommes célibataires. »

Dieu sait par quel hasard la boutade de Saltus a pu se frayer un chemin jusqu'à lui ! C'est le genre de citations qu'il affectionne, cet archimarié. Au même instant sa digne épouse surgit de la cohue, lui enlève fermement le verre des mains :

« Ça suffira comme ça », dit-elle.

Elle rayonne. Toutes les femmes rayonnent : Mariette, Gabrielle, les cousines. Et même Reine, si bien retombée sur ses pieds, dit-on, ruisselante de diamants (rien de plus clair que ces rivières ; rien de plus trouble que leurs sources). Et même Simone, redescendue pour l'occasion : celle-là en serait revenue, de Paris et d'autre chose, que ça ne m'étonnerait pas. Certes, elle ne fera pas la mariée des songes de nos grand-mères : blanche comme la fleur d'oranger et, neuf mois plus tard, ronde comme l'orange. Mais sa jupe courte pourrait bien finir par mettre sous cloche le plus important des copains. N'avouait-elle pas hier au dîner, dans l'oreille de Tio :

« Comme Arlette, non, très peu pour moi ! Mais comme Delphine, vous savez, cette fille de la Doutre, qui a épousé un metteur en scène, alors, ça... »

Le petit commerce de dames, on sait ce que c'est : il se pratique aussi dans le légitime. C'est une autre conception que Reine a illustrée et qui s'oppose à celle de Mariette. Mais c'en est une : qui parfois convertit ses élues, les maintient au service d'un lit sérieux, longuement parallèle au plancher, parallèle au plafond et bouclé dans sa housse. Vienne l'enfant et tout redevient normal. Après tout... Sommes-nous si frais, si blancs, nous, qui depuis le début travaillons dans le genre ?

Mais j'entends de beaux éclats de voix. C'est encore le beau-père qui, souriant sur trois orbes de bajoues, tient Gontran par l'épaule et, un papier dans l'autre main, s'apprête à déclamer :

« Les commandements, dit Gab à côté de moi. Voilà vingt ans qu'il les ressert. »

Je sais, j'y ai eu droit. Toute la finesse Guimarch s'y met en joie. J'écoute consterné :

> *Une seule femme tu adoreras*
> *Jusqu'aux noces de diamant.*
> *Pour nulle autre tu n'auras*
> *De sens ni de sentiments.*
> *De soies, de visons, de carats*
> *Tu vêtiras son dénuement.*

Gilles souffle dans mon dos : « Quand ils s'y mettent, ils sont tout de même très cons. » Mais le Toussaint continue :

> *Ses père et mère honoreras*
> *Même s'ils doivent vivre longuement.*
> *A ses enfants tu donneras*
> *Le pain, le toit, le rudiment.*
> *Ta vie tu l'assureras*
> *Et la gagneras largement.*

Si j'ai encore des collègues là-dedans, ils ne manqueront pas demain de ricaner : « Quand le

champagne a donné, ça ne rate jamais, le boutiquier reparaît, le mariage devient noce. » Dans le
brouhaha, quelques commandements se perdent.
Le beau-père tonne les deux derniers :

> *Ton salaire tu rapporteras*
> *A l'épouse intégralement.*
> *Enfin tu la coucheras*
> *Aussi sur ton testament.*

De l'air, s'il vous plaît ! A gauche il y a deux petits salons annexes. Dérivons, ça vaut mieux, j'ai
l'oreille et l'œil trop agressifs. Ils sont cons, ils sont
bons, ils sont inoffensifs, je le sais depuis longtemps. Sous ma petite hargne, il ne faut pas être
malin pour deviner ce qui se cache.

J'ai bien fait. Je tombe sur Tio, Eric et une
vieille dame, jamais rencontrée chez les beaux-
parents. Le colonel me dira plus tard que c'est
une tante du marié. Mon arrivée ne les interrompt
pas. Assis sur une banquette ils continuent à
parler à mi-voix et ce que j'entends me plonge
dans un tout autre climat. La vieille dame murmure :
« On a toujours l'air un peu bête quand on le
dit, mais le bonheur, ça existe, je sais ce dont je
parle, j'ai connu. »
Le ton permet de supporter la phrase. Elle
ajoute, du reste :

« Parmi des tas d'ennuis, bien sûr. »

Tio a l'air pénétré.

« Le seul grave en ce cas, dit-il, c'est qu'on meurt.

— Vous croyez ? »

Le regard de cette femme est étonnant. Elle gêne. Elle semble tellement cristal qu'on se sent soudain charbon. Elle s'explique, tranquille :

« Ce qui n'aurait pas de fin n'aurait pas de prix. Ici du moins. Après... »

Elle hésite, puis reprend :

« Après, tant pis ! Je fais confiance à Dieu. Il ne vole pas les hommes, il ne peut pas leur reprendre ce qu'il leur a donné. Mais je me sentirais veuve, c'est sûr, si Dieu n'existait pas. »

Eric sourit, assez bêtement. Tio est grave. Un instant l'hostilité me gagne, comme toujours lorsque je rencontre cette sorte d'abandon au miracle. Puis la gourmandise vient : cette femme a de la chance. Nous, pour qui Dieu est mort, nous mourons beaucoup plus ; nous perdons vraiment femmes et enfants, pour qui nous sommes à jamais perdus. C'est une idée qui leur donne du prix, une idée que je n'avais guère creusée. Est-ce pourquoi, trouvant l'amour tronqué, nous osons moins y croire ? La vieille dame se soulève et s'en va. Tio la suit. Eric reste et bougonne :

« Elle est gaie, celle-là, pour un mariage ! »

Je ne le suis pas plus. Je pense : qu'avait-il fait, le mari, pour laisser une telle veuve ? Je retourne lentement au buffet dont les enfants pillent systématiquement les dernières tartelettes.

Huit heures et demie. Avec le retard habituel, c'est la dislocation. Les deux familles se scindent en sous-familles qui se rassemblent chacune dans la case mobile : l'auto, pour rejoindre la case immobile : la maison. La Mémercédès a été la première à partir : pour conduire les mariés à la gare, pour permettre à Mamoune d'accompagner Arlette jusqu'au quai, jusqu'au wagon, jusqu'au compartiment, jusqu'à sa place réservée dans le coin droit, côté glace, face à l'avant. Brusquement elle rayonnait moins, la belle-mère : c'est fini, elle a encore une fille à marier, mais elle n'a plus personne rue des Lices. Comme Gab, comme Mariette, avec une belle conviction, vingt fois, je l'ai entendue dire : « *Un jour enfin, quand nous serons seuls, nous pourrons nous reposer...* » Voici son repos, plus dur que sa fatigue. La grande déréliction commence où, malgré un bel acharnement d'aïeule, le beau-père, plus proche et comblé de tisanes, occupera plus d'espace.

Nous rentrons, Yane sur les genoux de sa mère, le reste derrière. La rue verra descendre ma superbe smala : filles fleur de pêcher, garçons en culotte de velours, femme surcoiffée, laquée, émergeant de cette robe bleu de roi où semble rêver de ciel un collier de turquoises — dont nous seuls savons qu'elles sont fausses. En un tournemain, de l'autre côté de la porte, tout cela sera dépouillé, défroissé, rangé sur cintre dans les fourreaux de plastique à fermeture Eclair pleines de ces pastilles de paradichlorobenzène qui sont l'enfer des mites. On ne dînera pas : le grappillage du lunch a suffi. En petite tenue je fonce vers mon bureau où m'attendent un courrier négligé, une plaidoirie en panne.

J'épluche. Je griffonne. Ça ne vient pas. Je suis ailleurs. J'aimerais... Quoi donc, au juste ? Avoir quinze ans de moins. Repartir à zéro, refaire ce chemin, oui, le même, mais d'une autre façon. Je bâille. Je n'ai pas sommeil, mais l'estomac chargé, où clapotent des mélanges. Un enfant chante : c'est Yane, qui écorche une comptine. Repartir à zéro, quelle blague ! Ceux-ci ne seraient pas, que j'entends lâcher de petites sources dans les W.C. et dont les nus étroits aux saillantes omoplates vont se glisser dans la finette rayée des pyjamas. Ils ne seraient pas et celle-ci serait la même, qui les couche et les borde, celle-ci qui te les fit, celle-ci qui fut Guimarch et possédait pourtant l'incroyable privilège : refaire du Bretaudeau. Que croyais-tu ? Que voulais-tu ? La passion ne fut jamais ton genre. Les bonnes grosses réussites, on les cite : avouant du même coup qu'elles sont rares. Rien n'est vraiment ce qu'il pourrait être. « *Pourquoi ne trouve-t-on jamais quelque chose dont on puisse dire : c'est cela ?* demande Virginia Woolf. Parce que cela n'existe pas. »

Tâche jamais achevée, problème irrésolu, déprimante espérance ! Récite, va ! Déclame, toi aussi. *Tu n'es pas seul.* Sais-tu ce que c'est d'être seul ? On le disait naguère : *le mariage est une place*

assiégée : ceux qui sont dedans voudraient en
sortir ; ceux qui sont dehors voudraient y entrer.
La rareté des clients pour le célibat signifie quelque chose. Bien sûr, il y a de bien meilleurs mariages que le tien. Mais il y en a de bien pires,
où chacun attend l'heure de mettre l'autre en
bière, de rafler le legs au dernier vivant. Vous
n'avez point demandé, certes, à mourir le même
jour, comme Philémon et Baucis. Mais comme
eux, comme tout le monde, vous serez changés en
arbres. En arbres généalogiques. C'est ainsi que,
debout, *vous dormirez ensemble*, ça se chante,
jusqu'à la fin du monde. Tout de même, ce n'est
pas rien.

Mais voici une savate qui claque aux arêtes des
marches. La porte s'ouvre. J'ai cent fois dit que
quiconque devait frapper.

« Ça y est, ils sont au lit, dit Mariette. J'ai dû
fermer leurs volets : il fait encore grand jour.
En été, si je les laissais faire, ils se coucheraient
à dix heures. Quant à toi tu vas me prendre de
l'ortho-gastrine. Si, j'y tiens. »

Et sans transition, car elle est venue pour le
dire :

« C'était réussi, hein ? Maman m'a avoué : pour
vous, à l'époque, tout ce tralala, je n'aurais pas
pu. Ça ne fait rien. Je m'y revoyais... »

Je ne bouge pas d'un cil. Alors soudain retrouvant une de ses grâces perdues : le trait, elle me
lance :

« D'ailleurs, toi aussi. Quand tu fais ta tête de
bois, c'est parce que le bois brûle. »

La crainte de sombrer dans le gnangnan m'empêche souvent de souscrire à la douceur. A dépoétiser le souvenir l'homme est prompt, quand la femme l'enjolive. Notre mariage, oui, je me souviens, ce fut le même, classe en dessous. Je tiens Mariette contre moi : quand quelque chose appuie sur le bouton, quand passe le courant, le vieil aimant fonctionne. Mais nous déconnectons. Je dis :

« Bon, donne-moi un comprimé. »

Elle s'en va. Le nez sur mes notes, je recommence à philosopher. Tendance quadragénaire : c'est vague, ça ne se tient guère. Je pense : la famille, le couple ne seraient pas ce qu'ils sont s'il ne fallait pas vingt ans pour faire de Nicolas un homme. Je pense : la science du mariage, milieu privilégié pour ce longuet ouvrage, est d'un rudimentaire ! Je pense : le mariage partage avec le pain ce redoutable sort : être ce qu'il y a de plus nécessaire, de plus commun, de plus gâché, de plus soumis au grattage du beurre. Je pense : on ne reste pas dans le mariage pour les raisons qui nous y ont amenés : même lorsqu'elles s'y prolongent, d'autres l'ont envahi. C'est la faiblesse et c'est la force de cette condition étrange que de renouveler sans cesse ses motifs, de nous faire passer bon gré mal gré, de la nouveauté à l'habitude, du désir à la tendresse, du risque aux charges, du choix au devoir, du hasard à la fatalité. Je pense : celle qui vient de redescendre n'est sous moi que la nuit et le jour, c'est l'inverse. Aucun doute à cet égard : je suis, je reste en matrimoine. Nous le sommes presque tous. « Le rôle musculeux des hommes de Cro-Magnon chez les civilisés s'étiole ! » disait Tio, pointant le doigt vers Eric, malmené par Gabrielle. Mariette ne me malmène pas ; mais la première syllabe, seule, est de trop... De nouveau la savate claque. Le verre d'eau arrive, qui tremblote, et Mariette qui dit :

« Tiens, bois. »

Le roi boit. Sa couronne de carton à fleurs de lis dorées, il la porte parfois quand il découvre la fève. Le reste du temps, changeant de chemise au commandement, avalant — et ce n'est pas lent — les comprimés qu'elle lui tend, il est très déférent avec la reine. Abel, qu'as-tu fait de Caïn qui t'aurait enseigné des trucs violents ? Je ris. Mariette rit. Elle ne sait pas pourquoi, Dieu merci ; pour une fois, c'est elle, l'écho. Elle laisse tomber deux petits mots, tendres et propriétaires :

« Mon chou... »

Eh bien, oui, je suis un chou, plein de limaces, mais un chou, tout livré à sa chèvre, puisqu'il n'y a pas de loup. Je suis insuffisant, oui. Je suis médiocre, oui. Je suis un râleur, mais un soumis, oui, tant pis ! Au moins, je le sais. C'est beaucoup de le savoir. Le sentiment qu'on a de sa médiocrité, il la transforme et dans un certain sens il l'annule. Le vrai médiocre est d'abord satisfait. Je ne suis pas satisfait. Tu vois : je m'encourage. Je me disais l'autre jour : vivre avilit. Le problème, le seul, entre nos quatre murs, entre nos quatre bras, c'est ça : dans une petite mesure, désavilir ce quotidien, ce quotidien, qui est laid par nature, qui l'est comme l'épluchure, comme l'huile de voiture, comme la procédure... Je ris ! Mariette ne rit plus. Il y a décidément quelque chose qui lui échappe. Elle s'inquiète. Elle a la larme à l'œil.

Chérie ! Je disais encore : où est celle que j'avais épousée ? Elle est là. Et je dis : où est celui que tu avais épousé ? Il est là aussi. Dans l'état où ils sont. C'est fini pour nous. Je veux dire : c'est fini de penser que ça pourrait finir autrement. Ce que ça donnera, cahin-caha, mon Dieu, c'est au bon cœur de chacun. Il suffit d'admettre que la réussite (montrez-m'en donc une vraie !) n'existe pas pour diminuer le sentiment de l'échec, le trouver relatif, refuser de s'y complaire. On s'ennuiera beaucoup. On se disputera longtemps. Mais nous aurons des instants, qui, sans friser le sublime, tu parles ! iront peut-être, comme celui-ci, jusqu'au considérable. Je veux dire, bien entendu : digne de considération. On se serre, on s'écarte, on se resserre : ce n'est qu'un va-et-vient. Regarde. Le soir n'arrive pas à tomber. L'interminable crépuscule du solstice est encore assez fort pour lancer à travers la persienne ce rai de lumière où danse de la poussière. Notre poussière. Cette grisaille qui toujours se dépose à la surface des meubles, je la respire, je la souffle, elle est en moi, elle est en toi. Il n'y a pas de ménage — et ceci dans les deux sens du mot — qui puisse s'en débarrasser. Mais nous savons ce qui peut, jailli de nous, l'illuminer parfois.

ŒUVRES DE HERVÉ BAZIN

Aux Éditions du Seuil :

AU NOM DU FILS, roman, 1960.
CHAPEAU BAS, nouvelles, 1963.
LE MATRIMOINE, roman, 1967.
LES BIENHEUREUX DE LA DÉSOLATION, roman, 1970.
MADAME EX, roman, 1974.
UN FEU DÉVORE UN AUTRE FEU, 1978.

JOUR, poèmes, 1947, *E. I. L.*
A LA POURSUITE D'IRIS, poèmes, 1948, *E. I. L.*
L'ÉGLISE VERTE, 1981.

Aux Éditions Bernard Grasset :

VIPÈRE AU POING, 1948.
LA TÊTE CONTRE LES MURS, roman, 1949.
LA MORT DU PETIT CHEVAL, roman, 1950.
LE BUREAU DES MARIAGES, nouvelles, 1951.
LÈVE-TOI ET MARCHE, roman, 1952.
HUMEURS, poèmes, 1953.
L'HUILE SUR LE FEU, roman, 1954.
QUI J'OSE AIMER, roman, 1956.
LA FIN DES ASILES, enquête, 1959.
PLUMONS L'OISEAU, 1966.
CRI DE LA CHOUETTE, 1973.

IMPRIMÉ EN FRANCE PAR BRODARD ET TAUPIN
7, bd Romain-Rolland - Montrouge - Usine de La Flèche.
LE LIVRE DE POCHE -

ISBN : 2 - 253 - 00342 - 5   30/2810/7